A garota de papel

CB016421

GUILLAUME
MUSSO

A garota de papel

Tradução
André Telles

1ª edição

Rio de Janeiro-RJ / Campinas-SP, 2012

Editora: Raïssa Castro
Coordenadora Editorial: Ana Paula Gomes
Copidesque: Anna Carolina G. de Souza
Revisão: Cleide Salme Ferreira
Projeto Gráfico: André S. Tavares da Silva
Capa: Marcus Steinmeyer
Imagens da capa: Marcus Steinmeyer e Shutterstock Images

Título original: *La fille de papier*

Copyright © XO Éditions, 2010

Tradução © Verus Editora, 2012

ISBN: 978-85-7686-158-4

Direitos reservados em língua portuguesa, no Brasil, por Verus Editora. Nenhuma parte desta obra pode ser reproduzida ou transmitida por qualquer forma e/ou quaisquer meios (eletrônico ou mecânico, incluindo fotocópia e gravação) ou arquivada em qualquer sistema ou banco de dados sem permissão escrita da editora.

Verus Editora Ltda.
Rua Benedicto Aristides Ribeiro, 55, Jd. Santa Genebra II, Campinas/SP, 13084-753
Fone/Fax: (19) 3249-0001 | www.veruseditora.com.br

CIP-BRASIL. CATALOGAÇÃO NA FONTE
SINDICATO NACIONAL DOS EDITORES DE LIVROS, RJ

M98g

Musso, Guillaume
A garota de papel / Guillaume Musso ; tradução André Telles. - 1.ed. - Campinas : Verus, 2012.
23 cm

Tradução de: La fille de papier
ISBN 978-85-7686-158-4

1. Romance francês. I. Telles, André. II. Título.

11-7704 CDD: 843
CDU: 821.133.1-3

Revisado conforme o novo acordo ortográfico

Para minha mãe

De que servem os livros se não nos
conduzem à vida, se não nos fazem
dela beber com mais avidez?

– Henry Miller

Sumário

Prólogo

Interessar-se pela vida do escritor por gostar
de seu livro é como se interessar pela vida
do ganso por gostar de foie gras.
– Margaret Atwood

(*USA TODAY* – 6 DE FEVEREIRO DE 2008)

TRILOGIA DOS ANJOS ENCANTA OS ESTADOS UNIDOS

A história de amor impossível entre uma jovem e seu anjo da guarda é o sucesso literário do ano. Decifrando um fenômeno.

Na editora Doubleday, todos custam a acreditar. Apesar da modesta tiragem de dez mil exemplares, o primeiro romance do desconhecido Tom Boyd, de 33 anos, em poucos meses se tornou um dos maiores *best-sellers* do ano. *A companhia dos anjos*, primeiro volume de uma saga que deverá contar com três títulos, ficou 28 semanas em primeiro lugar nas listas de mais vendidos. Com mais de três milhões de exemplares impressos nos Estados Unidos, está sendo traduzido em mais de quarenta países.

Tendo como pano de fundo uma Los Angeles romântica e fantástica, o romance narra a história de amor impossível entre Dalilah, uma jovem estudante de medicina, e Raphael, o anjo da guarda que a protege desde a infância. Mas a trama sobrenatural não passa de um pretexto para abordar assuntos delicados, como incesto, estupro, doação de órgãos e loucura.

Assim como *Harry Potter* ou *Crepúsculo*, *A companhia dos anjos* logo reuniu um grupo de aficionados por sua rica mitologia. Os mais entusiasmados criaram uma verdadeira comunidade, com códigos próprios e diversas teorias. Na internet, há centenas de *sites* voltados aos personagens criados por Tom Boyd. Bastante discreto, o autor é um jovem professor que vem do bairro popular de MacArthur Park, em Los Angeles. Antes de conhecer o sucesso, Boyd dava aulas de literatura para adolescentes carentes no colégio onde estudou quinze anos atrás.

Depois do sucesso do primeiro romance, ele abandonou o ensino e assinou contrato com a Doubleday para mais dois livros... por dois milhões de dólares.

* * *

(*GRAMOPHONE* – 1° DE JUNHO DE 2008)

PIANISTA FRANCESA AURORE VALANCOURT LAUREADA COM O CONSAGRADO AVERY FISHER PRIZE

Aos 31 anos, a famosa pianista Aurore Valancourt recebeu no sábado o prestigioso Avery Fisher Prize. Contemplando o vencedor com 75 mil dólares, o cobiçado prêmio anual elege um musicista por sua contribuição excepcional à música clássica.

Nascida em Paris em 7 de julho de 1977, Aurore Valancourt é considerada uma das mais talentosas musicistas de sua geração.

Superstar do piano

Formada no Curtis Institute da Filadélfia, Valancourt foi descoberta em 1997 pelo maestro André Grévin, que a convidou para acompanhar sua orquestra em uma turnê, reconhecimento que lhe abriu as portas para a carreira internacional. Passou então a se apresentar em recitais com grandes formações. Porém, desencantada com o elitismo da música clássica, retirou-se repentinamente da cena pianística em janeiro de 2003. Deu a volta ao mundo de motocicleta, em uma viagem que durou dois anos e terminou em meio aos lagos e penhascos do parque natural de Sawai Madhopur, na Índia, onde passou vários meses.

Em 2005, instalou-se em Manhattan e voltou a trilhar o caminho dos palcos e dos estúdios, ao mesmo tempo em que passou a se dedicar de corpo e alma à proteção do meio ambiente. Tal mobilização lhe conferiu uma nova fama na mídia e sua notoriedade ultrapassou a seleta esfera dos amantes da música.

Tirando proveito de seus dotes físicos, posou para diversas revistas de moda (fotos glamourosas para a *Vanity Fair* e outras, mais despidas, para a *Sports Illustrated*...) e virou garota-propaganda de uma importante grife de *lingerie* – contratos publicitários que a transformaram na musicista mais bem paga do planeta.

Uma musicista polêmica e nada comum

Apesar da pouca idade, Valancourt é um exemplo de virtuosismo no piano, embora não raro seja criticada por certa austeridade, sobretudo na interpretação do repertório romântico.

Reivindicando sua liberdade e sua independência em alto e bom som, transformou-se em pesadelo para organizadores de concertos – são inúmeros os cancelamentos de última hora ou os caprichos de diva.

Seu temperamento se manifesta por inteiro até mesmo na vida pessoal. Solteira convicta, declara não esperar nada das relações amorosas, adotando uma espécie de *carpe diem* que lhe faz multiplicar as conquistas. Seus alardeados casos com celebridades do *show business* fazem dela a única musicista clássica a passear pelas revistas de celebridades, o que nem sempre é visto com bons olhos pelos puristas do piano...

* * *

(*LOS ANGELES TIMES* – 26 DE JUNHO DE 2008)

AUTOR DA *TRILOGIA DOS ANJOS* FAZ DOAÇÃO DE 500 MIL DÓLARES A ESCOLA DE LOS ANGELES

Enquanto seu segundo romance, *Memórias de um anjo*, ocupa o primeiro lugar nas listas de mais vendidos, o escritor Tom Boyd acaba de fazer uma doação de meio milhão de dólares à Harvest High School de Los Angeles, anunciou o diretor do colégio. Localizada na região pobre de MacArthur Park, é a escola na qual Boyd estudou durante a adolescência. Mais tarde, deu ali aulas de literatura, antes de se aposentar graças ao sucesso de seu primeiro livro.

Procurado pelo jornal, o escritor não quis confirmar a informação. Pouco aberto à imprensa, o enigmático romancista já estaria escrevendo o terceiro volume da saga.

* * *

(*STARS NEWS* - 24 DE AGOSTO DE 2008)

A BELA AURORE SOLTEIRA MAIS UMA VEZ!

A desgraça de uns é mesmo a alegria de outros. Aos 31 anos, a pianista e *top model* acaba de romper com o namorado, o tenista espanhol Javier Santos, com quem vivia um romance nos últimos meses.

Portanto, será com seus amigos de Barcelona que o atleta passará os poucos e merecidos dias de férias em Ibiza, após o ótimo desempenho em Roland Garros e Wimbledon. Já a ex-dona de seu coração não deverá permanecer sozinha por muito tempo...

* * *

(*VARIETY* - 4 DE SETEMBRO DE 2008)

TRILOGIA DOS ANJOS EM BREVE NO CINEMA

A Columbia Pictures acaba de comprar os direitos de adaptação para o cinema da *Trilogia dos anjos*, a saga fantástica e romântica de autoria de Tom Boyd.

A companhia dos anjos e *Memórias de um anjo* – dois títulos familiares para os milhões de leitores que, entusiasmados, devoraram da primeira à última página os dois primeiros volumes da trilogia.

As filmagens para a adaptação do primeiro livro devem começar muito em breve.

* * *

De: patricia.moore@speedaccess.com
Para: thomas.boyd2@gmail.com
Data: 12 de setembro de 2008
Assunto: Curar

Bom dia, sr. Boyd.

Faz tempo que quero lhe escrever. Meu nome é Patricia, tenho 31 anos e crio dois filhos sozinha. Acompanhei até o último suspiro o homem que amava e com quem havia acabado de formar uma família. Ele sofria de uma doença neurológica que lhe foi sugando todas as forças. Saí muito mais destruída dessa fase da minha vida do que ouso confessar. Nossa história foi tão curta... Foi durante o período que se seguiu ao nosso drama que descobri seus livros.

Encontrei refúgio em suas histórias e saio delas em harmonia comigo mesma. Em seus romances, os personagens geralmente têm a oportunidade de mudar o próprio destino, bem como o passado, e corrigir seus erros. Quanto a mim, tudo que peço é uma oportunidade de amar e ser amada novamente.

Obrigada por ter me ajudado a me reconciliar com a vida.

* * *

(*PARIS MATIN* – 12 DE OUTUBRO DE 2008)

AURORE VALANCOURT: TALENTO REAL OU FRAUDE DA MÍDIA?

A multidão das noites de gala se espremia ontem no Teatro dos Champs-Élysées.

Por causa de sua imagem veiculada pela mídia, a jovem e brilhante musicista continua despertando curiosidade.

No programa, o concerto *Imperador*, de Beethoven, e na segunda parte *Improvisos*, de Schubert, uma programação cativante que não correspondeu às expectativas.

A despeito da técnica irretocável, o concerto foi executado sem alma e sem lirismo. Não hesitamos em afirmar: Aurore Valancourt é mais um produto de *marketing* do que a genial pianista que aparece na televisão. Sem o visual e o rosto de anjo, não passaria de uma instrumentista comum, pois o "fenômeno Valancourt" se sustenta somente em uma engrenagem bem lubrificada, que habilmente conseguiu transformar uma intérprete mediana em uma estrela adorada.

O mais triste nisso tudo é que sua imaturidade musical não tenha impedido o público, literalmente magnetizado por sua imagem, de aplaudi-la fervorosamente.

* * *

De: myra14.washington@hotmail.com
Para: thomas.boyd2@gmail.com
Data: 22 de outubro de 2008
Assunto: Livros diferentes dos outros...
Bom dia, sr. Boyd.
Meu nome é Myra e tenho 14 anos. Sou uma "jovem da periferia", como dizem nos jornais. Estudo na escola de MacArthur Park e vi sua palestra quando você esteve na nossa classe. Eu nunca imaginei que um dia me interessaria por romances, mas fiquei apaixonada pelos seus. Economizei para comprar o segundo livro, mas, como não juntei dinheiro suficiente, passei longas horas na Barnes & Nobles para ler, em muitas vezes, os capítulos...
Simplesmente obrigada.

* * *

(*TMZ.COM* – 13 DE DEZEMBRO DE 2008)

AURORE E TOM AGARRADINHOS NO SHOW DO KINGS OF LEON?

A banda Kings of Leon fez uma apresentação fantástica no sábado, no Fórum de Los Angeles. Em meio à multidão que foi aplaudir a banda de *rock* de Nashville, a pianista Aurore Valancourt e o escritor Tom Boyd pareciam bem juntinhos. Olhares cúmplices, sussurros ao pé do ouvido, mãos na cintura. Resumindo, os dois são bem mais que amigos. Aliás, as fotos a seguir não mentem. Que o leitor julgue por si só...

* * *

(*TMZ.COM* – 3 DE JANEIRO DE 2009)

AURORE VALANCOURT E TOM BOYD: *JOGGING* APAIXONADO

Desejo de manter a forma ou programa de namorados? Aurore Valancourt e Tom Boyd desfrutaram de uma longa sessão de *jogging* ontem nas pistas ainda brancas de neve do Central Park. [...]

* * *

(*TMZ.COM* – 18 DE MARÇO DE 2009)

AURORE VALANCOURT E TOM BOYD PROCURAM APARTAMENTO EM MANHATTAN

* * *

(*USA TODAY* – 10 DE ABRIL DE 2009)

NOVO LIVRO DE TOM BOYD SERÁ LANÇADO ANTES DO FIM DO ANO

A Doubleday divulgou ontem a seguinte nota: o último volume da saga de Tom Boyd será publicado no próximo outono. Grande notícia para os fãs do romancista.

Mix-Up in Heaven, o último título da *Trilogia dos anjos*, deverá ser um dos grandes sucessos do ano.

* * *

(*ENTERTAINMENT TODAY* – 6 DE MAIO DE 2009)

TOM PROCURA O ANEL PERFEITO PARA AURORE

O escritor passou três horas na Tiffany de Nova York à procura do anel perfeito para a mulher com quem tem sido visto constantemente nos últimos meses.

Nas palavras da vendedora: "Ele parecia muito apaixonado e preocupado em escolher uma joia que deslumbrasse a namorada".

* * *

De: svetlana.shaparova@hotmail.com
Para: thomas.boyd2@gmail.com
Data: 9 de maio de 2009
Assunto: A lembrança de um amor

Prezado sr. Boyd,

Antes de qualquer coisa, queira me desculpar pelos erros de ortografia. Sou russa e falo mal inglês. Ganhei seu livro de um homem que eu amava e que conheci em Paris. Ao me dar o livro, ele simplesmente disse: "Leia e compreenderá". Esse homem (o nome dele era Martin) e eu não estamos mais juntos, mas sua história me faz lembrar o laço que nos unia e que me fazia sentir viva. Quando leio o que você escreve, entro em minha bolha. Esta mensagem, caso a leia, é para lhe agradecer e lhe desejar muito sucesso em sua vida particular.

Svetlana

* * *

(*ONL!NE* – 30 DE MAIO DE 2009)

AURORE VALANCOURT E TOM BOYD DISCUTEM EM RESTAURANTE

* * *

(*ONL!NE* – 16 DE JUNHO DE 2009)

AURORE VALANCOURT ESTARIA TRAINDO TOM BOYD?

* * *

(*TMZ.COM* – 2 DE JULHO DE 2009)

AURORE VALANCOURT E TOM BOYD: O FIM DE UMA PAIXÃO

A famosa pianista, que nos últimos meses vivia uma bela história de amor com o escritor Tom Boyd, foi vista na semana passada na companhia de James Bugliari, baterista da banda de *rock* The Sphinx.

* * *

Vocês com certeza já viram esse vídeo... Ficou um bom tempo entre os mais vistos do YouTube e do Dailymotion, gerando muitos comentários, alguns sarcásticos – a maioria –, outros mais condescendentes.

O local? A sala do Royal Albert Hall, em Londres. O evento? O Proms, um dos festivais de música clássica mais famosos do mundo, transmitido ao vivo pela BBC.

No começo do vídeo, vemos Aurore Valancourt entrando no palco em meio a fortes aplausos de milhares de amantes da música, de pé em fileiras apertadas, sob a suntuosa cúpula vitoriana. Com um pretinho básico e um discreto colar de pérolas, ela cumprimenta a orquestra, senta-se ao piano e crava poderosamente no teclado os primeiros acordes do *Concerto* de Schumann.

Durante os primeiros cinco minutos, a plateia está concentrada, arrebatada pela música. A princípio impetuosa, a expressão de Aurore é livre, doce como um sonho, até que...

...driblando a segurança, um homem consegue subir no palco e vai se dirigindo à solista.

– Aurore!

A jovem leva um susto e solta um gritinho.

Enquanto a orquestra se detém em uníssono, dois seguranças aparecem para agarrar o intruso e segurá-lo no chão.

– Aurore! – ele repete.

Recuperada do susto, a pianista levanta e, com um gesto, pede que os dois seguranças liberem o arruaceiro. Após um momento de estupor, a plateia volta a mergulhar em um estranho silêncio.

O homem se põe de pé e enfia a camisa dentro da calça, numa tentativa de recuperar a compostura. Suas pupilas brilham, avermelhadas pelo álcool e pelas noites em claro.

Não se trata de um terrorista nem de um fanático.

Apenas um homem apaixonado.

Apenas um homem infeliz.

Tom se aproxima de Aurore e lhe faz uma declaração desastrada, com a esperança meio estúpida de que seja o suficiente para reacender a chama no olhar daquela que ainda é a dona de seu coração.

Porém, incapaz de esconder o constrangimento ou de continuar a sustentar aquele olhar, a jovem o interrompe:

– Acabou, Tom.

Arrasado, ele abre os braços, como quem não compreende.

– Acabou – ela repete, murmurando e abaixando os olhos.

* * *

(*LOS ANGELES DAILY NEWS* – 10 DE SETEMBRO DE 2009)

CRIADOR DA *TRILOGIA DOS ANJOS* DETIDO EM ESTADO DE EMBRIAGUEZ

Sábado à noite, o famoso escritor *best-seller* foi detido por dirigir embriagado. Ele estava a 150 quilômetros por hora em uma estrada cujo limite é 70.

Em vez de colaborar, Tom Boyd se mostrou insolente com os policiais, ameaçando acabar com a carreira deles. Algemado e levado a uma clínica de desintoxicação, tinha, segundo as autoridades, mais de 1,6 grama de álcool no sangue, o dobro do permitido na Califórnia.

Solto poucas horas depois, o escritor pediu desculpas por meio de um comunicado divulgado por seu agente, Milo Lombardo: "Agi como o último dos idiotas, comportando-me de maneira irresponsável, que poderia ter posto em perigo outras vidas além da minha".

* * *

(*PUBLISHERS WEEKLY* – 20 DE OUTUBRO DE 2009)

ADIADA A PUBLICAÇÃO DO ÚLTIMO VOLUME DA *TRILOGIA DOS ANJOS*

A Doubleday acaba de comunicar que o lançamento do romance de Tom Boyd foi adiado para meados do ano que vem. Sendo assim, os leitores terão de esperar pelo menos mais oito meses para conhecer o desfecho da saga de sucesso.

O atraso teria como motivo as desilusões amorosas do autor, que, após um rompimento mal digerido, estaria mergulhado em profunda depressão.

Essa versão foi desmentida por seu agente, Milo Lombardo: "Tom não sofre em hipótese alguma da síndrome da página em branco! Ele trabalha diariamente para oferecer o melhor romance a seus leitores. Todo mundo é capaz de compreender isso".

Isso não impede que seus fãs interpretem o fato de outra maneira. Em apenas uma semana, a editora foi inundada de cartas de protesto. Na internet, é possível encontrar uma petição exigindo que Tom Boyd cumpra com seus compromissos.

* * *

De: yunjinbuym@yahoo.com
Para: thomas.boyd2@gmail.com
Data: 21 de dezembro de 2009
Assunto: Uma mensagem da Coreia do Sul

Caro sr. Boyd,

Não vou lhe contar minha vida, apenas confessar que recentemente fiz tratamento em uma clínica psiquiátrica em virtude de uma depressão profunda. Várias vezes, inclusive, tentei dar fim à minha vida. Durante o tratamento, uma enfermeira me convenceu a abrir um de seus livros. Eu já conhecia o senhor: difícil não topar com as capas de seus romances no metrô, no ônibus ou nos bares. Eu achava que suas histórias não eram para mim. Estava enganada. Claro, a vida não é como um livro, mas descobri em seus enredos e personagens a pequena centelha sem a qual eu não era mais nada.

Aceite toda a minha gratidão.

Yunjin Buym

* * *

(*ONL!NE* – 23 DE DEZEMBRO DE 2009)

ESCRITOR TOM BOYD PRESO EM PARIS

Na última segunda-feira, o autor *best-seller* foi detido no Aeroporto Charles de Gaulle, na França, após ter agredido um garçom que se recusou a servi-lo por causa de seu avançado estado de embriaguez. Boyd passou por averiguação. Encerrado o inquérito, o procurador do Ministério Público marcou o julgamento pelo juizado de pequenas causas de Bobigny para o fim de janeiro. Boyd será julgado por violência gratuita, injúria e lesão corporal.

* * *

De: mirka.bregovic@gmail.com
Para: thomas.boyd2@gmail.com
Data: 25 de dezembro de 2009
Assunto: Sua mais fiel leitora da Sérvia!

Caro sr. Boyd,

Pela primeira vez me dirijo a alguém que só conheço por meio dos livros! Sou professora de literatura em uma pequena aldeia no sul da Sérvia, que não tem biblioteca nem livraria. Neste 25 de dezembro, peço licença para lhe desejar um feliz Natal. Anoitece no campo nevado. Espero que um dia venha visitar nosso país e, por que não, minha aldeia em Rickanovica!

Obrigada por todos esses sonhos.

Cordialmente,

Mirka

PS: Faço questão de lhe dizer que não acredito em uma única palavra do que dizem nos jornais e na internet sobre sua vida pessoal.

* * *

(*NEW YORK POST* – 2 DE MARÇO DE 2010)

FIM DA LINHA PARA TOM BOYD?

Anteontem, às onze horas da noite, por motivo ainda desconhecido, o aclamado autor se desentendeu com um cliente do Freeze, um bar moderninho de Beverly Hills. A discussão acabou em pancadaria. A polícia, que chegou rapidamente ao local, deteve o jovem escritor após encontrar com ele dez gramas de metanfetamina.

Autuado por posse de drogas, Boyd teve direito a liberdade condicional, mas em breve deverá comparecer perante o Supremo Tribunal de Los Angeles.

Podem apostar que, dessa vez, ele vai precisar de um bom advogado para se livrar da prisão...

* * *

De: eddy93@free.fr

Para: thomas.boyd2@gmail.com

Data: 3 de março de 2010

Assunto: Uma pessoa do bem

Meu nome é Eddy, tenho 19 anos e estou me preparando para fazer um curso de confeiteiro em Stains, periferia de Paris. Nunca fui bem nos estudos, por causa das amizades e do vício em haxixe.

Acontece que, de um ano para cá, uma garota superlegal apareceu na minha vida e, para não perdê-la, decidi parar de bancar o idiota. Voltei a estudar e, com ela, não só aprendo como compreendo. Entre os livros que ela me passa para ler, os seus são meus preferidos, pois fazem brotar em mim o que tenho de melhor.

No momento, espero ansioso por sua próxima história. Mas não gosto do que a imprensa fala a seu respeito. Em seus romances, meus personagens preferidos são justamente os que sabem permanecer fiéis a seus valores. Portanto, se existe um pingo de verdade nisso tudo, cuide-se, sr. Boyd. Não se afunde no álcool ou nessa merda que são as drogas.

E não vire também um grande idiota...

Com todo o respeito,

Eddy

1
A casa sobre o oceano

Uma mulher pode encontrar um destroço e tentar transformá-lo em um homem são. Às vezes ela consegue. Uma mulher pode encontrar um homem são e tentar transformá-lo em um destroço. Ela sempre consegue.

– Cesare Pavese

– Abra a porta, Tom!

O grito se perdeu no vento e ficou sem resposta.

– Tom! Sou eu, Milo. Eu sei que você está em casa! Saia da toca, coragem!

Malibu
Condado de Los Angeles, Califórnia
Uma casa na praia

Fazia mais de cinco minutos que Milo Lombardo batia insistentemente nas venezianas de madeira que davam para a varanda da casa de seu melhor amigo.

– Tom! Abra ou vou arrombar a porta! Você sabe que sou capaz!

De camisa acinturada, terno bem cortado e óculos escuros no nariz, Milo tinha a expressão de que não estava em seus melhores dias.

No início, pensara que o tempo curaria as mágoas de Tom, mas, longe de se dissipar, a crise que o amigo atravessava só fizera piorar. Nos últimos seis meses, o escritor não pusera os pés para fora de casa, preferindo recolher-se à sua prisão dourada e ignorar tanto o toque do celular quanto o do interfone.

– Vou repetir mais uma vez, Tom: me deixe entrar!

Todas as noites, Milo vinha bater à porta da luxuosa residência, mas só obtinha como resposta as reclamações dos vizinhos e a fatal intervenção da segurança, que zelava pela tranquilidade dos riquíssimos moradores de Malibu Colony.

Agora, porém, não dava mais para dar uma de bonzinho: tinha de agir antes que fosse tarde demais.

– Pois bem, foi você quem pediu! – ameaçou, tirando o paletó e pegando o pé de cabra de titânio que Carole, amiga de infância dos dois e hoje detetive da polícia de Los Angeles, lhe arranjara.

Milo olhou para trás. A praia de areia fina cochilava sob o sol dourado daquele início de outono. Espremidas como sardinhas, as luxuosas mansões enfileiravam-se de frente para o mar, unidas pelo mesmo anseio de impedir o acesso de intrusos à praia. Muitos homens de negócios e estrelas da mídia e do *entertainment* haviam elegido o local como domicílio. Sem falar dos astros de cinema: Tom Hanks, Sean Penn, Leonardo DiCaprio, Jennifer Aniston, todos tinham casa ali.

Com a vista ofuscada pela luminosidade, Milo franziu os olhos. A uns cinquenta metros dali, posicionado em frente a uma guarita empoleirada sobre estacas, com os binóculos grudados nos olhos, o adônis de sunga metido a salva-vidas parecia hipnotizado pelas curvas das surfistas curtindo as ondas poderosas do Pacífico.

Avaliando-se com terreno livre pela frente, Milo botou a mão na massa.

Enfiou a ponta recurvada da alavanca metálica em uma das fendas da janela e empurrou com toda a força para soltar as ripas de madeira da veneziana.

Temos mesmo direito de proteger os amigos deles mesmos?, perguntou-se ao adentrar a casa.

Mas aquele dilema de consciência não durou nem um segundo: exceto por Carole, Milo nunca tivera senão um único amigo neste mundo e estava determinado a tentar de tudo para fazê-lo esquecer a dor e restituir-lhe o gosto pela vida.

* * *

– Tom?

Mergulhado na penumbra, o piso térreo da casa achava-se submerso num torpor suspeito, no qual o cheiro de mofo rivalizava com o da clausura. Uma pilha de louça abarrotava a pia da cozinha, e a sala estava revirada como se tivesse ocorrido um assalto: móveis derrubados, roupas espalhadas pelo chão, pratos e copos quebrados. Milo passou por cima das embalagens de pizza, de comida chinesa e das garrafas de cerveja e abriu todas as janelas, para expulsar a escuridão e arejar os cômodos.

Construída em L, a casa tinha dois andares, com uma piscina subterrânea. Apesar da bagunça, passava um ar de tranquilidade, graças aos móveis de madeira, ao assoalho claro e à abundância de luz natural. Ao mesmo tempo *vintage* e *design*, a decoração alternava móveis modernos e tradicionais, típicos da época em que Malibu ainda não era o covil dourado dos bilionários e não passava de uma simples praia de surfistas.

Deitado no sofá em posição fetal, Tom dava medo de ver: cabeludo, pálido, o rosto carcomido por uma barba à Robinson Crusoé, não lembrava em nada os sofisticados retratos que ilustravam a contracapa de seus romances.

– Bom dia aí dentro! – trombeteou Milo.

Aproximou-se do sofá. Folhas de papel amassadas ou dobradas ocupavam a mesa de centro – receitas prescritas pela dra. Sophia Schnabel, a "psiquiatra das estrelas", cujo consultório de Beverly Hills fornecia psicotrópicos mais ou menos legais a boa parte do *jet set* local.

– Acorda, Tom! – gritou Milo, dirigindo-se à cabeceira do amigo.

Desconfiado, examinou os rótulos dos remédios espalhados no chão e na mesa: Vicodin, Valium, Xanax, Zoloft, Stilnox. A mistura infernal de analgésicos, ansiolíticos, antidepressivos e soníferos. O coquetel fatal do século XXI.

– Coragem!

Apavorado, com medo de uma overdose, agarrou Tom pelos ombros para tirá-lo daquele sono artificial.

Sacudido como uma bananeira, o escritor acabou abrindo os olhos:

– O que você está fazendo na minha casa? – resmungou.

2

Dois amigos

Eu recitava as indefectíveis litanias que repetimos ao tentar ajudar um coração magoado, mas as palavras de nada adiantavam. [...] Nada do que possamos dizer fará feliz o sujeito chafurdado na merda porque perdeu a amada

– Richard Brautigan

– O que você está fazendo na minha casa? – resmunguei.

– Eu fiquei preocupado, Tom! Faz meses que você está trancado aqui se entupindo de calmantes.

– Problema meu! – vociferei, endireitando-me.

– Não, Tom. Seus problemas são meus também. Pelo menos eu achava que amizade fosse isso, não?

Sentado no sofá com o rosto entre as mãos, sacudi os ombros, meio envergonhado, meio desesperado.

– Em todo caso – prosseguiu Milo –, não conte comigo para permitir que uma mulher deixe você nesse estado!

– Você não é meu pai! – reagi, erguendo-me com dificuldade.

Zonzo, mal consegui me levantar e tive de me apoiar no encosto do sofá.

– É verdade, mas se não fosse eu ou a Carole para ajudar você, quem faria isso?

Dei-lhe as costas sem me dar ao trabalho de responder. Ainda de cueca, atravessei a sala e fui até a cozinha tomar um copo d'água. Em meu encalço, Milo achou um saco de lixo grande e abriu a geladeira para uma coleta seletiva.

– A menos que tenha a intenção de se matar com iogurte vencido, eu te aconselharia a se livrar dessas coisas – disse ele, cheirando uma embalagem de queijo branco com aroma duvidoso.

– Não estou obrigando você a comer.

– E essas uvas-passas, tem certeza de que o Obama já era presidente quando comprou?

Em seguida, ele começou a pôr um pouco de ordem na sala de estar, recolhendo os restos mais volumosos, embalagens e garrafas vazias.

– Por que você guarda este treco? – perguntou em tom de censura, apontando para um porta-retratos digital que passava fotografias de Aurore.

– Porque estou NA MINHA CASA, e NA MINHA CASA não tenho que dar satisfação a ninguém.

– Pode ser, mas essa mulher acabou com a sua vida. Você não acha que já é hora de tirar a Aurore do pedestal?

– Cá entre nós, Milo, você nunca gostou da Aurore...

– É verdade, eu não ia mesmo muito com a cara dela. E, para ser sincero, sempre soube que ela acabaria te dando um pé na bunda.

– Ah, é? E posso saber por quê?

As palavras que ele trazia decoradas havia tempo saíram de sua boca com força:

– Porque a Aurore não é como a gente! Porque ela nos despreza! Porque ela nasceu em berço de ouro. Porque para ela a vida sempre foi brincadeira, enquanto para a gente sempre foi luta...

– Como se fosse tão simples... Você não a conhece!

– Pare de venerar essa mulher! Veja o estado em que ela te deixou!

– Claro que isso nunca aconteceria com você! Exceto pelas vagabundas, o amor nunca teve lugar na sua vida.

Sem que pretendêssemos, o tom da conversa mudara, e agora cada resposta estalava como uma bofetada.

– Ora, o que você sente não tem nada a ver com amor! – Milo se exaltou. – É outra coisa, uma mistura de sofrimento e paixão destrutiva.

– Pelo menos eu corro riscos. Já você...

– Eu não me arrisco? Saltei de paraquedas do topo do Empire State. O vídeo não deixa dúvidas...

– E o que é que você ganhou com isso além de uma baita multa?

Como se não tivesse escutado, Milo enumerou:

– Esquiei na cordilheira Branca, no Peru. Eu me joguei de parapente do pico do Everest, faço parte das poucas pessoas no mundo que escalaram o K2...

– É verdade que você é bom na hora de bancar o camicase, mas estou falando do risco de amar. E esse risco você nunca correu, nem mesmo com...

– CALE A BOCA! – ele gritou violentamente, me agarrando pela gola da camiseta para me impedir de continuar a frase.

Permaneceu assim por alguns segundos, com as mãos fechadas e com cara de mau, até que caiu em si e refletiu: viera para me ajudar e estava prestes a me dar um soco na cara...

– Desculpe – pediu, relaxando o braço.

Sacudi os ombros e fui para a ampla varanda que dava para o oceano. Alheia a olhares curiosos, a casa dispunha de acesso direto à praia por meio de uma escada privativa, em cujos degraus vasos de terracota transbordavam de plantas moribundas, que, sem forças, eu não regava havia meses.

Meti um velho Ray-Ban Wayfarer esquecido na mesa de teca javanesa para me proteger da luminosidade e desabei na cadeira de balanço.

Depois de dar uma passada na cozinha, Milo se juntou a mim com duas xícaras de café e me estendeu uma delas.

– Bom, vamos deixar de criancice e conversar feito gente grande! – sugeriu, com um dos glúteos apoiado na mesa.

Com o olhar perdido, não opus resistência. Naquele instante, eu queria apenas uma coisa: que ele dissesse o mais rápido possível o que tinha para dizer e sumisse dali, para que eu pudesse vomitar minhas mágoas na pia antes de ingerir um coquetel de comprimidos que me lançasse para fora da realidade.

– Há quanto tempo a gente se conhece, Tom? Vinte e cinco anos?

– Por aí – respondi, tomando um gole de café.

– Desde a adolescência, você sempre foi a voz da razão – começou Milo. – Você me impediu de fazer um monte de besteiras. Sem você, eu estaria há séculos na prisão ou até, quem sabe, morto. Sem você, a Carole nunca teria entrado na polícia. Sem você, eu não teria comprado a casa da minha mãe. Resumindo, eu sei que devo tudo a você.

Constrangido, varri aqueles argumentos com as costas da mão:

– Se veio para me encher com essa conversa mole...

– Não é conversa mole! Nós resistimos a tudo, Tom, às drogas, à violência das gangues, a uma infância podre...

Dessa vez o argumento foi bem-sucedido e conseguiu me arrepiar. Apesar do sucesso e da ascensão social, uma parte de mim continuava com quinze anos e nunca deixara MacArthur Park, nem seus traficantes, seus marginais, os vãos de escada atravessados por gritos. E nem o medo que estava em toda parte.

Virei o rosto e meu olhar se perdeu no oceano. A água estava cristalina e refletia mil tonalidades, que iam do azul-turquesa ao roxo. Apenas algumas ondas, harmoniosas e regulares, agitavam o Pacífico. Uma quietude que contrastava com a algazarra dos adolescentes.

– Estamos limpos – continuou Milo. – Ganhamos nossa grana de maneira honesta. Não carregamos armas na jaqueta. Não há gotas de sangue em nossa camisa nem vestígios de cocaína em nossos cartões de crédito...

– Não sei o que isso tem a ver com...

– Temos tudo para ser felizes, Tom! Saúde, juventude, uma profissão apaixonante. Você não pode pôr tudo a perder por causa de uma mulher. É o fim da picada. Ela não merece. Guarde sua dor para o dia em que o sofrimento bater à nossa porta de verdade.

– A Aurore é a mulher da minha vida! Você não consegue entender? Não é capaz de respeitar a minha dor?

Milo suspirou.

– Quer mesmo ouvir? Se ela fosse *realmente* a mulher da sua vida, era ela quem deveria estar aqui hoje, ao seu lado, para te impedir de naufragar nesse delírio devastador.

Ele engoliu o café expresso de uma só vez, depois observou:

– Você fez de tudo para ela voltar. Suplicou, tentou despertar ciúmes, depois se humilhou na frente do mundo inteiro. Acabou. Ela não vai voltar. Ela virou a página, e você faria muito bem se fizesse o mesmo.

– Não consigo – admiti.

Ele pareceu pensar por um instante, e uma expressão ao mesmo tempo preocupada e misteriosa se revelou em seu rosto.

– Para falar a verdade, acho que você simplesmente não tem outra escolha.

– Como assim?

– Tome uma chuveirada e se vista.

– Para ir aonde?

– Comer uma costeleta no Spago.

– Estou sem fome.

– Não é pela comida que quero levar você lá.

– É para que então?

– Para a energia que vai precisar depois de ouvir a confissão que tenho a fazer.

3
O homem devastado

Não, Jef, você não está sozinho
Mas pare de chorar
Desse jeito na frente de todo mundo
Porque uma megera
Porque uma loura falsa
Acabou com você [...]
Sei que está com o coração apertado
Mas precisa dar a volta por cima, Jef
– Jacques Brel

– Por que tem um tanque estacionado na minha porta? – perguntei, apontando para o imponente veículo esportivo, cujas rodas monstruosas esmagavam a calçada de Colony Road.

– Não é um tanque – respondeu Milo, ofendido –, é um Bugatti Veyron, modelo Sangue Negro, um dos carros de corrida mais potentes do mundo.

Malibu
Sol de início de tarde
Barulho do vento nas árvores

– Você comprou *outro* carro novo! Está colecionando ou o quê?

– Não estou falando de um carro, meu velho. Estou falando de uma obra de arte!

– Pois eu chamo isso de pega-piranha. Existem realmente garotas que caem nessa, no golpe do calhambeque?

– Se você acha que preciso disso para me dar bem...

Esbocei cara de dúvida. Nunca compreendera o entusiasmo de meus congêneres masculinos pelos cupês, *roadsters* e outros conversíveis...

– Ora, venha ver o bicho! – sugeriu Milo, os olhos reluzentes.

Para não decepcionar meu amigo, me obriguei a realizar uma vistoria. Compacto, oval e elíptico, o Bugatti parecia um casulo com algumas excrescências que cintilavam ao sol, contrastando com a carroceria "noite negra": grade frontal cromada, retrovisores metalizados, rodas reluzentes das quais escapava o azul-labareda dos freios a disco.

– Quer dar uma espiada no motor?

– Que escolha tenho eu? – suspirei.

– Sabia que só foram feitos cento e cinquenta exemplares no mundo?

– Não, mas isso me deixa boquiaberto.

– Com esse carro, atinjo cem quilômetros por hora em pouco mais de dez segundos. E, em velocidade máxima, posso chegar perto dos quatrocentos quilômetros por hora.

– Muito útil em tempos de combustível caro, radares a cada cem metros e do ecologicamente correto!

Dessa vez, Milo não escondeu sua decepção.

– Você não passa de um desmancha-prazeres, Tom, completamente incapaz de apreciar a leveza e os prazeres da vida.

– Na verdade, um de nós tinha que compensar o outro – admiti. – E, como você já tinha escolhido seu papel, peguei o que sobrou.

– Vamos, entre.

– Posso dirigir?

– Não.

– Por quê?

– Porque você sabe muito bem que cassaram sua carteira...

* * *

O esportivo deixou as alamedas sombreadas de Malibu Colony e enveredou pela Pacific Coast Highway, que margeava o oceano. O carro combinava com a estrada. A cabine, forrada em couro patinado com reflexos alaranjados, tinha algo de aconchegante. Sentia-me protegido naquele cofre macio e fechei os olhos, embalado pelo velho *soul* de Otis Redding que tocava no rádio.

Claro que eu sabia que aquela placidez, aparente e frágil, se devia meramente aos ansiolíticos que eu deixara derreter debaixo da língua depois do banho, mas eram tão raros os momentos de trégua que eu havia aprendido a apreciá-los.

Depois que Aurore me deixou, uma espécie de câncer gangrenara meu coração, incrustando-se nele como um rato em um armário de comida. Canibal e carnívora, a ferida me devorara até me esvaziar de qualquer emoção ou vontade. Nas primeiras semanas, o medo da depressão me mantivera acordado, me obrigando a lutar ferrenhamente contra o abatimento e a mágoa. Mas o medo também me abandonara, e, junto com ele, se foi não só a dignidade, como a simples vontade de salvar as aparências. Aquela lepra íntima me corroera sem descanso, desbotando as cores da vida, sugando sua seiva, apagando suas luzes. Sem a mínima vontade de retomar o controle da minha vida, o cancro se transformava em víbora, inoculando-me a cada mordida uma dose de veneno, que nocivamente se infiltrava em meu cérebro, sob a forma de dolorosas recordações: o arrepio da pele de Aurore, seu cheiro de rocha, seu piscar de olhos, as escamas douradas que cintilavam em seu olhar...

Depois, as próprias recordações se atenuaram. De tanto me anestesiar com remédios, tudo havia se tornado impreciso. Sentia-me à deriva, passando o dia todo no sofá enclausurado no escuro, emparedado em uma couraça química, derrubado por um sono artificial pesado, que nos piores dias terminava em pesadelos povoados por roedores com focinho pontudo e cauda áspera, dos quais eu emergia suando em bicas, tenso e trêmulo, tomado por uma única vontade: fugir novamente da realidade com outra dose de antidepressivos ainda mais entorpecente.

Nessa névoa inconsciente, dias e meses haviam se enfileirado sem que eu me desse conta, vazios de sentido e substância. E a realidade não mentia, meu sofrimento continuava intenso e eu não escrevera uma única linha no último ano. Meu cérebro estava congelado. As palavras haviam fugido de mim, a vontade me desertara, minha imaginação se esgotara.

* * *

Na altura da praia de Santa Monica, Milo pegou a Interestadual 10, em direção a Sacramento.

– Você viu os resultados do beisebol? – ele perguntou, entusiasmado, me passando seu iPhone conectado em um *site* de esportes. Os Angels haviam derrotado os Yankees!

Dei uma espiada distraída na tela.

– Milo?

– O que foi?

– É para a estrada que você tem que olhar, não para mim.

Eu sabia que meus tormentos confundiam meu amigo, remetendo-o a algo que ele tinha dificuldade em compreender: meu deslize mental e aquela parte de desequilíbrio que todos carregamos dentro de nós e à qual ele me julgara, equivocadamente, imune.

Viramos à direita em direção a Westwood. Entrávamos no Triângulo de Ouro de Los Angeles. Como era possível notar, aquele bairro não possuía nem hospital nem cemitério. Apenas ruas imaculadas com butiques caríssimas, nas quais era preciso marcar horário, como nos consultórios médicos. De um ponto de vista demográfico, ninguém nunca nascia ou morria em Beverly Hills...

– Espero que esteja com fome – disse Milo, desembocando no Canon Drive.

Uma freada bem firme deteve o Bugatti diante de um sofisticado restaurante.

Após entregar a chave ao manobrista, Milo seguiu a passadas seguras em direção ao estabelecimento, com o qual estava acostumado. O ex-*bad boy* de MacArthur Park vivia como desforra social a possibilidade de almoçar no Spago sem reserva, enquanto os meros mortais tinham de se programar com três semanas de antecedência.

O *maître* nos acompanhou até um elegante pátio, onde as melhores mesas acolhiam as celebridades do mundo dos negócios ou do *showbiz*.

Milo me dirigiu um discreto sinal ao se instalar: a poucos metros de nós, Jack Nicholson e Michael Douglas terminavam seus drinques, enquanto em outra mesa a atriz de um seriado que alimentara nossas fantasias adolescentes mastigava uma folha de salada.

Eu me sentei, indiferente àquela vizinhança "ilustre". Há dois anos, meu acesso ao sonho hollywoodiano havia permitido que eu me aproximasse de alguns de meus antigos ídolos. Ao frequentar festas privadas em boates ou mansões do tamanho de palácios, pude conversar com atores, cantores e escritores que me haviam feito sonhar quando jovem. Mas esses encontros esbarraram no muro da desilusão e do desencanto. Eu preferia não ter conhecido todos os bastidores da usina de sonhos. Na "vida real", quase todos os heróis da minha adolescência não passavam de depravados, dedicados a uma caçada metódica durante a qual capturavam garotas-presas que consumiam e, uma vez saciados, jogavam imediatamente no lixo, antes de partirem para carne mais fresca. Igualmente triste: certas atrizes, que na tela eram cheias de charme e presença de espírito, serpenteavam pela realidade por entre carreiras de pó, anorexia, botox e lipoaspiração.

Mas que direito tenho eu de julgá-los? Eu mesmo também não havia me tornado um daqueles tipos que detestava? Vítima do mesmo isolamento, do mesmo vício em medicamentos e do mesmo egocentrismo volúvel que, nos instantes de lucidez, terminava em autodesprezo?

– Aproveite! – empolgou-se Milo, apontando para os canapés que acabavam de ser servidos junto com os drinques.

Provei com a ponta dos lábios a torradinha coberta com uma fina fatia de carne marmorizada e gelatinosa.

– Bife de Kobe – ele explicou. – Sabia que no Japão eles fazem massagem com saquê nos bois para fazer a gordura penetrar nos músculos?

Franzi o cenho. Ele continuou:

– Para mimá-los, misturam a ração com cerveja e, para relaxá-los, colocam música clássica a todo volume. Se bobear, o bife que está aí no seu prato ouviu os concertos da Aurore. E talvez tenha até se apaixonado por ela. Como pode notar, vocês têm algo em comum!

Eu sabia muito bem que ele fazia o possível para levantar meu astral, mas até meu bom humor havia ido embora.

– Milo, esse lugar está começando a me cansar. Quer me explicar o que você tinha de tão importante para me dizer?

Ele engoliu um último canapé, sem sequer permitir que a carne acariciasse seu palato, e tirou da mochila um minúsculo *laptop*, que abriu sobre a mesa.

– Bom, a partir de agora, tenha em mente que não é mais seu amigo, mas seu agente, quem lhe fala.

Era a fórmula ritual com a qual ele abria todas as nossas reuniões que envolvessem *business*. Milo era o cabeça de nossa pequena empresa. Com o celular grudado no ouvido, vivia a cem por hora, em contato permanente com editores, agentes estrangeiros e jornalistas, sempre à procura de uma boa ideia para promover os livros de seu único cliente: eu. Eu não fazia ideia de como ele convencera a Doubleday a publicar meu primeiro romance. No mundo feroz da edição, aprendera seu ofício na marra, sem estudos e sem formação específica, acabando por se tornar um dos melhores, simplesmente porque acreditava mais em mim do que eu mesmo.

Na cabeça dele, ele me devia tudo, mas eu sabia que era o contrário, tinha sido ele quem me transformara em celebridade ao me introduzir, desde o meu primeiro livro, no círculo mágico dos autores *best-sellers*. Após esse primeiro sucesso, eu recebera propostas dos mais renomados agentes literários, mas recusara todas elas.

Pois, além de ser meu amigo, Milo tinha uma qualidade rara, que eu colocava acima de todas as outras: a lealdade.

Pelo menos era o que eu pensava até aquele dia, até ouvir suas revelações.

4

O mundo do lado de dentro

É tão sem esperança o mundo do lado de fora que valorizo duas vezes o mundo do lado de dentro.

– Emily Brontë

– Comecemos pelas boas notícias: a venda dos dois primeiros volumes continua excelente.

Milo virou a tela do *laptop* na minha direção: curvas vermelhas e verdes se projetavam para o topo do gráfico.

– O mercado internacional seguiu o mercado americano, e a *Trilogia dos anjos* está se tornando fenômeno mundial. Em apenas seis meses, você recebeu mais de cinquenta mil *e-mails* de leitores! Você se dá conta do que isso significa?

Virei a cabeça e ergui os olhos. Eu não me dava conta de nada. Nuvens vaporosas empalideciam-se no ar poluído de Los Angeles. Eu sentia saudades da Aurore. De que adiantava todo aquele sucesso se não tinha com quem dividi-lo?

– Outra boa notícia: o filme começa a ser rodado no mês que vem. Keira Knightley e Adrien Brody confirmaram participação, e os figurões da Columbia estão empolgados. Acabaram de contratar o diretor de arte de *Harry Potter* e estão programando o lançamento para julho em três mil salas de cinema. Assisti a alguns testes de atores e foi incrível. Você devia ter ido...

Enquanto uma garçonete trazia os pratos que havíamos pedido – *tagliatelle* com camarão para ele, omelete ao *funghi* para mim –, o celular de Milo vibrou sobre a mesa.

Ele deu uma olhada no número no visor e franziu as sobrancelhas, hesitando um segundo antes de aceitar a chamada, depois se levantou da mesa para se isolar sob a cobertura de vidro que ligava o pátio ao restante do restaurante.

A conversa não foi longa. Chegava a mim estilhaçada, truncada pelo burburinho do lugar. Parecia-me vigorosa, revestida de mútuas repreensões e alusões a problemas que me escapavam.

– Era da Doubleday – explicou Milo, retornando a seu lugar. – Ligaram para falar de uma das coisas que eu queria comentar com você. Nada muito grave, apenas um problema de impressão na edição especial de seu último romance.

Eu prezava muito aquela edição e queria que saísse caprichada: capa gótica imitando couro, ilustrações em aquarela dos principais personagens, prefácio e posfácio inéditos.

– Que tipo de problema?

– Para conseguir atender à demanda, produziram a tiragem na correria. Pressionaram a gráfica e deu merda. Resultado: estão com cem mil exemplares com defeito debaixo do braço. Vão destruir tudo, mas o chato é que alguns exemplares já foram entregues aos livreiros. Estão mandando cartas para recolher todos eles.

Ele puxou um exemplar da mochila e estendeu na minha direção. Mesmo folheando-o distraidamente, a cagada saltava aos olhos, uma vez que, das quinhentas páginas do romance, apenas metade estava impressa. A história parava de repente no meio da página 266, em uma frase igualmente inacabada:

> Billie limpou os olhos enegrecidos por rios de rímel.
>
> – Por favor, Jack, não vá embora desse jeito.
>
> Mas o homem já vestira o casaco. Ele abriu a porta sem olhar para a amante.
>
> – Eu te suplico! – ela berrou, caindo

E era isso. Não havia sequer um ponto. O livro terminava em "caindo", depois disso eram mais de duzentas páginas em branco.

Conhecendo meus romances de cor, não tive a menor dificuldade para lembrar a frase completa: "Eu te suplico! – ela berrou, caindo a seus pés".

– Bom, a gente não tem nada a ver com isso – decretou Milo, pegando o garfo. – Eles têm que se virar para resolver o problema. O mais importante, Tom, é...

Eu sabia o que ele ia dizer antes mesmo de terminar a frase:

– O mais importante, Tom, é... seu próximo romance.

Meu próximo romance...

Levou uma garfada de massa à boca e digitou mais alguma coisa no teclado do *laptop*.

– A expectativa é grande. Dê só uma olhada!

A tela exibia o *site* amazon.com. Só com a pré-venda, meu "futuro romance" já ocupava o primeiro lugar da lista de mais vendidos, imediatamente antes do quarto volume de *Millennium*.

– O que você acha disso?

Desviei o foco da conversa:

– Achei que Stieg Larsson estava morto e que o volume quatro jamais seria publicado.

– Estou falando do *seu* livro, Tom.

Olhei mais uma vez para a tela, hipnotizado por venderem algo que ainda não existia e que provavelmente nunca viria a existir. O lançamento do meu livro estava anunciado para 10 de dezembro, dali a pouco mais de três meses. Um livro do qual eu não escrevera uma única linha e tinha apenas um vago projeto de sinopse na cabeça.

– Preste atenção, Milo...

Mas meu amigo estava decidido a não me deixar falar.

– Dessa vez, prometo um lançamento digno de Dan Brown. Só quem mora em outro planeta não vai ficar sabendo do lançamento do seu livro.

Tomado de entusiasmo, Milo era difícil de deter.

– Comecei a preparar a coisa toda e o assunto já está bombando no Facebook, no Twitter e nos fóruns de discussão, onde seus fãs te defendem de quem critica seu trabalho.

– Milo...

– Só nos Estados Unidos e na Inglaterra, a Doubleday se comprometeu a fazer uma primeira tiragem de quatro milhões de exemplares. As grandes redes estão preparando uma semana fantástica. Vai ser como o *Harry Potter*, as livrarias vão abrir à meia-noite!

– Milo...

– E é bom você começar a aparecer. Posso negociar uma entrevista exclusiva na NBC...

– Milo!

– Já é uma verdadeira febre por aí, Tom! Nenhum outro escritor quer lançar livro na mesma semana que você, nem Stephen King, que adiou para janeiro a versão de bolso do livro dele para não perder leitores para você!

Para fazê-lo calar a boca, dei um tapa na mesa.

– PARE COM SEUS DELÍRIOS!

As taças balançaram e os clientes se assustaram, lançando olhares de reprovação em nossa direção.

– Não haverá próximo livro, Milo. Pelo menos não em muitos anos. Não consigo mais, você sabe muito bem. Eu me sinto vazio, incapaz de escrever uma linha sequer e, o mais importante, sem nenhuma vontade de fazer isso.

– Ora, pelo menos tente! O trabalho é o melhor remédio. Além do mais, escrever é a sua vida. É a solução para você sair desse marasmo.

– Não pense você que eu não tentei. Sentei vinte vezes diante da tela, mas a simples visão do meu computador me dá náuseas.

– Você poderia comprar outro computador, ou escrever à mão em cadernos, como fazia antigamente.

– Eu poderia tentar escrever em pergaminhos ou tabuinhas de cera que não mudaria muita coisa.

Milo pareceu perder a paciência:

– Antes você conseguia trabalhar em qualquer lugar! Vi você escrevendo no terraço do Starbucks, em poltronas desconfortáveis de avião, recostado na grade de uma quadra de basquete, cercado por sujeitos histéricos. Cheguei a ver você digitar capítulos inteiros no celular esperando o ônibus debaixo de chuva.

– Pois bem, tudo isso acabou.

– São milhões de pessoas esperando a continuação da sua história. Você deve isso a seus leitores!

– É só um livro, Milo, não é a vacina contra a aids!

Ele abriu a boca para replicar, mas seu semblante congelou, como se subitamente tomasse consciência de que não havia jeito de me fazer voltar atrás em minha decisão.

A não ser, talvez, me confessando a verdade...

– Tom, estamos com um problema *de verdade* – ele começou.

– Do que você está falando?

– Dos contratos.

– Que contratos?

– Que assinamos com a Doubleday e com os editores estrangeiros. Eles nos pagaram adiantamentos vultosos com a condição de que você aceitasse os prazos.

– Nunca me comprometi com nada.

– Mas eu me comprometi em seu nome, e, embora talvez nunca os tenha lido, você assinou...

Bebi um copo d'água. O rumo da conversa não me agradava. Há anos dividíamos as tarefas: ele administrava o negócio, e eu, os delírios de minha imaginação. Até aquele momento, esse acordo sempre tinha sido bom para mim.

– Já adiamos a data de lançamento várias vezes. Se você não terminar o livro em dezembro, teremos de pagar multas enormes.

– Basta devolver o adiantamento.

– Não é tão simples.

– Por quê?

– Porque já gastamos, Tom.

– Como assim?

Ele balançou a cabeça com irritação:

– Quer que eu te lembre quanto custou aquela casa? Ou o anel de diamantes que você deu para a Aurore e ela nem ao menos devolveu?

Mas que cara de pau!

– Calma lá, que negócio é esse? Sei muito bem o que ganhei e o que posso gastar!

Milo abaixou a cabeça. Gotas de suor escorriam em sua testa. Seus lábios se enrugaram e seu rosto, minutos antes animado pelo entusiasmo, estava agora sombrio e desfigurado.

– Eu... perdi tudo, Tom.

– Perdeu o quê?

– O seu dinheiro e o meu.

– Como é que é?

– Eu tinha aplicado quase tudo no fundo de investimentos que afundou com o caso Madoff.

– Eu espero que você esteja brincando.

Mas não, ele não estava brincando.

– Todo mundo dançou – ele disse, em um tom desolado. – Grandes bancos, advogados, políticos, artistas, Spielberg, Malkovich e até Elie Wiesel!

– E quanto me resta exatamente, além da minha casa?

– Sua casa está hipotecada há três meses, Tom. E, honestamente, você não tem nem como pagar o IPTU.

– Mas... e o seu carro? Deve custar mais de um milhão de dólares...

– Eu diria até dois. Mas há um mês estou sendo obrigado a estacionar na casa da vizinha para evitar que seja apreendido!

Permaneci um longo momento em silêncio e pasmo, até que me veio uma luz:

– Não acredito! Você está inventando essa história toda para me obrigar a pegar no batente de novo, é isso?

– Infelizmente, não.

Foi a minha vez de pegar o celular e ligar para o escritório de contabilidade que cuidava do pagamento de meus impostos e tinha acesso às minhas diversas contas. Meu contato confirmou que meus ativos bancários estavam a zero, o que, ao que parecia, ele tentara me avisar inúmeras vezes nas últimas semanas por meio de diversos *e-mails* e mensagens de voz, que ficaram sem resposta na secretária eletrônica.

Mas desde quando eu não checava minha correspondência ou atendia o celular?

Quando recobrei a razão, não estava em pânico, nem mesmo louco a ponto de partir para cima de Milo e quebrar sua cara. Sentia apenas um enorme cansaço.

– Escute, Tom, já saímos de situações mais difíceis – ele se atreveu a declarar.

– Você tem noção do que fez?

– Mas você pode consertar tudo – garantiu. – Se conseguir terminar o romance a tempo, podemos facilmente subir ao topo de novo.

– Como você quer que eu escreva quinhentas páginas em menos de três meses?

– Você já tem alguns capítulos na manga que eu sei.

Segurei a cabeça com as mãos. Decididamente, ele não entendia nada da minha sensação de impotência.

– Eu acabo de passar uma hora explicando que estou vazio, que minha mente está bloqueada, seca como uma pedra. Os problemas financeiros não mudam nada nisso e ponto final!

Ele insistiu:

– Você sempre disse que escrever era fundamental para seu equilíbrio e para sua saúde mental.

– Como você pode ver, eu estava errado. O que me deixou louco não foi ter parado de escrever, foi ter perdido meu amor.

– Você se dá conta de que está se destruindo por algo que não existe?

– O amor não existe?

– Claro que existe. Mas você aderiu a essa teoria idiota de almas gêmeas. Como se existisse uma espécie de encaixe perfeito entre dois indivíduos predestinados a se encontrar...

– Ah, bom, então é idiotice acreditar que talvez exista alguém capaz de nos fazer felizes, alguém com quem gostaríamos de envelhecer?

– É óbvio que não, mas é em outra coisa que você acredita: nessa história de que estamos destinados a uma única pessoa. Como uma espécie de elo perdido original, cuja marca teríamos conservado em nossa carne e em nossa alma.

– Curioso, é exatamente o que diz Aristófanes em *O banquete*, de Platão.

– Talvez, mas seu Aristo-sei-lá-o-quê e seu Plâncton não escreveram em lugar nenhum que a Aurore é o seu elo perdido. Vá por mim, não se iluda. A mitologia talvez funcione em seus romances, mas não é assim que a coisa funciona na vida real.

– Justamente, na vida real meu melhor amigo não só me leva à falência, como ainda se acha no direito de me dar lições! – disparei, deixando a mesa em seguida.

Milo se levantou com cara de desespero. Naquele instante eu percebi que ele estava disposto a tudo para me injetar uma dose de criatividade nas veias.

– Quer dizer que você não tem a menor intenção de voltar a escrever?

– Não. E você não pode fazer nada quanto a isso. Escrever um livro não é como fabricar um carro ou fazer barras de sabão – gritei da porta.

Quando saí do restaurante, o manobrista me estendeu as chaves do Bugatti. Instalei-me ao volante, liguei o motor e engatei a primeira. Os assentos de couro tinham um cheiro enjoativo de tangerina, e o painel de madeira laqueada, decorado com detalhes de alumínio cromado, me lembrou uma nave espacial.

A aceleração fulminante me grudou no encosto. Enquanto os pneus deixavam um rastro de borracha no asfalto, vi Milo correndo atrás de mim e lançando uma enxurrada de palavrões em minha direção.

5
Farrapos do paraíso

O inferno existe, e agora eu sei que
seu horror reside no fato de ser feito
apenas de farrapos do paraíso.
– Alec Covin

– Aqui está a sua *ferramenta*, pode devolver ao dono -- anunciou Milo, estendendo a Carole o pé de cabra que ela lhe emprestara.

– O dono é o estado da Califórnia – respondeu a jovem oficial da polícia, guardando a alavanca metálica no porta-malas do carro.

Santa Monica
Sete horas da noite

– Obrigado por ter vindo me pegar.

– Onde está o seu carro?

– O Tom pegou emprestado.

– O Tom perdeu a carteira!

– Digamos que ele tenha se zangado comigo – admitiu Milo, de cabeça baixa.

– Você lhe contou a verdade? – ela perguntou, preocupada.

– Contei, mas isso não o deixou entusiasmado a voltar ao trabalho.

– Eu não falei?

Ela fechou a porta do carro e, lado a lado, eles desceram a extensão da ponte levadiça que dava acesso à praia.

– Mas enfim – preocupou-se Milo –, você não acha isso maluco? Se destruir por uma história de amor?

Ela o fitou com um olhar triste.

– Pode até ser maluco, mas acontece todos os dias. Acho comovente e terrivelmente humano.

Ele deu de ombros e a deixou se adiantar um pouco.

Alta, com a pele fosca, cabelos pretos como asa de graúna e olhos claros como água, Carole Alvarez parecia uma princesa maia.

Nascida em El Salvador, chegara aos Estados Unidos aos nove anos. Milo e Tom a conheciam desde criança. Suas famílias – ou o que delas restava – moravam no mesmo prédio caindo aos pedaços de MacArthur Park, o Spanish Harlem de Los Angeles, ponto de viciados em heroína e de acertos de contas com rajadas de pistolas automáticas.

Os três haviam dividido as mesmas aflições, o mesmo cenário de prédios insalubres, calçadas repletas de lixo e lojas com portas de ferros amassadas e pichadas.

– Que tal nos sentarmos um pouco? – ela sugeriu, desdobrando uma toalha.

Milo se juntou a ela na areia branca. As marolas lambiam a praia, projetando uma espuma prateada que mordiscava os pés descalços dos que passeavam por ali.

Superlotada no verão, a praia estava muito mais calma naquele fim de tarde de outono. Intocado, o famoso píer de madeira de Santa Monica acolhia há mais de um século os moradores de Los Angeles, que, após um dia de trabalho, iam ali procurar uma válvula de escape para o estresse e a agitação da metrópole.

Carole arregaçou as mangas da camisa, tirou os sapatos e fechou os olhos, oferecendo o rosto ao vento e ao sol aconchegante de fim de outono. Milo a observava com uma dolorosa ternura.

Assim como ele, Carole não fora poupada pela vida. Tinha apenas quinze anos quando seu padrasto foi assassinado com uma bala na cabeça, vítima de um assalto à sua mercearia durante os funestos motins que incendiaram os bairros pobres da cidade em 1992. Depois da tragédia, ela brincara de esconde-esconde com o serviço social para não ser entregue à adoção, preferindo se instalar na casa de Black Mamma, uma velha prostituta, sósia de Tina Turner, que desvirginara metade dos machos de MacArthur Park. Bem ou mal, ela continuara seus estudos, trabalhando paralelamente: garçonete no Pizza Hut, vendedora de bijuterias baratas, recepcionista em congressos irrelevantes. Seu maior feito foi triunfar, na primeira tentativa, na prova de admissão da escola de polícia, passando a fazer parte da polícia de Los Angeles tão logo completou vinte e dois anos e sendo promovida a uma velocidade estonteante: primeiro *officer*, depois *detective*, até alcançar há poucos dias a patente de *sergeant*.

– Você tem falado com o Tom pelo celular nos últimos dias?

– Eu mando sempre duas mensagens por dia – respondeu Carole, abrindo os olhos –, mas o máximo que recebo são respostas bem curtas.

Ela olhou severamente para Milo.

– O que podemos fazer por ele agora?

– Primeiro, impedir que acabe consigo mesmo – ele respondeu, tirando dos bolsos tubos de soníferos e ansiolíticos que lhe havia surrupiado.

– Você tem noção de que isso tudo que está acontecendo é em parte culpa sua?

– É culpa minha se a Aurore terminou com ele? – ele se defendeu.

– Você sabe muito bem a que estou me referindo.

– A crise financeira mundial é culpa minha? O fato de Madoff ter sumido com cinquenta bilhões de dólares? E me diga sinceramente: o que você achava da garota?

Carole sacudiu os ombros em um gesto de impotência.

– Não faço ideia, mas tenho certeza de que ela não é para ele.

Ao longe, no píer, o parque de diversões funcionava a todo vapor. Os gritos das crianças se misturavam ao cheiro de algodão-doce e maçã do amor. Com roda-gigante e montanha-russa, o parque fora construído diretamente na água, diante da pequena ilha de Santa Catalina, que era possível avistar através da fina névoa.

Milo suspirou.

– Receio que ninguém venha a conhecer o fim da *Trilogia dos anjos*.

– Pois eu conheço – Carole respondeu tranquilamente.

– Você sabe o fim da história?

– O Tom me contou.

– Sério? Quando?

Seu olhar parecia nublado.

– Há muito tempo – ela respondeu vagamente.

Milo franziu o cenho. Certa decepção se misturou à surpresa. Ele acreditava saber tudo da vida de Carole. Viam-se quase que diariamente, ela era sua melhor amiga, sua única família de verdade e – embora ele se recusasse a admitir – a única mulher por quem nutria algum sentimento.

Com o pensamento longe dali, Milo olhou para a praia. Como nas séries de tevê, algumas almas corajosas desafiavam as ondas em pranchas de surfe, enquanto mulheres salva-vidas com corpos esculturais vigiavam o mar das guaritas de madeira. Mas Milo as fitava sem vê-las, pois tinha olhos apenas para Carole.

Eram unidos por um vínculo muito forte, enraizado na infância, um misto de pudor e respeito. Ainda que Milo nunca tivesse ousado exprimir seus sentimentos, Carole era a menina dos seus olhos, e ele se preocupava com ela pelos riscos de sua profissão. Ela não sabia disso, mas às vezes Milo pegava o carro e passava a noite no estacionamento do prédio de Carole, apenas porque era reconfortante ficar perto dela. A verdade é que, mais que tudo no mundo, ele tinha medo de perdê-la, ainda que ele mesmo não soubesse muito bem que realidade esse verbo ocultava: medo de que ela fosse atropelada por um trem? De que fosse alvo de uma bala perdida ao prender um *junkie*? Ou, o que era mais provável, de se conformar em vê-la nos braços de outro homem?

* * *

Carole colocou os óculos escuros e abriu mais um botão de sua blusa. Apesar do calor, Milo resistiu à vontade de arregaçar as mangas da camisa. Seus bíceps eram tatuados com sinais cabalísticos, testemunhos permanentes de sua antiga filiação ao famoso MS-13, também conhecido como Mara Salvatrucha, uma gangue extremamente violenta que dava as cartas nas vielas de MacArthur Park e da qual Milo fizera parte por não ter o que fazer aos doze anos de idade. Filho de mãe irlandesa e pai mexicano, Milo era considerado um "chicano" pelos membros do clã, criado por jovens imigrantes salvadorenhos que o haviam submetido à prova iniciática do *corton*: um trote que, no caso das meninas, consistia num estupro coletivo e, no caso dos meninos, num espancamento com duração de treze minutos. Um trote absurdo, supostamente promovido para testar a coragem, a resistência e a lealdade, mas que quase sempre terminava em sangue.

Apesar da pouca idade, Milo ainda assim havia sobrevivido e, durante mais de dois anos, roubara carros, passara *crack*, subornara comerciantes e vendera armas de fogo para a Mara. Aos quinze anos, havia se tornado uma espécie de animal feroz, cuja vida se pautava exclusivamente pela violência e pelo medo. Preso nessa espiral e tendo a morte ou a prisão como único horizonte, devia sua salvação exclusivamente à inteligência de Tom e à amizade de Carole, que tinham conseguido arrancá-lo daquele inferno, desmentindo o princípio segundo o qual ninguém deixava a Mara, sob pena de morte.

O sol poente lançava seus últimos raios. Milo piscou várias vezes, para se proteger da luminosidade e expulsar as lembranças e os sofrimentos do passado.

– Posso te convidar para comer frutos do mar?

– Acho que, com o que sobrou na sua conta, sou eu quem devo te convidar – observou Carole.

– É uma forma de comemorarmos a sua promoção – disse ele, estendendo a mão para ajudá-la a se levantar.

Deixaram a praia desanimados e percorreram a pé os poucos metros de ciclovia que ligava Venice Beach a Santa Monica.

Foram então caminhando pela Third Street Promenade, uma rua larga ladeada por palmeiras que abrigava diversas galerias de arte e restaurantes da moda.

Instalaram-se no terraço da *brasserie* Anisette, cujo cardápio, em francês, tinha pratos com nomes tão exóticos quanto *frisée aux lardons*, *entrecôte aux échalottes* ou *pommes dauphinoises*.

Milo insistiu em provar um drinque chamado *pastis*, que lhe serviram à moda californiana, em um copo grande cheio de gelo.

Apesar dos malabaristas, músicos e engolidores de fogo que animavam a rua, o jantar foi melancólico. Carole estava triste, Milo, atormentado e cheio de culpa. A conversa girou em torno de Tom e Aurore.

– Você sabe *por que* ele escreve? – Milo perguntou subitamente no meio da refeição, dando-se conta de que ignorava um ponto essencial da psicologia de seu amigo.

– Como assim?

– Sei que o Tom sempre gostou de ler, mas escrever é diferente. E você o conhecia melhor que eu na adolescência. O que levou o Tom a criar sua primeira história naquela época?

– Não faço ideia – Carole se apressou em responder.

Mas, sobre esse último ponto, ela mentia.

* * *

MALIBU
OITO HORAS DA NOITE

Após rodar sem rumo pela cidade, estacionei o Bugatti ameaçado de apreensão em frente à casa que eu acabava de saber que não me pertencia mais. Algumas horas antes, embora no fundo do poço, eu me encontrava diante de uma fortuna de dez milhões de dólares. Agora, estava apenas no fundo do poço...

Quebrado, ofegante sem sequer ter corrido, me joguei no sofá, com os olhos perdidos no emaranhado de vigas que sustentava a suave inclinação do teto.

Eu estava com dor de cabeça, com a coluna moída, as mãos úmidas e o estômago embrulhado. As palpitações me oprimiam e me asfixiavam: me sentia vazio por dentro, consumido por uma queimação que acabara por alcançar minha pele.

Durante anos eu passara as noites escrevendo, investindo nisso todas as minhas emoções e toda a minha energia. Depois, passei a fazer conferências e sessões de autógrafos nos quatro cantos do mundo. Criara um organismo de caridade para que as crianças do meu antigo bairro tivessem acesso ao estudo da arte. E, por ocasião de alguns *shows*, eu mesmo tocara bateria com meus "ídolos": os Rock Bottom Remainders.*

---

* Banda de rock formada por escritores conhecidos – Stephen King, Scott Turow, Matt Groening, Mitch Albom... – cujos concertos arrecadam fundos destinados a financiar projetos de alfabetização.

Mas naquele momento eu havia perdido o gosto por tudo: pessoas, livros, música e até pelos raios do sol que se punham sobre o oceano.

Eu me obriguei a levantar, fui para fora e me apoiei no parapeito da varanda. Mais abaixo, na praia, como um vestígio da época dos Beach Boys, um velho Chrysler amarelo com madeiras envernizadas exibia orgulhosamente no vidro traseiro o lema da cidade: *Malibu, where the mountains meet the sea.**

Fixei o olhar até ficar cego na linha flamejante que roçava o horizonte e iluminava o céu antes de ser carregada pelas ondas. Esse espetáculo, que outrora tanto me fascinara, não evocava mais nenhum encantamento em mim. Eu não sentia mais nada, como se meu estoque de emoções tivesse se esgotado.

Só uma coisa podia me salvar: reencontrar Aurore, seu corpo de cipó, sua pele de mármore, seus olhos de prata e seu cheiro de areia. Mas eu sabia que isso não aconteceria. Sabia que tinha perdido o combate e que, ao fim da batalha, me restava apenas a vontade de queimar os neurônios com metanfetamina ou qualquer outra porcaria que estivesse ao meu alcance.

Eu precisava dormir. De volta à sala, nervoso, procurei meus remédios, mas pressenti que Milo havia dado sumiço neles. Corri até a cozinha e vasculhei os sacos de lixo. Nada. Tomado de pânico, voei até o andar de cima, abri todos os armários e terminei enfiando a mão dentro de minha mala de viagem.

Espremidos em um pequeno bolso, uma caixa cheia de soníferos e alguns ansiolíticos me esperavam ali desde minha última viagem a Dubai para uma sessão de autógrafos em uma grande livraria no Mall of the Emirates.

Quase à minha revelia, despejei todos os comprimidos na mão e fiquei observando por um momento a dúzia de pílulas brancas e azuis que pareciam rir da minha cara:

Você não tem coragem!

Eu nunca estivera tão próximo do vazio. Na minha cabeça, imagens aterrorizantes se chocavam: meu corpo na extremidade de uma cor-

* Malibu, onde as montanhas encontram o mar.

da, a mangueira de gás na boca, o cano de um revólver na têmpora. Cedo ou tarde, minha vida terminaria assim. E, no fundo, eu não sabia disso desde sempre?

Você não tem coragem!

Enfiei o punhado de pílulas na boca como uma tábua de salvação. Tive dificuldade para engolir, mas um gole de água mineral fez tudo descer.

Então, me arrastei até o quarto e desabei na cama.

O espaço estava vazio e frio e era contornado por uma imensa parede de painéis de vidro luminescente azul-turquesa, transparente na medida para deixar penetrar a luz do dia.

Enrosquei-me no colchão, aterrado por pensamentos mórbidos.

Pendurados na parede branca, os amantes de Marc Chagall me observavam com compaixão, como se lamentassem não poderem amenizar meu sofrimento. Antes mesmo de comprar a casa (que deixara de ser minha) ou o anel de Aurore (que também não era mais minha), a aquisição do quadro do mestre russo tinha sido minha primeira loucura. Sobriamente intitulada *Amantes em azul*, a tela datava de 1914. Eu tinha ficado louco por aquela pintura, que representava um casal abraçado unido num amor misterioso, sincero e plácido. Para mim, simbolizava a cura de duas criaturas feridas, costuradas uma à outra para dividir uma única cicatriz.

Caindo suavemente em um estado de profunda sonolência, tive a impressão de me desconectar progressivamente das dores do mundo. Meu corpo se desfazia, minha consciência me abandonava, a vida me deixava...

6

Quando te conheci...

É preciso ter o caos dentro de si para
dar à luz uma estrela cintilante.
– Friedrich Nietzsche

EXPLOSÃO
GRITO DE MULHER
PEDIDOS DE SOCORRO!

Um barulho de vidro quebrado me arrancou do pesadelo. Abri os olhos em um sobressalto. O quarto estava mergulhado na escuridão e a chuva fustigava as vidraças.

Levantei-me com dificuldade, a garganta seca. Estava com febre, pingando suor. Respirava com dificuldade, mas continuava vivo.

Dei uma espiada no despertador:

03:16

Algo se mexia no andar de baixo, e eu ouvia distintamente as persianas chicoteando a parede.

Tentei acender a luz da cabeceira, mas, como de costume, a tempestade provocara um apagão em Malibu Colony.

Levantei-me como dificuldade. Sentia enjoo e a cabeça pesada. Meu coração palpitava agitado, como se eu tivesse acabado de correr uma maratona.

Tomado por vertigens, tive de me apoiar na parede para não cair. Os soníferos podiam não ter me matado, mas haviam me lançado em um limbo do qual me tornara prisioneiro. O que mais me preocupava eram meus olhos: pareciam arranhados e ardiam de tal forma que eu mal conseguia mantê-los abertos.

Castigado pela enxaqueca, me forcei a descer os poucos degraus me escorando no corrimão. A cada passo, meu estômago revirava e eu tinha a impressão de que vomitaria no meio da escada.

Do lado de fora, o temporal não dava trégua. Sob a luz dos relâmpagos, a casa parecia um farol em meio à tempestade.

Ali constatei os estragos: o vento penetrara pela porta da sacada, que eu deixara aberta, derrubando na passagem um jarro de cristal que se espatifara no chão, e a chuva torrencial começava a inundar a sala.

Merda!

Corri para fechar o vidro e me arrastei até a cozinha para pegar uma caixa de fósforos. Foi com a volta da luz que senti subitamente uma presença e, logo a seguir, uma respiração.

Virei o rosto e...

* * *

Uma silhueta feminina, esbelta e atraente, se destacava no azulado noturno do lado de fora.

Levei um susto e arregalei os olhos: por pior que eu enxergasse, a moça estava nua, com uma das mãos pousada no baixo-ventre, a outra escondendo o peito.

Não me faltava mais nada!

– Quem é você? – perguntei, me aproximando e olhando-a da cabeça aos pés.

– Ei, não se preocupe! – ela gritou, agarrando a manta de fio Escócia do sofá e enrolando-a na cintura.

– Como assim "não se preocupe"? O mundo está mesmo de pernas para o ar! Você está na minha casa!

– Talvez, mas não é motivo para...

– Quem é você? – insisti.

– Eu achei que você me reconheceria.

Eu mal a distinguia, mas de qualquer forma sua voz não me dizia nada, e eu não estava com a mínima vontade de brincar de adivinhação. Risquei um fósforo para acender um velho lampião garimpado no mercado de pulgas de Pasadena.

Uma suave luz coloriu o ambiente, revelando a aparência de minha intrusa. Uma moça de aproximadamente vinte e cinco anos, olhos claros, assustados e petulantes, e cabelos cor de mel molhados pela chuva.

– Não sei como poderia te reconhecer. Nunca nos vimos antes.

Ela deixou escapar uma risadinha zombeteira, mas me recusei a entrar no seu jogo.

– Muito bem, já chega, senhorita! O que faz aqui?

– Sou eu, Billie! – disse ela, como se fosse evidente, e puxou a manta para os ombros

Notei que ela estava arrepiada e que sua boca tremia. Não era para menos: ela estava ensopada e a sala, congelante.

– Não conheço Billie nenhuma – respondi, me dirigindo ao enorme armário de nogueira que usava como despensa.

Fiz a porta correr e, vasculhando uma bolsa esportiva, encontrei uma canga com motivos havaianos.

– Pegue! – gritei para ela, atirando-lhe o pano da outra ponta da sala.

Ela o agarrou ainda no ar e, enxugando o rosto e os cabelos, me desafiou com o olhar.

– Billie Donelly – apresentou-se, atenta à minha reação.

Fiquei imóvel por vários segundos, sem de fato compreender o significado de suas palavras. Billie Donelly era uma personagem secundária de meus romances. Uma garota sobretudo atraente, mas um pouco desamparada, que trabalhava como enfermeira em um hospital público de Boston. Eu sabia que muitas leitoras haviam se reconhecido naquela personagem do tipo *girl next door*, comum nos romances populares.

Pasmo, dei alguns passos em sua direção e apontei o lampião para ela. De Billie, ela tinha a aparência esguia, dinâmica e sensual, o semblante luminoso, o rosto um pouco anguloso, salpicado por sardas discretas.

Mas quem era aquela garota? Uma fã obcecada? Uma leitora que se identificava com minha personagem? Uma admiradora ressentida?

– Você não acredita em mim, não é? – ela perguntou, instalando-se em um banquinho alto atrás do balcão da cozinha e pegando na fruteira uma maçã, na qual cravou os dentes.

Coloquei o lampião sobre o balcão de madeira. Apesar da dor aguda que me dilacerava o cérebro, estava decidido a manter a calma. Comportamentos intrusivos junto a celebridades eram muito comuns em Los Angeles. Fiquei sabendo que certa manhã Stephen King encontrara um homem armado com uma faca em seu banheiro, que um roteirista iniciante invadira a casa de Spielberg apenas para obrigá-lo a ler um *script* e que um fã desequilibrado de Madonna ameaçara cortar-lhe a garganta caso ela recusasse seu pedido de casamento...

Durante muito tempo eu havia sido poupado desse fenômeno. Fugia dos estúdios de televisão, praticamente não dava entrevistas e, apesar da insistência de Milo, não aparecia com o intuito de promover meus livros. Considerava motivo de orgulho o fato de meus leitores apreciarem minhas histórias e meus personagens mais do que a minha humilde pessoa, mas a exposição na mídia de meu romance com Aurore me rebaixara, a contragosto diga-se de passagem, da categoria dos escritores para a menos prestigiosa das *celebridades*.

– Ei! Alô! Tem alguém na linha? – me intimou "Billie", agitando os braços. – Você parece um robô com esse olhar de peixe morto!

Mesmo vocabulário "imagético"...

– Muito bem, chega. Você vai vestir alguma coisa e voltar bonitinha pra casa.

– Acho que vai ser difícil eu voltar pra casa...

– Por quê?

– Porque a minha casa são seus livros. Para um pequeno gênio das letras, acho você um pouco lento.

Suspirei, sem ceder à irritação. Tentei fazê-la raciocinar:

– Senhorita, Billie Donelly é uma personagem de ficção...

– Até aí, estamos de acordo.

Até que enfim.

– Esta noite, nesta casa, estamos na realidade.

– Isso me parece óbvio.

Bom, avançamos um pouco.

– Portanto, se você é uma personagem de romance, não pode estar aqui.

– Claro que posso!

Estava bom demais.

– Então me explique como isso aconteceu, mas fale rápido, pois estou realmente com sono.

– Eu caí.

– Caiu de onde?

– De um livro. Da sua história, caramba!

Olhei para ela incrédulo, sem compreender uma única e maldita palavra de seus devaneios.

– Caí de uma linha, no meio de uma frase inacabada – acrescentou, apontando, para me convencer, o livro sobre a mesa que Milo me entregara no almoço.

Ela se levantou e me passou o exemplar, abrindo-o na página 266. Pela segunda vez no dia, percorri com os olhos o trecho em que a história se interrompia abruptamente:

> Billie limpou os olhos enegrecidos por rios de rímel.
>
> – Por favor, Jack, não vá embora desse jeito.
>
> Mas o homem já vestira o casaco. Ele abriu a porta sem olhar para a amante.
>
> – Eu te suplico! – ela berrou, caindo

– Veja, está escrito: "berrou, caindo". E foi bem na sua casa que eu caí.

Eu estava cada vez mais surpreso. Por que aquele tipo de coisa caía (era o caso de dizer) sempre em cima de mim? O que eu tinha feito para merecer aquilo? Sem dúvida eu estava um pouco chapado, mas não a ponto de pirar daquela maneira. Eu havia tomado apenas alguns soníferos, não LSD! De qualquer forma, talvez aquela garota só existisse na minha cabeça. Provavelmente não passava da manifestação sinistra de uma *overdose* de medicamentos que me fazia delirar.

Eu tentava me agarrar a essa ideia, procurando me convencer de que tudo aquilo era apenas uma alucinação vertiginosa que cruzava meu cérebro, mas nem por isso deixei de observar:

– Você é completamente maluca, e isso é um eufemismo. Já lhe disseram isso, não é mesmo?

– E você faria melhor se voltasse para a cama, pois sua cabeça está no seu rabo. E isso não é um eufemismo.

– Tem razão, vou dormir, não tenho tempo a perder com uma garota maluca da cabeça!

– Estou cheia dos seus insultos!

– E eu de aturar uma desmiolada que caiu da lua e aterrissou nua em pelo na minha casa às três da manhã!

Enxuguei as gotas de suor na testa. Mais uma vez eu sentia dificuldade para respirar, e espasmos de ansiedade contraíam os músculos do meu pescoço.

Meu celular estava no bolso. Peguei-o para discar o número da guarita de segurança do condomínio.

– Pode me escorraçar! – ela gritou. – É muito mais fácil do que me ajudar!

Eu podia entrar no jogo dela. Definitivamente, alguma coisa nela me tocava: o rosto de mangá, seu humor rebelde, seu lado menino que deu errado, que atenuava seus olhos de lagoa, e suas pernas intermináveis. Mas suas falas eram incoerentes demais para que eu pudesse fazer alguma coisa por ela.

Disquei o número e esperei.

Primeiro toque.

Sentia o rosto quente e a cabeça cada vez mais pesada. Então minha visão ficou embaçada e comecei a ver tudo duplicado.

Segundo toque.

Eu precisava jogar uma água no rosto, precisava...

Porém, à minha volta, o cenário perdeu a realidade e tudo oscilou. Ouvi o terceiro toque, muito longe, depois perdi os sentidos e desmoronei no chão.

7
Billie ao luar

As musas são fantasmas, e às vezes entram em cena sem ser convidadas.
– STEPHEN KING

A chuva caía sem trégua, deixando marcas profundas nas vidraças, que tremiam sob o turbilhão do vento. A energia havia voltado na casa, embora as luminárias ainda crepitassem sem parar.

MALIBU COLONY
QUATRO HORAS DA MANHÃ

Enrolado num cobertor, Tom dormira profundamente no sofá.

"Billie" ligara o ar-condicionado e vestira um roupão duas vezes maior que ela. Com uma toalha enrolada na cabeça e uma xícara de chá na mão, perambulava pela casa, abrindo armários e gavetas, entregando-se a uma minuciosa inspeção que ia do conteúdo dos armários ao da geladeira.

Apesar da desordem que imperava na sala e na cozinha, ela gostava do estilo boêmio e *rock and roll* da decoração: a prancha de surfe de madeira laqueada pendurada no teto, a luminária coral, a luneta de latão niquelado, a *jukebox* de época...

Passou meia hora bisbilhotando as prateleiras da estante, fuçando aqui e ali de acordo com sua inspiração. Na escrivaninha, estava o *laptop* de Tom. Ela o ligou sem demonstrar a menor hesitação, mas o aparelho era bloqueado por senha. Tentou algumas combinações extraídas do universo do autor, mas nenhuma delas lhe permitiu adentrar os mistérios da máquina.

Nas gavetas, pegou dezenas de cartas de leitores dos quatro cantos do mundo enviadas a Tom. Alguns envelopes continham desenhos, outros, fotografias, flores secas, talismãs, medalhas, amuletos... Durante mais de uma hora, leu com atenção todas aquelas mensagens, constatando surpresa que um número significativo falava dela.

No tampo da mesa, um monte de correspondência que Tom nem se dera ao trabalho de abrir: contas, extratos bancários, convites para lançamentos, cópias de artigos de jornais enviadas pela assessoria de imprensa da Doubleday. Sem hesitar por muito tempo, abriu a maioria dos envelopes e destrinchou a lista de despesas do escritor, mergulhando no relato dos jornais a respeito de seu rompimento com Aurore.

Enquanto lia, dirigia olhares constantes para o sofá, certificando-se de que Tom continuava dormindo. Por duas vezes, deixou seu assento e puxou o cobertor dele, como teria feito para cuidar de uma criança doente.

Olhou com o mesmo vagar os *slides* com as fotografias de Aurore no porta-retratos digital instalado no aparador da lareira. A pianista transmitia jovialidade e graça incomuns. Algo de intenso e puro. Diante daquelas fotos, "Billie" não pôde evitar de se perguntar ingenuamente por que determinadas mulheres recebiam tanto no nascimento – beleza, educação, riqueza, talento – e outras tão pouco.

Em seguida, prostrou-se diante de uma janela e observou a chuva batendo nos vidros. Via seu reflexo na vidraça e não gostava da imagem que lhe era devolvida. Em relação a seu físico, ela sempre ficara dividida: achava o rosto anguloso e a testa larga demais. O corpo desajeitado a fazia parecer um gafanhoto. Não, não se achava muito bonita com seus seios discretos, quadris estreitos, o andar esquisito de varapau e as sardas que detestava. Sobravam então as pernas, compridas e sem fim... Sua "arma fatal no jogo da sedução", para repetir uma expressão dos romances de Tom. Pernas que enlouqueciam muitos homens, mas nem sempre os mais cavalheiros. Expulsou aqueles pensamentos de sua mente e, fugindo do "inimigo no espelho", deixou seu posto de observação para visitar o andar de cima.

No *closet* do quarto de visitas, descobriu um armário impecavelmente organizado. Sem dúvida, roupas esquecidas por Aurore e que atestavam a rapidez de seu rompimento com Tom. Deslumbrada feito criança, inspecionou aquela caverna de Ali Babá, que continha alguns itens inevitáveis da moda: um casaco Balmain, um *trench* Burberry bege, uma bolsa Birkin – verdadeira! –, uma calça *jeans* Notify...

Na prateleira corrediça de sapatos, encontrou simplesmente o Santo Graal: um par de escarpins assinado por Christian Louboutin. Milagre: eram do seu tamanho. Em frente ao espelho, não resistiu e os calçou, concedendo a si mesma quinze minutos de Cinderela, com uma calça *jeans* clara e uma blusa de seda.

Terminou o passeio pela casa adentrando o quarto de Tom. Ficou surpresa ao ver que o ambiente estava imerso em uma luz azul quando não havia luz nenhuma acesa. Voltou-se para a tela na parede e observou, fascinada, o doce enlace dos amantes.

Trespassando a penumbra, o quadro de Chagall tinha algo de irreal e parecia iluminar a noite.

8
A ladra de vida

O mundo não lhe será dado de presente, acredite.
Se quiser ter uma vida, roube-a.
– Lou Andreas-Salomé

Uma onda de calor percorreu meu corpo e tocou meu rosto. Eu me sentia bem, agasalhado, protegido. Por um instante, resisti à vontade de abrir os olhos e prolonguei aquele sono amniótico em meu casulo acolchoado. Então, senti como se ouvisse uma música ao longe, o refrão de um *reggae* de sucesso cujas notas se misturavam a um cheiro de minha infância: o de panqueca com banana e de maçã caramelizada.

Um sol audacioso despejava sua luz no ambiente todo. Minha enxaqueca havia passado. Com a mão diante dos olhos para não ter a visão ofuscada, virei a cabeça em direção à varanda. A música vinha do meu pequeno rádio, disposto sobre uma mesinha de teca envernizada.

Havia movimento em volta da mesa: a barra da saia vaporosa de um vestido, com uma fenda que ia até o alto de uma coxa, flutuavam na contraluz. Endireitei o corpo para me apoiar no encosto do sofá. Eu conhecia aquele vestido rosa-carne de alcinhas! Eu conhecia aquele corpo que o jogo de transparências deixava adivinhar!

– Aurore... – murmurei.

Mas a delicada e vaporosa silhueta avançou até tapar a luz do sol e...

Não, não era Aurore, era a desmiolada daquela noite que dizia ser uma personagem de romance!

Saltei do cobertor antes de voltar rapidamente para ele ao me dar conta de que estava tão nu como uma minhoca.

A louca me despiu!

Procurei minhas roupas com os olhos, mas não havia nem uma cueca ao alcance da mão.

Isso não vai ficar assim!

Apanhei o cobertor e o enrolei na cintura antes de seguir em direção ao terraço.

O vento expulsara as nuvens. O céu estava limpo e resplandecia num azul magnético. Em seu vestido de verão, o "clone" de Billie se agitava em volta da mesa como uma abelha em meio a raios de sol.

– O que você ainda está fazendo aqui? – fulminei.

– Essa é uma maneira esquisita de me agradecer por ter preparado o café da manhã!

Além de pequenas panquecas, ela preparara dois copos de suco de toranja e café.

– Além do mais, com que direito você tirou a minha roupa?

– Bem, estamos quites! Você não se acanhou ao me medir dos pés à cabeça ontem à noite...

– Mas você está na MINHA CASA!

– Ora, ora, não vai criar caso só porque eu vi o chiquinho!

– Chiquinho?

– Mas é claro, seu menino Jesus, seu bilauzinho...

Meu menino Jesus! Meu bilauzinho!, pensei, apertando o cobertor em volta da cintura.

– É importante ressaltar o lado afetuoso do diminutivo, pois, nesse aspecto, você na verdade é...

– Chega de palhaçada! – a interrompi. – E se você acha que com bajulação...

Ela me passou uma xícara de café.

– Você consegue falar sem gritar?

– E com que direito você pegou esse vestido?

– Você não acha que caiu bem em mim? Era da sua ex-namorada, não era? Bom, porque não imagino você como travesti...

Deixei-me cair na cadeira e esfreguei os olhos para me recuperar. Durante a noite, cheguei ingenuamente a pensar que aquela garota pudesse ter sido apenas uma alucinação, mas infelizmente não era esse o caso: era uma mulher, de verdade, e representada por uma chata de marca maior.

– Tome o café antes que esfrie.

– Não quero, obrigado.

– Está com essa cara de defunto e não quer café?

– Não quero o *seu* café, é diferente.

– Por quê?

– Porque não sei o que você colocou na minha xícara.

– Você acha mesmo que pretendo te envenenar?

– Conheço as desvairadas do seu tipo...

– As desvairadas do meu tipo!

– Exatamente. Ninfomaníacas com a delirante convicção de ser amadas pelo ator ou pelo escritor que admiram.

– Eu, uma ninfomaníaca! Aí, meu velho, você realmente está tomando seus desejos pela realidade. E se você acha que te admiro, está viajando na maionese!

Massageei as têmporas, observando o sol triunfar por detrás da linha do horizonte. Minha cervical estava dolorida e a cefaleia voltara de supetão, escolhendo agora torturar a parte de trás da minha cabeça.

– Bom, vamos parar de brincadeira. Você vai voltar para casa sem me obrigar a chamar a polícia, certo?

– Preste atenção, eu entendo que você se recuse a admitir a verdade, mas...

– Mas?

– ...sou *mesmo* Billie Donelly. Sou *mesmo* uma personagem de romance, e pode ter certeza de que isso me apavora tanto quanto a você.

Aterrorizado, acabei dando um gole no café para, em seguida, após uma última hesitação, terminar a xícara. A bebida talvez pudesse estar envenenada, mas aparentemente o veneno não surtia efeito imediato.

Ainda assim, não baixei a guarda. Quando criança, lembrava-me de ter visto um programa de tevê no qual o assassino de John Lennon justificava seu ato pela vontade de conquistar um pouco da celebri-

dade de sua vítima. Certamente eu não era o ex-beatle e aquela mulher era mais bonita que Mark David Chapman, mas eu sabia que muitos *stalkers** eram psicóticos e que o ato de partir para a ação podia ser impulsivo e violento. Assumi então minha voz mais tranquilizadora para tentar fazê-la raciocinar novamente:

– Ouça, eu acho que você está ligeiramente... perturbada. Isso acontece. Há dias em que nos levantamos com o pé esquerdo. Talvez você tenha perdido recentemente o emprego ou um amigo? Seu namorado terminou com você? Ou será que você se sente rejeitada e cheia de ressentimento? Se for esse o caso, conheço uma psicóloga que poderia...

Ela interrompeu a minha falação sacudindo diante dos meus olhos uma das receitas prescritas pela dra. Sophia Schnabel.

– Pelo que pude entender, é você que precisa de um psi, certo?

– Você mexeu nas minhas coisas!

– Afirmativo – respondeu ela, me servindo mais café.

Seu comportamento me desconcertava. O que eu devia fazer numa situação dessas? Chamar a polícia ou um médico? Pelas suas palavras, eu poderia apostar que ela tinha antecedentes criminais ou psiquiátricos. O mais simples teria sido botá-la para fora à força, mas se tocasse naquela pestinha ela seria capaz de dizer que eu havia tentado assediá-la, e eu não queria correr esse risco.

– Você não passou a noite na sua casa – adverti, numa última tentativa. – Sem dúvida, sua família ou seus amigos estão preocupados. Se quiser avisar alguém, pode usar o telefone.

– Eu não acredito! Em primeiro lugar, ninguém se preocupa comigo, o que é bem triste, tenho que admitir. Quanto ao telefone, acabam de cortar a sua linha – ela respondeu na lata, voltando para a sala.

Eu a vi se dirigir à grande mesa que me servia de escrivaninha. De longe, toda sorrisos, exibiu um maço de contas.

– Não se assuste – comentou. – Há meses você não paga a conta!

Foi a gota-d'água. Sem pensar, lancei-me sobre ela e a desestabilizei para fazê-la cair nos meus braços. Paciência se fosse acusado de

* Indivíduos psicologicamente instáveis que assediam, perseguem e às vezes agridem celebridades.

agressão. Preferia isso a ouvi-la por mais um minuto que fosse. Segurava-a com firmeza, uma das mãos sob seus joelhos, a outra na parte de trás da cintura. Ela se debatia com toda a força, mas eu não cedi e a levei para a varanda, onde a atirei sem cerimônia o mais longe possível, antes de voltar correndo para dentro de casa e fechar a porta de vidro da sacada.

Pronto!

Os bons e velhos métodos, só assim a coisa funciona.

Por que eu havia me imposto aquela companhia inoportuna por tanto tempo? Afinal, não tinha sido tão complicado assim me livrar dela! Embora escrevesse o contrário em meus romances, às vezes não era ruim que a força triunfasse sobre as palavras...

Com um sorriso satisfeito, observei a garota trancada do lado de fora. Ela respondeu a meu bom humor com o dedo médio em riste.

Enfim, só!

Eu precisava de serenidade. Na falta de ansiolíticos, peguei o iPod e, como um druida que prepara uma poção calmante, montei uma *playlist* eclética com Miles Davis, John Coltrane e Philip Glass. Conectei o fone de ouvido no aparelho e o ambiente foi tomado pelas primeiras notas de *Kind of Blue*, a mais bela obra de *jazz* do mundo, apreciada até pelos que não são fãs de *jazz*.

Na cozinha, preparei outro café e retornei à sala, rezando para que a estranha visitante tivesse desaparecido do meu terraço.

Não era o caso.

Visivelmente de mau humor – outro eufemismo –, ela estava destruindo a louça do café da manhã. Cafeteira, pratos, xícaras, bandeja de vidro, tudo que era possível quebrar foi atirado no piso de cerâmica. Depois bateu com raiva nas portas corrediças, antes de arremessar contra elas, com toda a força, uma cadeira de jardim, que apenas ricocheteou no vidro temperado.

– EU SOU A BILLIE! – ela gritou várias vezes, mas suas palavras eram filtradas pela vidraça tripla, e eu mais as adivinhava que ouvia. Aquela confusão não demoraria a alertar os vizinhos e, por tabela, a equipe de segurança de Malibu Colony, que me livraria daquela perturbação.

Então, ela se encolheu toda do outro lado da porta envidraçada. Sentada com a cabeça nas mãos, parecia abatida e desanimada. Tocado por seu desespero, olhei-a fixamente, me dando conta ao mesmo tempo de que suas palavras haviam despertado em mim, se não um estranho fascínio, pelo menos uma verdadeira curiosidade.

Ela ergueu a cabeça, e, por entre as mechas de seus cabelos dourados, notei seu olhar abatido, que em poucos minutos passara da mais doce à mais caótica das expressões.

Fui me aproximando lentamente e me sentei recostado na vidraça, os olhos cravados nos dela, à procura de um sinal de verdade, ou ao menos de uma explicação. Foi quando vi suas pálpebras estremecerem, como se estivessem sob efeito de dor. Recuei para descobrir que o vestido rosa-carne estava todo manchado de sangue! Notei a lâmina da faca de pão entre suas mãos e compreendi que ela se automutilara. Eu me levantei para socorrê-la, mas dessa vez fora ela quem bloqueara a porta, travando a maçaneta externa com a mesa.

Por quê?, perguntei-lhe com o olhar.

Percebi um ar de desafio em seus olhos, e, como resposta, ela bateu várias vezes no vidro com a palma da mão esquerda, que se esvaía em sangue. Finalmente, imobilizou a mão machucada e, pela transparência, li os três algarismos esculpidos em sua carne:

9

Ombro tatuado

Inscritos com sangue, os algarismos dançavam diante de meus olhos:

144

Numa época normal, meu primeiro reflexo teria sido discar 911 para chamar a ambulância, mas alguma coisa me impedia de me precipitar. O ferimento sangrava copiosamente, mas não parecia fatal. O que haveria por trás daquele gesto? Por que aquela mulher infligira a si mesma um corte como aquele?

Porque ela é louca...

Tudo bem, e o que mais?

Porque eu não acreditei nela.

Que relação teria o número 144 com o que ela havia me contado?

Mais uma vez, ela bateu violentamente no vidro com a palma da mão, e vi que seu dedo apontava na direção do livro deixado sobre a mesa.

Meu romance, a história, os personagens, a ficção...

A evidência se impôs diante de mim:

Página 144.

Apanhei o livro e folheei com pressa até chegar à maldita página

Era um início de capítulo, em que se lia:

> Na manhã seguinte ao dia em que fizera amor com Jack pela primeira vez, Billie foi a um estúdio de tatuagem em Boston.
>
> A agulha corria por seu ombro, injetando tinta sob a pele, gravando com pequenos toques uma inscrição em arabescos. Um símbolo

utilizado pelos membros de uma antiga tribo indígena para qualificar a essência do sentimento amoroso: *um pouco de ti entrou em mim para sempre e me contaminou como um veneno.* Uma epígrafe corporal que agora ela pretendia carregar como um amuleto para enfrentar as dores da vida.

Levantei a cabeça na direção de minha "visitante". Ela estava toda encolhida. Com o queixo pousado sobre as pernas dobradas, agora me fitava com um olhar apagado. Estaria eu no caminho errado? Haveria realmente alguma coisa a ser compreendida por trás daquela encenação? Na dúvida, me aproximei da sacada envidraçada. Atrás da vidraça, o olhar da garota subitamente se inflamou. Ela passou a mão no pescoço e fez escorregar a alcinha do vestido pelo ombro.

Na altura da omoplata, notei um motivo tribal que conhecia bem. Um símbolo indígena utilizado pelos ianomâmis para descrever a substância do sentimento amoroso: *um pouco de ti entrou em mim para sempre e me contaminou como um veneno...*

10
The paper girl

O espírito dos romancistas é habitado, ou possuído, por seus personagens, assim como o espírito de uma camponesa supersticiosa o é por Jesus-Maria-José, ou o de um louco, pelo diabo.

– Nancy Huston

Dentro de casa, a calma sucedera à tempestade. Após ter aceitado voltar para a sala, a garota foi ao banheiro enquanto eu preparava um chá e dava uma geral em meu armário de remédios.

Malibu Colony
Nove horas da manhã

Ela se juntou a mim na mesa da cozinha. Havia tomado banho, vestido meu roupão e estancado a hemorragia, pressionando os cortes com uma toalha.

– Tenho um *kit* de primeiros socorros – eu disse –, mas não tem muita coisa.

Ela acabou encontrando água oxigenada numa bolsa e limpou o ferimento com cuidado.

– Por que você fez isso?

– Porque você não queria me escutar, caramba!

Eu a observei abrir o corte para verificar a profundidade.

– Vou te levar ao hospital. Você precisa levar pontos.

– Eu mesma faço isso, sou enfermeira, não se esqueça. Só preciso de fio cirúrgico e de uma agulha esterilizada.

– Puxa! Esqueci de incluir esses itens na minha lista da última vez que fiz compras.

– Você também não tem ataduras adesivas?

– Preste atenção, você está numa casa de praia, não num pronto-socorro.

– Ou então linha de seda ou de crina de cavalo? Isso poderia resolver. Não, você tem coisa melhor! Tenho certeza que vi um produto milagroso lá no...

Ela pulou do banquinho no meio da frase e, como se estivesse em casa, foi vasculhar as gavetas da minha escrivaninha.

– Pronto, achei! – exclamou, voltando a se sentar triunfante com um tubo de Super Bonder na mão sem ferimentos.

Tirou a tampa do tubinho – que trazia a inscrição: "Especial para cerâmica e porcelana" – e aplicou um risco de cola no ferimento.

– Espere, você tem certeza do que está fazendo? Não estamos num filme!

– Não, mas eu sou uma heroína de romance – ela respondeu com malícia. – Não se preocupe, foi para isso que inventaram essa cola.

Ela aproximou as beiradas do corte e as manteve unidas por alguns segundos, para a cola fazer efeito.

– Pronto! – exclamou com orgulho, exibindo a mão artesanalmente suturada.

Ela mastigou a torrada na qual eu havia passado manteiga e tomou um gole de chá. Por detrás de sua xícara, eu via seus grandes olhos tentando ler meus pensamentos.

– Você está muito mais gentil, mas continua não acreditando em mim, não é? – adivinhou, limpando a boca na manga do roupão.

– Uma tatuagem não é *verdadeiramente* uma prova – observei de maneira prudente.

– A mutilação é, não?

– Uma prova de que você é violenta e impulsiva, isso sim!

– Então me faça algumas perguntas!

Eu me esquivei balançando a cabeça:

– Sou escritor, não policial nem jornalista.

– Bela desculpa, não?

Joguei na pia o que havia em minha xícara. Por que é que eu empurrava goela abaixo aquele chá se detestava aquilo?

– Escute, proponho um trato...

Deixei minha frase suspensa, refletindo sobre a maneira como apresentaria as coisas.

– E qual seria?

– Vou fazer uma série de perguntas sobre a vida de Billie, mas se vacilar, uma única vez que seja, você vai embora daqui sem criar caso.

– Combinado.

– Estamos entendidos. No primeiro erro, você some desta casa, senão ligo para a polícia na mesma hora. E dessa vez pode se estraçalhar todinha com uma faca de açougueiro que eu vou te deixar mijando sangue no terraço!

– Você é sempre fino assim ou está fazendo um esforço?

– Estamos entendidos?

– Ok, mande as perguntas.

– Nome completo, data e local de nascimento?

– Billie Donelly, nascida em 11 de agosto de 1984, em Milwaukee, perto do lago Michigan.

– Nome da mãe?

– Valeria Stanwick.

– Profissão do pai?

– Trabalhava como operário na Miller, a segunda maior cervejaria do país.

Ela respondia na lata, sem nenhuma hesitação.

– Melhor amiga?

– Para meu grande pesar, não tenho nenhuma amiga de verdade, apenas colegas.

– Primeira relação sexual?

Ela levou um tempo para refletir, me lançando um olhar triste, decerto para me fazer compreender que seu mal-estar vinha unicamente da natureza da pergunta.

– Aos dezesseis anos, na França, durante uma viagem de estudo do idioma a Côte d'Azur. O nome dele era Théo.

À medida que ela ia respondendo, eu ia sendo tomado pela preocupação e, ao ver seu sorriso satisfeito, compreendi que ela tinha consciência de sua vantagem. De qualquer forma, uma coisa era certa: ela sabia meus romances de cor.

– Bebida predileta?

– Coca-Cola. A autêntica: nem *light*, nem zero.

– Filme favorito?

– *Brilho eterno de uma mente sem lembranças*. Um filme perturbador sobre a dor de amar. Poético e melancólico. Já assistiu?

Ela desfolhou seu corpo longilíneo e foi se instalar no sofá. Mais uma vez fiquei impressionado com a semelhança com Billie: o mesmo loiro luminoso, a mesma beleza natural, sem afetação, as mesmas entonações esganiçadas, o mesmo timbre de voz, que eu me lembrava de haver descrito em meus livros como "provocante e sarcástico, alternadamente seguro e juvenil".

– Qualidade que procura num homem?

– Por acaso é o questionário de Proust?

– Parecido.

– Na verdade, *gosto de homem que seja homem*. Não gosto muito daqueles caras que querem a todo custo fazer aflorar seu lado feminino, sabe?

Balancei a cabeça em dúvida. Estava me preparando para continuar quando ela tomou a palavra:

– E você, que qualidade aprecia numa mulher?

– A imaginação, eu acho. O humor é o suprassumo da inteligência, você não acha?

Ela apontou para o porta-retratos digital no qual desfilavam fotografias de Aurore.

– Mas a sua pianista não parece muito engraçada.

– Vamos voltar à vaca-fria – sugeri, juntando-me a ela no sofá.

– Você fica excitado fazendo essas perguntas, não é? Está tomando gosto pelo poderzinho! – divertiu-se.

Mas eu me recusei a me deixar distrair e continuei o interrogatório:

– Se pudesse mudar alguma coisa na sua aparência física?

– Gostaria de ter mais curvas e mais carne.

Eu estava de queixo caído. Estava tudo certo. Ou aquela mulher era louca e se identificara com a personagem de Billie por um mimetismo espantoso, ou ela realmente era Billie, e então era eu quem enlouquecera.

– E então? – ela zombou.

– Suas respostas provam apenas que você estudou meus romances com afinco – eu disse, tentando na medida do possível disfarçar minha surpresa.

– Nesse caso, faça outras perguntas.

Era justamente o que eu pretendia fazer. Para provar, joguei meu livro na lata de lixo cromada da cozinha, abri o *laptop*, leve como o ar, e digitei a senha para acessar meus arquivos. Para falar a verdade, eu tinha muito mais informações sobre os meus personagens do que as que usava efetivamente nos romances. Para entrar em completa sintonia com meus "heróis", eu havia adquirido o hábito de escrever, para cada um deles, uma detalhada biografia de cerca de vinte páginas. Nelas, compilava o máximo de dados possível, desde a data de nascimento até a música favorita, passando pelo nome da professora do maternal. Três quartos dessas indicações não subsistiam no resultado final do livro, mas o exercício fazia parte do trabalho invisível que gerava a misteriosa alquimia da escrita. Com a experiência, eu terminara por me convencer de que aquela prática dava certa credibilidade a meus personagens, ou pelo menos um pouco de humanidade, o que talvez explicasse por que os leitores se identificavam com eles.

– Você faz mesmo questão de continuar? – perguntei, abrindo o arquivo dedicado a Billie.

A garota tirou de uma das gavetas da mesinha de centro um pequeno isqueiro prateado e um velho maço aberto de Dunhill – cuja existência eu próprio ignorava –, possivelmente esquecido por uma das mulheres que tivera antes de Aurore. Com certo estilo, acendeu um cigarro.

– Não desejo outra coisa.

Dei uma olhada na tela e pincei uma referência ao acaso.

– Banda de *rock* preferida?

– Hum... Nirvana – ela começou, antes de voltar atrás. – Não, Red Hot!

– Nada muito original.

– Mas é a resposta certa, não é?

Era. Um golpe de sorte, provavelmente. Hoje em dia todo mundo gosta de Red Hot Chili Peppers.

– Prato preferido?

– Se uma colega de trabalho me fizesse essa pergunta, eu responderia salada *caesar*, para não passar por comilona, mas meu prato favorito é uma porção bem gordurosa de *fish & chips*!

Dessa vez não podia ser coincidência. Senti gotas de suor brotando em minha testa. Ninguém, nem mesmo Milo, jamais lera as biografias "secretas" de meus personagens, que só eram armazenadas no meu computador e com acesso muito restrito. Recusando-me a admitir o que era evidente, emendei outra pergunta:

– Posição sexual preferida?

– Vá se foder.

Ela saiu do sofá e apagou o cigarro, passando-o na água da torneira.

A não resposta me deu nova confiança.

– Quantos parceiros já teve? E dessa vez responda! Você não tinha direito a um coringa e mesmo assim acaba de usá-lo.

Ela me lançou um olhar que era tudo, menos benevolente.

– No fundo, você é igual a todos os outros. Só pensa naquilo...

– Nunca afirmei ser diferente. Então, quantos?

– Você já sabe mesmo: uns dez...

– Quantos, exatamente?

– Não vou ficar calculando na sua frente!

– Levaria muito tempo?

– O que você está querendo dizer? Que sou uma vagabunda?

– Eu não disse isso.

– Não disse, mas que pensou, pensou.

Insensível a seu pudor, continuei a lhe infligir o que cada vez mais parecia um suplício.

– E então, quantos?

– Dezesseis, eu acho.

– E entre esses "dezesseis, eu acho", quantos você amou?

Ela suspirou.

– Dois. O primeiro e o último: Théo e Jack.

– Um virgem e um devasso. Você gosta dos extremos.

Ela me olhou com desprezo.

– Uau, que classe! Você é mesmo um *gentleman*.

Por trás de minhas provocações, não me restava senão admitir que ela acertava sempre.

TRIIM!

Alguém tinha acabado de tocar a campainha, mas eu não tinha a menor intenção de abrir a porta.

– Suas perguntas idiotas acabaram? – ela perguntou em tom de desafio.

Tentei uma armadilha.

– Livro de cabeceira?

Constrangida, ela encolheu os ombros.

– Não sei. Não leio muito, não tenho muito tempo.

– A boa e velha desculpa!

– Se você me acha muito burra, pode assumir a culpa! Gostaria de lembrar que saí direto da sua imaginação. Foi você quem me criou!

TRIIM! TRIIM!

Na porta, a visita perdia a paciência com a campainha, mas se cansaria muito antes de mim.

Desnorteado pela situação e pasmo diante das respostas absolutamente corretas, me deixei levar sem me dar conta de que meu interrogatório descambava para o assédio.

– Maior arrependimento?

– Ainda não ter tido filho.

– Momento mais feliz da vida?

– A última vez que acordei nos braços de Jack.

– Última vez que chorou?

– Esqueci.

– Insisto.

– Não sei, não choro por pouca coisa.

– A última vez que foi importante.

– Há seis meses, quando tive que sacrificar meu cachorro. O nome dele era Argos. Não está escrito na sua fichinha?

TRIIM! TRIIM! TRIIM!

Eu devia ter me contentado com aquelas respostas. Tinha mais provas que o necessário, mas aquilo tudo havia me deixado completamente desorientado. Aquele joguinho me lançara em outra dimensão, em outra realidade, que minha mente se recusava a admitir. Transtornado, voltei minha cólera contra "Billie":

– Seu maior medo?

– Do futuro.

– Você se lembra do pior dia da sua vida?

– Não me pergunte isso, por favor.

– É a última pergunta.

– Por favor...

Apertei-lhe o braço com firmeza:

– Responda!

– ME SOLTE, você está me machucando! – ela gritou, se debatendo.

– **TOM!** – bradou uma voz atrás da porta.

Billie havia se desvencilhado de mim. Seu rosto estava pálido e um fogo triste flamejava em seu olhar.

– TOM! QUER ABRIR ESSA PORRA?! OU PREFERE QUE EU VOLTE COM UMA RETROESCAVADEIRA?

Milo, claro...

Billie se refugiara no terraço. Minha maior vontade era ir consolá-la pelo mal que acabara de lhe infligir, pois eu havia me dado conta de que ela não simulava sua raiva e sua tristeza, mas eu estava tão desestabilizado pelo que acabara de viver que encarava como um alívio a perspectiva de dividir a experiência com alguém.

11
A garotinha de MacArthur Park

Os amigos são os anjos que nos levantam
quando nossas asas já esqueceram como voar.
– Anônimo

– Você escapou por um triz da retroescavadeira! – disse Milo, irrompendo na sala. – Nossa! E não melhorou nadinha. Está com cara de quem acabou de cheirar bicarbonato.

– O que você quer?

– Vim pegar meu carro, se não for muito incômodo! Pretendo dar uma última volta antes de entregar ao oficial de justiça...

Malibu Colony
Dez horas da manhã

– Bom dia, Tom – disse Carole, entrando por sua vez na sala.

Ela usava o uniforme de trabalho. Dei uma espiada na rua e notei que uma viatura policial estava estacionada em frente à minha casa.

– Você veio me prender? – brinquei, dando-lhe um abraço.

– Ei, você está sangrando! – ela exclamou.

Franzi as sobrancelhas quando notei as manchas de sangue na minha camisa, uma lembrança deixada pela mão ferida de Billie.

– Não precisa ficar com medo, o sangue não é meu.

– E você acha que isso me tranquiliza? E ainda está fresco – ela observou, em tom desconfiado.

– Esperem. Vocês nunca vão adivinhar o que está acontecendo comigo! Ontem à noite...

– De quem é este vestido? – interrompeu Milo, pegando a túnica de seda manchada de sangue.

– Da Aurore, mas...

– Aurore? Você não disse que...

– Não! Não era ela que estava usando. Era outra mulher.

– Ah, você está saindo com outra mulher! – ele exclamou. – Isso é um bom sinal! Por acaso a conhecemos?

– Em certo sentido, sim.

Carole e Milo trocaram um olhar perplexo antes de perguntarem em coro:

– Quem é?

– Deem uma olhada no terraço. Vocês vão ter uma surpresa.

No mesmo passo apressado, atravessaram a sala e passaram a cabeça curiosa pela porta-balcão. Então, dez segundos de silêncio imperaram até que Milo terminasse por constatar:

– Não tem ninguém do lado de fora, meu velho.

Atônito, fui até o terraço, onde soprava uma brisa revigorante.

A mesa e as cadeiras estavam derrubadas, as lajotas cobertas por centenas de caquinhos de vidro. Café, doce de banana e xarope de bordo esparramados pelo chão. Mas nem sinal de Billie.

– O exército anda realizando treinamentos nucleares na sua casa? – indagou Carole.

– Isso aqui está pior que Cabul – emendou Milo.

Para evitar a luz do sol, pus a mão acima da testa e examinei o horizonte. O temporal da véspera restituíra um aspecto selvagem à praia. Os turbilhões de espuma, que continuavam a rebentar na areia, haviam trazido para a praia troncos de árvores, algas marrons, uma velha prancha de surfe e até uma carcaça de bicicleta. Mas eu tinha de me render à evidência: Billie desaparecera.

Por reflexo profissional, Carole agachara-se próximo à porta, examinando com preocupação os vestígios de sangue que começavam a secar no vidro.

– O que aconteceu, Tom? Você brigou com alguém?

– Não! É só que...

– Agora eu acho que você realmente nos deve uma explicação! – mais uma vez meu amigo me cortou.

– Sua besta quadrada! Você já teria a explicação se me deixasse terminar minhas frases!

– Muito bem, termine então! Quem destruiu o terraço? E o sangue nesse vestido é de quem? Do papa? De Mahatma Gandhi? Da Marilyn Monroe?

– De Billie Donelly.

– Billie Donelly?

– Isso mesmo.

– Você está tirando sarro da minha cara? – explodiu Milo. – Sacrifico tudo por você. Se precisasse, te ajudaria a enterrar um cadáver no meio da noite, e tudo o que faz é me tratar como um...

Carole havia se levantado e, no tom de uma mãe repreendendo os filhos, se interpôs entre nós, imitando os gestos de um juiz de boxe.

– *Time's up*, camaradas! Chega dessa brincadeira sem graça. Vamos sentar em volta de uma mesa e nos explicar com calma, pode ser?

* * *

E assim fizemos.

Durante mais de quinze minutos, sem omitir nenhum detalhe, contei-lhes minha inacreditável história, desde aquele estranho encontro com Billie no meio da noite até o interrogatório daquela manhã, que terminara por me convencer da veracidade de sua identidade.

– Então, se eu entendi bem – resumiu Milo –, uma das heroínas de seu romance caiu de uma frase mal impressa direto na sua casa. Como ela estava nua, colocou um vestido que pertencia à sua ex-namorada, depois preparou panquecas de banana para o café da manhã. Como agradecimento, você a trancou no terraço e, enquanto ouvia Miles Davis, ela cortou as veias, espalhando sangue por toda parte, antes de juntar a carne novamente com Super Bonder "especial para cerâmica e porcelana". Mais tarde, vocês fumaram o cachimbo da paz durante o jogo da verdade, ao longo do qual ela o chamou de tarado sexual e você a chamou de puta, antes que ela pronunciasse uma fórmula mágica para desaparecer no exato momento em que tocávamos a campainha. Confere?

– Esqueça – eu disse. – Eu tinha certeza que você voltaria tudo contra mim.

– Só mais uma pergunta: com que fumo você recheou seu cachimbo da paz?

– Não piore as coisas – intercedeu Carole.

Milo me fitou preocupado.

– Você precisa voltar para a psiquiatra.

– Isso está fora de questão, eu me sinto ótimo.

– Escute, sei que sou o culpado por nossa crise financeira. Sei que não devia ter te pressionado para escrever seu próximo livro no prazo, mas agora você está me assustando, Tom. Você está pirando.

– Você sem dúvida está sofrendo da síndrome de *burnout* – ponderou Carole. – Uma crise de fadiga profissional. Você não parou nos últimos três anos. Noites inteiras escrevendo, encontros com leitores, conferências, viagens, promoções. Ninguém aguentaria o tranco, Tom. Sua separação da Aurore foi a gota-d'água que fez o copo transbordar. Você precisa de mais repouso, só isso.

– Pare de falar como se eu fosse criança.

– Você precisa conversar com sua psiquiatra – repetiu Milo. – Ela falou para a gente de uma sonoterapia que...

– Como assim "ela falou para a gente"? Vocês ligaram para a dra. Schnabel sem me avisar?

– Estamos com você, Tom, não contra você – disse Milo, para me acalmar.

– Mas você não consegue largar do meu pé por três minutos? Será que às vezes não pode cuidar da *sua* vida e largar um pouco a minha?

Tocado pela contestação, Milo balançou a cabeça, abriu a boca, pensou em acrescentar alguma coisa, mas seu rosto se fechou e ele desistiu. Em vez disso, pegou um Dunhill do maço que ficou aberto e saiu para a praia para fumar a sós.

* * *

Fiquei sozinho com Carole. Ela, por sua vez, acendeu um cigarro, deu uma tragada e depois me passou, como quando tínhamos dez anos e nos escondíamos para fumar atrás das palmeiras esquálidas de MacArthur Park. Dando-se conta de que não estava mais a serviço, desfez o coque, deixando os cabelos de ébano se desenrolarem sobre o azul-marinho do uniforme. A claridade de seu olhar contrastava com as mechas carboníferas, e algumas expressões em seu rosto de mulher lembravam a adolescente que fora. O laço que nos unia ia além da simpatia ou da ternura. Tampouco era uma amizade comum. Era uma dessas afeições inalteráveis que só se dão na infância e que duram a vida toda, em geral mais funesta que auspiciosamente.

Como acontecia toda vez que ficávamos a sós, o caos de nossa adolescência me voltou à mente com a força de um bumerangue: aqueles terrenos baldios que eram nosso único horizonte, a asfixia daquele lamaçal do qual éramos prisioneiros, a lembrança dilacerante de nossas conversas depois da escola, na quadra de basquete gradeada...

Dessa vez não foi diferente, e repetiu-se em mim a impressão indelével de que continuávamos com doze anos, que os milhões de livros que eu vendia e os criminosos que ela prendia faziam parte de um papel que ambos desempenhávamos, mas que no fundo nunca tínhamos saído de *lá* de verdade.

Afinal de contas, não era um acaso o fato de nenhum de nós ter tido filhos. Passávamos tempo demais lutando contra as nossas próprias neuroses para ter a disponibilidade de transmitir a vida. Da Carole atual, eu sabia pouca coisa. Naqueles últimos tempos, nós havíamos nos visto pouco e, quando isso acontecia, evitávamos com todo o cuidado falar do essencial. Talvez porque ingenuamente pensássemos que não evocar o passado permitiria extingui-lo. Mas as coisas não eram assim tão simples. Para esquecer a infância, Milo bancava o palhaço vinte e quatro horas por dia. Eu, por minha vez, rascunhava centenas de páginas, tomava coquetéis de remédios e cheirava metanfetamina.

– Eu não sou fã de grandes declarações, Tom... – ela começou, esmagando nervosamente uma colherzinha.

Agora que Milo não estava mais ali, o semblante dela parecia triste e preocupado, livre da necessidade de "fingir".

– ...entre a gente, é na vida e na morte – ela prosseguiu. – Eu doaria um rim para você, até os dois se precisasse.

– Não te peço tanto.

– A vida inteira sempre foi você quem encontrou as soluções. Hoje seria a minha vez de fazer isso, mas não me sinto capaz de te ajudar.

– Não se preocupe. Eu estou bem.

– Não, não está. Mas eu só queria que você soubesse de uma coisa: foi graças a você que o Milo e eu pudemos percorrer todo esse caminho.

Dei de ombros. Eu nem sequer tinha certeza de que havíamos de fato *percorrido um caminho*. Claro, morávamos em lugares mais agradáveis e o medo não nos embrulhava mais o estômago como antigamente, mas, em linha reta, MacArthur Park ficava a apenas poucos quilômetros de onde morávamos agora.

– Seja como for, Tom, sempre que eu acordo meu primeiro pensamento é você. E, se você afundar, afundaremos junto. Se você desistir, acho que a minha vida não terá mais nenhum sentido.

Eu abri a boca para pedir que parasse de falar tolices, mas as palavras que saíram foram outras:

– Você é feliz, Carole?

Ela me olhou como se eu tivesse dito alguma baboseira, como se para ela fosse mais que evidente que a questão da sobrevivência substituíra completamente a questão da felicidade.

– Essa história de personagem de romance – ela retomou – não faz sentido, concorda?

– Parece conto da carochinha – admiti.

– Preste atenção, não sei o que fazer de concreto para te ajudar, além de reiterar a amizade e a afeição que sinto por você. Então, o que você acha de tentar essa coisa de sonoterapia?

Fitei-a com ternura, ao mesmo tempo tocado por sua atenção e determinado a evitar todo e qualquer tratamento.

– De qualquer forma, não tenho mais como pagar por isso!

Ela disparou o argumento:

– Você se lembra do dia em que recebeu os primeiros direitos autorais? A quantia era tão grande que você fez questão de dividir comigo. Eu recusei, obviamente, mas assim mesmo você deu um jeito de conseguir meus dados bancários e endossou o cheque em meu nome.

Lembra da minha cara quando recebi o extrato com mais de trezentos mil dólares?

Ao evocar esse episódio, Carole recuperou um pouco da alegria e algumas estrelas cintilaram em seus olhos nublados.

Eu também ri rememorando aquele período feliz, quando candidamente eu acreditava que o dinheiro resolveria todos os nossos problemas. Durante alguns segundos, a realidade ficou mais leve, mas isso não durou muito tempo, e em seu olhar restavam apenas lágrimas de aflição quando ela me pediu:

– Aceite, por favor. Sou eu quem vai pagar esse tratamento.

Seu rosto voltou a ser o da garotinha torturada que eu conhecera na infância, e foi para tranquilizá-la que prometi seguir o tratamento.

12
Rehab

"Virá a morte e terá os teus olhos"
– Título de um poema encontrado na mesa de cabeceira de CESARE PAVESE após seu suicídio

Ao volante do Bugatti, Milo dirigia lentamente, o que não era de seu feitio. Um silêncio carregado de nervosismo reinava no carro.

– Está bem, não faça essa cara. Não estou levando você para a clínica Betty Ford!*

– Hum...

Na minha casa, durante uma hora, nos enfrentamos novamente procurando sem sucesso as chaves do carro. Pela primeira vez na vida, quase saímos no tapa. Finalmente, após termos nos dito cara a cara algumas verdades recíprocas, chamamos um *boy* para pegar a chave reserva que Milo guardava no escritório.

Ele ligou o rádio tentando amenizar o clima, mas a música de Amy Winehouse só fez aumentar a tensão:

♪ ♫ ♪ *They tried to make me go to rehab* ♫ ♪ ♫ ♪
*I said NO, NO, NO***

Fatalista, abaixei o vidro e observei o desfile das palmeiras à beira-mar. Talvez Milo tivesse razão. Talvez eu tivesse caído na loucura e fosse vítima de alucinações. Claro que eu tinha consciência disso: du-

---

* Famoso centro de desintoxicação na Califórnia.

** Tentaram me levar para uma clínica de desintoxicação, eu disse: não, não, não.

rante meus períodos de trabalho, eu andava quase sempre na corda bamba. Escrever me mergulhava em um estado curioso: a realidade gradativamente dava lugar à ficção, e meus heróis às vezes se tornavam tão reais que me acompanhavam aonde quer que eu fosse. Seus sofrimentos, suas dúvidas, suas alegrias se tornavam as minhas e continuavam me assombrando muito depois do ponto-final do romance. Meus personagens me escoltavam em meus sonhos, e pela manhã eu os encontrava na mesa do café. Estavam comigo quando eu ia às compras, quando jantava no restaurante, quando ia mijar e até quando trepava. Era ao mesmo tempo patético e fascinante, inebriante e perturbador, mas até aquele momento eu soubera conter esse delírio manso nos limites da razão. Tudo bem calculado, se minhas sandices haviam frequentemente me ameaçado, ainda não tinham me levado às fronteiras da loucura. Por que fariam isso hoje, quando fazia meses que eu não escrevia uma única linha?

– Ah! Eu trouxe isto para você – disse Milo, lançando em minha direção um tubinho de plástico alaranjado.

Peguei no ar.

Meus ansiolíticos...

Tirei a tampa e observei as pílulas brancas que pareciam zombar de mim no fundo do recipiente.

Por que me devolver isso depois de todo aquele esforço para me desintoxicar?

– A abstinência súbita não é uma boa ideia – explicou, para justificar seu gesto.

Meu coração bateu forte e minha angústia se elevou um grau. Eu me sentia sozinho e tudo doía, como um viciado sofrendo de abstinência. Como pode alguém sofrer tanto sem ter qualquer ferimento físico?

Na minha cabeça ressoavam os acordes de uma velha canção de Lou Reed: "I'm Waiting for my Man". Espero meu homem, espero meu fornecedor. De qualquer forma, não deixava de ser estranho que esse fornecedor fosse meu melhor amigo.

– A sonoterapia vai te renovar completamente – ele me consolou. – Você vai dormir com um bebê por dez dias!

Ele pusera em sua voz todo o entusiasmo possível, mas eu via claramente que ele mesmo não acreditava naquilo.

Apertei tão forte o frasco que o plástico pareceu estar a ponto de explodir. Eu sabia que bastava deixar um dos comprimidos derreter debaixo da língua para me sentir melhor quase que instantaneamente. Eu podia inclusive tomar três ou quatro se quisesse apagar. Aquilo funcionava bem para mim. "Você tem sorte", afirmara a dra. Schnabel, "algumas pessoas têm efeitos colaterais terríveis."

Por pura ousadia, guardei o tubo no bolso sem ingerir nenhum comprimido.

– Se essa sonoterapia não funcionar, tentaremos outra coisa – disse Milo. – Me falaram de um cara em Nova York, Connor McCoy. Parece que ele faz milagres com a hipnose.

Hipnose, sono artificial, caixas de remédios... Eu começava a ficar cansado de fugir da realidade, ainda que ela não passasse de sofrimento. Eu não queria dez dias de serenidade sob o efeito de tranquilizantes. Eu não queria a irresponsabilidade que isso implicava. Fato inédito, minha vontade era encarar a realidade, nem que tivesse de perder a pele com isso.

Fazia tempo que os elos entre criação e doença mental me fascinavam. Camille Claudel, Maupassant, Nerval, Artaud, tinham todos pouco a pouco se afundado na loucura. Virginia Woolf se afogara num rio, Cesare Pavese se acabara com barbitúricos em um quarto de hotel, Nicolas de Staël se lançara da janela, John Kennedy Toole voltara o escapamento para dentro do carro... Sem falar em Hemingway, que dera um tiro de carabina na cara. *Idem* no caso de Kurt Cobain: uma bala no crânio durante uma lívida madrugada em Seattle, deixando, como adeus, uma frase rabiscada para o amigo imaginário de infância: "Melhor queimar de uma vez que se apagar aos poucos".

No fim das contas, uma solução como outra qualquer...

Cada um desses criadores havia escolhido seu próprio método, mas o resultado era o mesmo: a capitulação. Se a arte existe porque a realidade não é suficiente, talvez chegue um momento em que a arte tampouco seja suficiente, passando o bastão à loucura e à morte. E, embora eu não tivesse o talento de nenhum deles, infelizmente partilhava um pouco de suas neuroses.

* * *

Milo deixou o carro no estacionamento arborizado de um prédio moderno que aliava mármore cor-de-rosa a vidro: a clínica da dra. Sophia Schnabel.

– Somos seus aliados, não inimigos – insistiu Carole, juntando-se a nós nos degraus do pátio.

Entramos no prédio. Na recepção, notei surpreso que já havia uma consulta agendada em meu nome e que a internação estava programada desde a véspera.

Resignado, entrei com meus amigos no elevador sem fazer perguntas. A cápsula translúcida nos levou até o último andar, onde uma secretária nos introduziu em um amplo consultório, dizendo que a doutora não demoraria.

A sala era clara e espaçosa, organizada com uma grande mesa de trabalho e um sofá de canto de couro branco.

– Olhe essa poltrona! – assobiou Milo, se jogando em um assento que imitava a palma de uma mão.

Esculturas budistas decoravam o espaço, criando uma atmosfera serena, sem dúvida propícia para desbloquear a fala de certos pacientes: busto de Sidarta de bronze, roda da lei de pedra-sabão, duo de gazelas e fonte de mármore...

Observei Milo, que se esforçava para soltar algum comentário irreverente ou contar uma de suas piadas. Das estátuas à decoração, havia assunto para alimentar uma enxurrada de sarcasmos, mas nada saiu, e foi então que percebi que ele me escondia alguma coisa grave.

Procurei apoio do lado de Carole, mas ela evitou meu olhar, fingindo se interessar pelos diplomas universitários que Sophia Schnabel havia pendurado nas paredes.

Após o assassinato de Ethan Whitaker, Schnabel se transformou na inevitável "psi das estrelas", tendo entre seus clientes alguns dos grandes nomes de Hollywood: atores, cantores, produtores, celebridades, políticos, "o filho do fulano" e "o filho do filho do beltrano".

Ela também comandava um programa de tevê, no qual o sr. e a sra. sicrano podiam exibir partes de sua intimidade e usufruir por alguns minutos de uma *Consulta de estrela* (era o nome do programa), contando ao vivo sua infância infeliz, seus vícios, adultérios, as *sex tapes* que fizeram e suas fantasias com sexo grupal.

Se metade da indústria do *entertainment* venerava Sophia Schnabel, a outra metade morria de medo dela. Com vinte anos de profissão, corria à boca pequena que ela possuía arquivos dignos de J. Edgar Hoover:* milhares de horas de gravação de sessões de análise, nas quais eram evocados os segredos mais escabrosos e menos confessáveis de Hollywood. Arquivos confidenciais, normalmente acobertados pelo sigilo médico, mas que divulgados poderiam implodir o *establishment* do entretenimento e fazer rolar cabeças no mundo político e judiciário.

Aliás, um episódio recente acabara de consolidar o poder de Sophia. Meses atrás, uma de suas pacientes, Stephanie Harrison – viúva do bilionário Richard Harrison, fundador da rede de supermercados Green Cross – morrera aos trinta e dois anos de uma *overdose* de medicamentos. Na autópsia, foram detectados em seu organismo sinais de antidepressivos, sedativos e pílulas para emagrecer. Nada mais banal. Exceto pelo fato de que as doses eram *realmente* cavalares. Em um programa de tevê, o irmão da defunta acusara Schnabel de ter levado sua irmã à morte. Ele contratara um batalhão de advogados e detetives particulares que, vasculhando o apartamento de Stephanie, puseram a mão em mais de cinquenta receitas. As prescrições eram destinadas a cinco pseudônimos diferentes, todas redigidas pelo punho de... Sophia Schnabel. O processo pegou muito mal para a psiquiatra. Ainda sob o golpe da morte de Michael Jackson, a opinião pública tomava conhecimento da existência de uma vasta rede de médicos dispostos a fornecer receitas ilegais a seus pacientes mais ricos. Decidido a restringir essa prática, o estado da Califórnia entrou com uma ação contra a psiquiatra por receitas fraudulentas, porém voltou atrás na acusação sem explicações. Atitude incompreensível, visto que o promotor tinha à sua disposição todos os elementos para indiciá-la. Essa reviravolta, que

* Figura controversa da história americana, Hoover foi diretor do FBI entre 1924 e 1972. Foi acusado de subornar políticos e personalidades, ameaçando-os com dossiês sobre casos extraconjugais e preferências sexuais.

muitos atribuíam a uma falta de coragem política por parte do magistrado, elevara Sophia Schnabel ao *status* de intocável.

Para ingressar no círculo privilegiado de seus pacientes, era preciso ser apadrinhado por um cliente antigo. Ela fazia parte daqueles "bons contatos" que as elites passavam entre si, assim como: Onde arranjar a melhor cocaína? Que *trader* contratar para aplicar na Bolsa da maneira mais rentável? Como arranjar um camarote para assistir aos Lakers? Que número discar para sair com uma garota-de-programa-que-não-se-pareça-com-uma-garota-de-programa (para os homens)?, ou ainda: Que cirurgião plástico pode me-refazer-os-seios-sem-que-ninguém-desconfie-que-refiz-os-seios (para as mulheres)?

Eu devia minha aceitação a uma atriz canadense de uma famosa novela que Milo, sem sucesso, tentara azarar e que Schnabel curara de uma severa agorafobia. Uma garota que eu julgara superficial, mas que se revelara culta e sutil, iniciando-me nos filmes de John Cassavetes e nas telas de Robert Ryman.

Nunca rolou muita química entre Sophia Schnabel e eu. Rapidamente, nossas consultas passaram a se resumir à simples prescrição de remédios, o que, no fim das contas, satisfazia a ambos: a ela porque minha consulta, tarifa máxima, nunca ultrapassava cinco minutos, e a mim porque ela nunca chiava ao me receitar todo tipo de porcarias que eu nunca deixava de pedir.

* * *

– Senhorita, senhores.

A dra. Schnabel adentrou o consultório e nos cumprimentou. Mantinha o mesmo sorriso cativante que exibia na tevê e desfilava a indefectível jaqueta de couro reluzente, grudada no corpo, que mantinha aberta sobre uma camisa desabotoada. Alguns chamavam aquilo de um princípio de estilo...

Como sempre, precisei de alguns instantes para me acostumar à sua impressionante massa capilar, que ela julgava domar graças a um permanente grosseiro, dando a impressão de que tinha enxertado na cabeça o cadáver ainda quente de um poodle.

Pela maneira como se dirigia a eles, tive a confirmação de que ela já estivera com Milo e Carole. Eu havia sido excluído da conversa, como se eles fossem meus pais e já tivessem tomado por mim uma decisão sobre a qual eu não tinha nada a dizer.

O que mais me preocupava era ver Carole igualmente fria e distante, depois da conversa cheia de emoção que tivéramos uma hora atrás. Mostrava-se constrangida e sem saber o que dizer, visivelmente obrigada a se prestar a uma manobra que não aprovava. Milo parecia mais determinado, embora eu sentisse que sua segurança não passava de fachada.

O discurso ambíguo de Sophia Schnabel, porém, não deixou margem à dúvida: a tal da sonoterapia nunca fora cogitada. O que se escondia por trás da bateria de exames que ela pretendia me impor era uma internação! Milo estava tentando me colocar sob tutela para fugir das responsabilidades financeiras! Eu conhecia suficientemente a lei para saber que na Califórnia um médico podia pedir uma internação judiciária de setenta e duas horas caso julgasse o estado do paciente instável a ponto de representar perigo para a sociedade – e algo me dizia que não seria muito difícil me encaixarem nessa categoria.

No ano anterior, eu tivera mais de um problema com as forças da ordem, e meus aborrecimentos com a Justiça estavam longe do fim. Eu estava em condicional, consequência de uma autuação por posse de drogas. Meu encontro com Billie – que Milo narrava com ínfimos detalhes à psiquiatra – terminara por me transformar em um doente psicótico vítima de alucinações.

Eu pensava estar no fim de meu estupor quando ouvi Carole se referir às manchas de sangue na minha camisa e no vidro do terraço.

– Era seu o sangue, sr. Boyd? – perguntou a psiquiatra.

Abri mão de lhe explicar; ela não teria acreditado em mim. De qualquer maneira, sua opinião já havia sido formada, e ela parecia ditar um auto pericial à secretária:

O sujeito infligiu a si mesmo, ou tentou infligir a outrem, lesões corporais graves. Suas faculdades mentais, visivelmente alteradas, o tornam incapaz de compreender sua necessidade de tratamento, o que justifica a medida de internação...

– Caso concorde, faremos alguns exames.

Não, eu não queria exames, não queria sono artificial e não queria mais remédios! Levantei da cadeira para fugir daquela conversa.

Dei alguns passos pela divisória de vidro fosco, junto à qual se achava exposta uma escultura representando uma roda da lei enfeitada com pequenas labaredas e motivos florais. Com cerca de um metro de altura, o emblema budista dardejava seus oito raios para apontar o caminho da libertação do sofrimento. Assim girava a roda do Dharma: percorrer o caminho para "o que deve ser". explorar a vereda até encontrar "a ação correta".

Impelido por uma espécie de faísca, ergui a escultura e a lancei com toda a força na vidraça da sacada, que se esfacelou em uma infinidade de cacos de vidro.

* * *

Lembro do grito de Carole.

Lembro das cortinas acetinadas que flutuavam pelo vento.

Lembro da brecha escancarada através da qual penetrou uma ventania, que fez voar alguns papéis e derrubou um vaso.

Lembro do rugido do céu.

Lembro que me joguei no vazio sem tomar impulso.

Lembro de meu corpo solto no ar.

Lembro da tristeza da garotinha de MacArthur Park.

13
Os fugitivos

Muita gente me pergunta quando vou dirigir um filme com pessoas reais. Mas o que é a realidade?

– Tim Burton

– Demorou! – queixou-se uma voz.

Mas não era a de um anjo, muito menos a de são Pedro.

Era a voz de Billie Donelly!

Estacionamento da clínica
Meio-dia

Depois de uma queda de dois andares, eu me vi envolto em uma cortina no teto de um velho Dodge amassado, estacionado exatamente sob a janela do consultório de Sophia Schnabel. Tinha uma vértebra quebrada, dor nos joelhos, nas cervicais e no tornozelo, mas não estava morto.

– Longe de mim te apressar – continuou Billie –, mas, se a gente não correr, receio que dessa vez eles metam você numa camisa de força.

Ela voltara a se servir do armário de Aurore e usava malha branca, *jeans* desbotado e um casaquinho acinturado com apliques de renda prateada.

– Bom, espero que você não tenha a intenção de passar o Natal em cima desse teto! – ela insistiu, agitando um molho de chaves preso em uma argola assinada "Bugatti".

– Foi você quem roubou as chaves do Milo! – constatei, descendo do Dodge.

– A quem a gente agradece?

Por incrível que pareça, eu havia sofrido apenas ferimentos leves, mas, quando firmei um pé no chão, não pude me conter e soltei um grito de dor. Era uma torção no tornozelo e eu não conseguia colocar um pé na frente do outro.

– **LÁ ESTÁ ELE!** – gritou Milo, apontando para o estacionamento e botando no meu encalço três enfermeiros que mais pareciam jogadores de rúgbi.

Billie se instalou no volante do Bugatti e eu pulei logo atrás dela no assento do passageiro.

Ela arrancou em direção à saída do estacionamento no momento em que o portão automático se abaixava. Cheia de confiança, fez uma derrapagem controlada no chão de cascalho.

– Vamos fugir por trás.

– **VOLTE, TOM!** – suplicou Carole, enquanto passávamos diante dela como um raio.

Os três *pitboys* tentaram barrar nosso caminho, mas Billie, sem esconder a satisfação, mudou a marcha e acelerou bruscamente.

– Confesse que apesar de tudo está contente em me ver! – ela exultava, enquanto o esportivo mandava a barreira pelos ares e nos lançava para a liberdade.

14
Who's that girl?

Lute! Reacenda a luz que se apagou!
– Dylan Thomas

– E agora, para onde a gente vai? – perguntei, com as duas mãos agarradas ao cinto de segurança.

Após embicar na Pico Boulevard, o Bugatti irrompeu a toda velocidade na Pacific Coast Highway.

Instalada no assento do piloto e se achando o próprio Ayrton Senna, Billie lançara mão de uma pilotagem agressiva: freadas e acelerações bruscas, curvas com o motor a giro máximo.

– Este carro é um foguete! – limitou-se a responder.

Com a cabeça grudada no encosto, eu tinha a impressão de estar em um avião no momento da decolagem. Observei-a passando as marchas com uma destreza pouco comum. Era evidente que ela fazia aquilo com grande prazer.

– É um pouco barulhento, você não acha?

– *Barulhento?* É uma piada ou o quê? Esse motor toca Mozart!

Minha observação não teve efeito nenhum sobre Billie. Já um pouco nervoso, repeti:

– E então, para onde a gente vai?

– Para o México.

– O quê?

– Arrumei uma mala e um *nécessaire* para você.

– Mas que ideia é essa? Eu não vou a lugar nenhum!

Contrariado com os rumos daquela conversa, pedi a ela que me deixasse num médico para cuidar do meu tornozelo, mas ela ignorou meu pedido.

– Pare – ordenei, agarrando-lhe o braço.

– Você está me machucando!

– Pare essa lata-velha agora!

Ela freou bruscamente, batendo levemente no meio-fio. O Bugatti deu uma pequena derrapada antes de parar completamente em meio a uma nuvem de poeira.

* * *

– Que história é essa de México?

– Estou te levando para onde você não tem coragem de ir!

– Ah, é? E posso saber a que você está se referindo?

Para encobrir o barulho do trânsito, eu era obrigado a gritar, o que me provocava uma dor ainda mais aguda nas vértebras.

– Encontrar a Aurore! – ela berrou, no momento em que uma carreta roçava no Bugatti soltando uma buzinada ensurdecedora.

Olhei para ela completamente bobo.

– Não vejo o que a Aurore tem a ver com esta conversa.

O ar estava engordurado e poluído. Para além das cercas de arame, distinguíamos ao longe as pistas e a torre de controle do Aeroporto Internacional de Los Angeles.

Billie abriu o porta-malas e me estendeu um exemplar da revista *People*. Na capa, vários indivíduos dividiam o espaço: ameaça de rompimento entre Brangelina, excentricidades de Pete Doherty, fotografias das férias no México do campeão de Fórmula 1 Rafael Barros com sua nova namorada... Aurore Valancourt.

Como para me maltratar, abri a revista nas páginas indicadas e descobri fotos glamourosas tiradas em um local paradisíaco. Entre rochedos escarpados, areia branca e água turquesa, Aurore irradiava beleza e serenidade nos braços de seu *hidalgo*.

Minha vista embaçou. Paralisado, tentei ler a matéria, mas não consegui. As frases apenas se imprimiam dolorosamente em meu espírito.

Aurore: "Nosso relacionamento é recente, mas sei que o Rafael é o homem da minha vida".
Rafael: "Nossa felicidade será completa quando a Aurore me der um filho".

Num movimento de repulsa, joguei fora aquele pasquim. Em seguida, apesar de minha habilitação cassada, me instalei ao volante, fechei a porta e dei meia-volta para retornar à cidade.

– Ei! Você não vai me largar no meio da estrada, vai?

Deixei que ela entrasse apenas para constatar que ela não estava nem um pouco a fim de me dar uma trégua.

– Eu entendo seu sofrimento... – ela começou.

– Não precisa ter pena, você não entende absolutamente nada.

Enquanto dirigia, eu tentava colocar as ideias no lugar. Precisava refletir sobre tudo que acontecera desde manhã. Precisava...

– E para onde você pretende ir desse jeito?

– Para a minha casa.

– Mas você não tem mais casa! E, a propósito, eu também não, também não tenho mais casa.

– Vou procurar um advogado – resmunguei. – Vou dar um jeito de recuperar a casa e todo o dinheiro que o Milo me fez perder.

– Isso não vai dar certo – ela me cortou, balançando a cabeça.

– Cale a boca! E cuide da sua vida!

– Mas isso também é a minha vida! Eu estou encurralada aqui, e a culpa é sua e dessa porra de livro mal impresso!

No sinal vermelho, vasculhei o bolso e encontrei aliviado o tubo de ansiolíticos. Eu estava com uma vértebra fraturada, o tornozelo em chamas e o coração destruído. Foi então que, sem culpa nenhuma, deixei três comprimidos derreterem debaixo da língua.

– Assim é tão mais fácil... – lançou Billie, num tom de voz que era um misto de crítica e decepção.

Naquele instante preciso, senti vontade de esganá-la, mas respirei bem fundo e mantive a calma.

– Não é cruzando os braços e se entupindo de remédios que você vai reconquistar sua namorada.

– Você não sabe nada sobre o meu relacionamento com a Aurore. E, para seu governo, eu já fiz de tudo para reconquistá-la.

– Talvez tenha metido os pés pelas mãos, ou não fosse o momento certo. Talvez julgue conhecer as mulheres, quando na verdade é um amador. Mas acho que posso te ajudar...

– Se quer realmente me ajudar, me dê um minuto de silêncio. Apenas um!

– Quer se livrar de mim? Ótimo, basta voltar a escrever. Quanto mais depressa tiver terminado seu romance, mais depressa retornarei ao mundo da ficção!

Satisfeita com seu argumento, cruzou os braços e esperou por uma reação que não veio.

– Escute – ela disse, se animando –, proponho um trato: vamos para o México, eu te ajudo a reconquistar a Aurore e, em troca, você escreve o terceiro volume da trilogia, porque esse é o único jeito de me mandar de volta para o lugar de onde eu vim.

Massageei as pálpebras, devastado diante daquela proposta mirabolante.

– Eu trouxe seu *laptop*, está no porta-malas – ela esclareceu, como se aquele detalhe pudesse mudar alguma coisa na minha decisão.

– Não é assim que funciona – expliquei. – Ninguém escreve um romance por decreto. É uma espécie de alquimia. E depois eu teria que me matar de trabalhar durante seis meses para terminar o livro. É um trabalho beneditino, para o qual não tenho força nem vontade.

Ela zombou de mim, me imitando:

– *Ninguém escreve um romance por decreto. É uma espécie de alquimia...*

Ela deixou que alguns segundos se passassem e então explodiu:

– Caramba, você tem que parar de se deliciar com seu sofrimento! Se não puser um fim nisso, vai terminar batendo as botas. Você acha mais fácil se destruir em fogo brando do que se questionar, é isso?

Touché.

Não respondi, mas entendi seu argumento. Ela não estava totalmente errada. Aliás, um pouco antes, no consultorio da psiquiatra, alguma coisa dentro de mim havia se desbloqueado quando atirei a estátua para quebrar o vidro: uma revolta, uma vontade de retomar as rédeas da minha vida. Mas era preciso constatar que aquela veleidade murchara tão rapidamente quanto brotara.

Agora eu sentia que Billie estava exaltada, disposta a me jogar algumas verdades na cara:

– Se você não travar uma luta contra si mesmo, sabe o que vai acontecer?

– Não, mas conto com você para me dizer.

– Você vai afundar cada vez mais nos remédios e nas drogas. Vai descer um por um os degraus da decadência e do autodesprezo. E, como não é mais um ricaço, vai acabar na sarjeta, onde numa bela manhã será encontrado mortinho da silva com uma seringa enfiada no braço.

– Muito gentil...

– Você também precisa saber que, se não reagir agora, nunca mais vai ter energia para escrever uma única linha sequer...

Com as duas mãos no volante, fixei a estrada com um ar ausente. Claro que ela tinha razão, mas sem dúvida era tarde demais para reagir. Resignara-me a me anular para sempre, subjugando-me a tudo que havia de mais destrutivo em mim.

Ela me lançou um olhar severo.

– E todos aqueles belos valores que você exalta em seus livros: a oposição à infelicidade, a segunda chance, os recursos que temos de mobilizar para dar a volta por cima depois de um duro golpe... Escrever é fácil, mas na prática é mais difícil, não é?

De repente sua voz ficou embargada, como se vencida pelo excesso de emoção, cansaço e medo.

– E eu? Você está pouco se lixando para mim! Perdi tudo nessa história. Não tenho mais família, não tenho mais trabalho, não tenho mais casa, e a única pessoa que poderia me ajudar prefere ter pena de si mesma.

Surpreso com toda aquela melancolia, virei o rosto e fitei-a, um pouco envergonhado, sem saber bem o que responder. Seu rosto estava enaltecido pela luz e purpurina brilhava em seus olhos.

Então, dei uma espiada no retrovisor e uma acelerada vertiginosa que me permitiu ultrapassar uma longa fila de carros antes de dar meia-volta mais uma vez e apontar para o sul.

– Para onde vamos? – ela me perguntou, enxugando uma lágrima perdida.

– Para o México – eu disse –, para recuperar a minha vida e mudar a sua.

15
O pacto

Não há passe de mágica nem efeitos especiais.
Palavras lançadas no papel o criaram, e palavras
no papel são a única coisa que nos livrará dele.
– Stephen King

Paramos num posto logo depois de Torrance Beach. Não sei se o Bugatti tinha motor de foguete, mas bebia muita gasolina!

Pacific Coast Highway
South Bay, LA
Duas horas da tarde

A fila nas bombas estava longa. Para não ficar esperando muito tempo, decidi encher o tanque numa das bombas automáticas. Ao sair do carro, quase dei um grito: meu tornozelo doía cada vez mais e tinha começado a inchar. Inseri meu cartão de crédito, digitei o número correspondente à minha residência seguido do meu...

SEU CARTÃO NÃO PERMITE O FORNECIMENTO DE COMBUSTÍVEL

A mensagem desfilava em letras digitais na tela. Recolhi meu Platinum, esfreguei a tarja com a manga da camisa e repeti a operação, sem sucesso.

Merda...

Procurei na carteira, mas encontrei apenas uma solitária nota de vinte dólares. Irritado, virei-me para a janela do passageiro:

– Meu cartão não funciona!

– Óbvio que não! Você não tem mais nenhum centavo. Não é um cartão mágico.

– Por acaso você não teria algum dinheiro?

– E onde eu teria escondido? – ela respondeu tranquilamente. – Eu estava nuazinha quando despenquei no seu terraço!

– Obrigado pela força! – resmunguei, me dirigindo mancando à caixa registradora.

O interior da loja de conveniência estava entupido de gente. Como trilha sonora, ouvia-se a famosa "The Girl from Ipanema", na versão mágica de Stan Getz e João Gilberto. Uma obra-prima, infelizmente arruinada por tocar há quarenta anos em elevadores, supermercados e lugares como aquele.

– Que máquina! – alguém na fila assobiou.

Através das janelas, vários fregueses e funcionários observavam curiosos o Bugatti, e em pouco tempo um círculo se formou ao meu redor. Expliquei o problema com o cartão de crédito ao sujeito no caixa, que me escutou pacientemente. É preciso dizer que eu tinha uma cara honesta e, de lambuja, um carro de dois milhões de dólares – ainda que não tivesse com o que botar dez litros de gasolina no tanque. Perguntas voaram da plateia, para as quais eu não tinha uma única resposta: Era verdade que era preciso depositar um sinal de trezentos mil dólares no ato da encomenda? Existia mesmo uma chave secreta que, acionada, fazia o carro alcançar quatrocentos quilômetros por hora? A caixa de marchas custava mesmo cento e cinquenta mil dólares?

Depois de pagar sua conta, um dos clientes – um cinquentão elegante, cabelo grisalho e camisa branca de gola Mao – sugeriu, em tom de brincadeira, comprar meu relógio para que eu pudesse encher o tanque. Ele ofereceu cinquenta dólares. Então os lances foram subindo exponencialmente: um funcionário me ofereceu cem dólares, depois cento e cinquenta, enquanto o dono da loja subiu para duzentos...

Era um presente de Milo cuja simplicidade me fascinava: caixa metálica sóbria, mostrador branco e cinza e pulseira de crocodilo preta, mas eu entendia tanto de relojoaria quanto de automóveis. Aquele relógio me dava a hora certa, e era tudo que eu lhe pedia.

Todos na fila entraram no leilão, e o último lance acabara de alcançar trezentos e cinquenta dólares. Foi o momento escolhido pelo homem de gola Mao para tirar da carteira um grosso maço de notas. Contou dez de cem dólares e as pousou sobre o balcão:

– Mil dólares se fechar o negócio agora – disse com certa solenidade.

Hesitei. Eu admirara mais meu relógio naqueles últimos três minutos do que nos últimos dois anos. Seu nome impronunciável – IWC Schaffhausen – não me dizia nada, mas eu também não era nenhuma autoridade no assunto. Capaz de recitar de cor páginas inteiras de Dorothy Parker, eu suaria para pronunciar mais de duas marcas de relógio.

– Negócio fechado – finalmente eu disse, soltando a pulseira.

Peguei os mil dólares e dei duzentos ao frentista para pagar adiantado o tanque cheio. Eu estava me preparando para ir embora quando me ocorreu lhe perguntar se ele não teria também uma atadura para meu tornozelo.

Bastante satisfeito com a transação, voltei para o Bugatti e introduzi a pistola da bomba no tanque. De longe, vi o sujeito do relógio me lançar um discreto aceno de mão antes de deixar o local em seu Mercedes cupê.

– Como você se virou? – perguntou Billie, abaixando o vidro.

– Não foi graças a você.

– Vamos, não seja mesquinho.

– Eu dei um jeitinho – respondi orgulhoso, ao mesmo tempo em que observava os números desfilarem na máquina.

Eu havia despertado sua curiosidade, e ela insistiu:

– Como?

– Vendi meu relógio.

– Seu Português?

– Que Português?

– Seu relógio. É um modelo "Português" da IWC.

– Obrigado pela informação.

– Por quanto vendeu?

– Mil dólares. Isso paga nossa gasolina até o México. E posso inclusive te oferecer um almoço antes de pegarmos a estrada.

Ela deu de ombros.

– Vamos, fale a verdade.

– Mas essa é a verdade. Mil dólares – repeti, prendendo a pistola na bomba novamente.

Billie levou as mãos à cabeça.

– Vale no mínimo quarenta mil!

Na hora achei que era piada – um relógio não podia custar tanto, certo? –, mas, vendo seu rosto desfigurado, não tive outra saída a não ser admitir que caíra no golpe como um patinho...

* * *

Meia hora mais tarde
Numa lanchonete de beira de estrada
depois de Huntington Beach

Limpei o rosto com um lenço umedecido e, após ter feito um curativo no tornozelo, deixei o banheiro para encontrar Billie na mesa.

Empoleirada num banquinho alto, ela terminava uma enorme *banana split*, que pedira depois de dois *cheeseburgers* e uma porção grande de fritas. Como ela podia manter a forma comendo daquele jeito?

– Hum... deliciosa, quer provar? – ela me ofereceu, de boca cheia.

Recusei, me limitando a limpar com um guardanapo o *marshmallow* que grudara na ponta de seu nariz.

Ela sorriu antes de desdobrar diante de si um grande mapa rodoviário para que pudéssemos acertar os detalhes de nossa incursão.

– É muito simples. De acordo com a revista, a Aurore e o namorado ainda estão de férias em um hotel de luxo de Cabo San Lucas, onde ficarão até o fim de semana.

Ela se debruçou sobre o mapa e, com um marca-texto, desenhou uma cruzinha na ponta da península mexicana da Baixa Califórnia do Sul.

Eu já tinha ouvido falar daquele lugar, famoso por ser *point* de surfe por causa das ondas gigantes.

– Não fica exatamente ali na esquina! – constatei, servindo-me outra xícara de café. – Você não prefere ir de avião?

Ela me lançou um olhar fúnebre.

– Para irmos de avião, precisamos de dinheiro, e, para termos dinheiro, você não pode gastar tudo que tem!

– A gente podia vender o carro...

– Pare com suas tolices e se concentre um pouco! De qualquer forma, você sabe muito bem que eu não tenho passaporte.

Com o dedo, percorreu no mapa um itinerário imaginário:

– Estamos a pouco mais de duzentos quilômetros de San Diego. Acho que devemos evitar rodovias e trechos com pedágio para economizar, mas, se você me deixar dirigir, podemos estar na fronteira mexicana em menos de quatro horas.

– Por que eu deveria deixar você dirigir?

– Bem, você não acha que sou melhor no volante? Carro não parece ser muito sua praia. Acho que você tem mais talento para coisas intelectuais do que para mecânica. Sem falar no seu tornozelo...

– Hum...

– Acho que você se ofendeu. Será que tem vergonha de ser transportado por uma mulher? Espero que já tenha superado a fase de macho primário!

– Bom, podemos negociar. Tudo bem você dirigir até San Diego, mas depois revezamos, porque é muito chão.

Ela pareceu se contentar com essa divisão de tarefas e continuou expondo seu plano:

– Se tudo correr bem, atravessamos a fronteira de Tijuana no fim da tarde. Esticando mais um pouco, podemos encontrar um hotelzinho simpático no México.

Um hotelzinho simpático... Como se estivéssemos em férias!

– E amanhã acordamos de madrugada e pegamos a estrada de novo. Cabo San Lucas fica a mil e duzentos quilômetros de Tijuana. Podemos percorrê-los durante o dia e chegar à noite no hotel da sua Dulcineia.

Dito assim, parecia simples.

Meu celular vibrou no bolso – eu continuava recebendo ligações, embora fosse impossível fazê-las. Era o número de Milo. Na última hora ele havia me deixado uma mensagem a cada dez minutos, mas eu as apagava conforme chegavam, sem nem me dar ao trabalho de ouvi-las.

– Então estamos combinados: ajudo você a reconquistar sua garota e, em troca, você escreve esse maldito terceiro volume! – ela recapitulou.

– O que faz você acreditar que ainda tenho chance com a Aurore? Ela encontrou o grande amor no tal piloto de Fórmula 1.

– Isso é assunto meu. O seu é escrever. Mas sem truques, hein? Um romance de verdade! Respeitando as minhas especificações.

– Lá vem você de novo: especificações!

Ela mordiscou a caneta, como uma criança procurando inspiração antes de começar um dever.

– Em primeiro lugar – ela começou, escrevendo um grande 1) na toalha de papel –, quero que pare de me transformar no bode expiatório de seus livros! Que graça você vê em fazer todos os feiosos do mundo passarem pela minha cama? Por acaso você fica excitado me fazendo conhecer caras casados cujas mulheres perderam todo o encanto e que só veem em mim a trepada de uma noite para satisfazer a libido? Talvez minha falta de sorte agrade suas leitoras, mas isso me cansa e me machuca.

Aquela reclamação repentina me deixou sem voz. Tudo bem, eu não poupara Billie nas minhas histórias, mas para mim isso não tinha grandes consequências: ela era uma personagem de ficção, pura abstração que não tinha outra existência a não ser em meu imaginário e no dos leitores. Uma heroína cuja existência material se resumia a algumas linhas impressas em folhas de papel. E eis que agora a criatura ousava se revoltar contra o criador!

– Em segundo lugar – continuou Billie, desenhando um 2) na toalha de papel sobre a mesa –, não aguento mais comer o pão que o diabo amassou. Gosto do meu emprego, mas trabalho com oncologia e estou cheia de ver gente sofrendo e morrendo todo dia. Sou uma verdadeira esponja, absorvo todo o sofrimento dos pacientes. Além disso, me endividei para pagar meus estudos! Não sei se você sabe quanto ganha uma enfermeira, mas posso lhe garantir que não é nenhuma fortuna!

– E o que posso fazer para te agradar?

– Quero minha transferência para a pediatria, ver com mais frequência a vida que a morte... Faz dois anos que peço isso, mas aquela megera da Cornelia Skinner nega meu pedido sistematicamente, alegando sempre que precisa de mim. E depois...

– E depois o quê?

– ...como cereja do bolo, eu gostaria muito de receber uma pequena herança...

– Que beleza!

– No que isso pode te afetar? É fácil para você! Basta escrever uma linha! Quer que eu redija? Aqui está: "Billie recebeu quinhentos mil dólares de um tio, do qual era a única herdeira".

– Sem problemas. Se eu bem entendi, você quer que eu mate seu tio!

– Não! Meu tio de verdade, não! Um tio-avô que eu nunca tenha visto mais gordo, enfim, como nos filmes, ora bolas!

Satisfeita, anotou sua frase com capricho.

– Muito bem, terminou sua lista para o Papai Noel? Nesse caso, podemos voltar para a estrada.

– Mais uma coisa – ela ponderou. – A mais importante.

Escreveu um 3) na ponta da toalha, seguido de um nome:

– Pronto – explicou com seriedade –, quero que o Jack largue definitivamente a mulher e venha morar comigo.

Jack era seu amante. Um homem casado, um carinha boa-pinta e egoísta, pai de dois filhos pequenos, com quem ela vivia de dois anos para cá uma relação destrutiva e passional. Um narcisista perverso, ciumento e possessivo, que a dominava alternando falsas juras de amor eterno com humilhações que a degradavam ao nível da amante que só serve para trepar.

Balancei a cabeça, fazendo cara de decepção.

– O Jack tem o pau na cabeça.

Não tive tempo de ver sua mão levantar. Intempestivamente, ela me aplicou uma bofetada magistral, que quase me fez cair do banquinho.

O restaurante inteiro se virou para nossa mesa, esperando minha reação.

Como é que ela pode defender esse idiota?, perguntou a voz da cólera dentro da minha cabeça. *Porque está apaixonada por ele, caramba!*, respondeu a voz do bom-senso.

– Não permito que você julgue minha vida sentimental, da mesma forma que eu não julgo a sua – ela respondeu, me desafiando com o olhar. – Ajudo você a recuperar a Aurore e você me escreve uma vida na qual eu possa acordar todas as manhãs ao lado do Jack. Negócio fechado?

Ela assinou o contrato improvisado que redigira na toalha, depois recortou cuidadosamente o quadrado de papel antes de me estender a caneta.

– Negócio fechado – eu disse, coçando o rosto.

Rubriquei o documento e deixei alguns dólares na mesa antes de sair da lanchonete.

– Você vai me pagar caro por essa bofetada – prometi, fuzilando-a com o olhar.

– É o que veremos – ela respondeu altivamente, se instalando ao volante.

16
Limite de velocidade

Fica a meia hora daqui. Estarei aí em dez minutos.
– Fala do filme *Pulp Fiction*,
de Quentin Tarantino

– Você está correndo demais!

Já viajávamos havia três horas.

Nos últimos cem quilômetros, percorremos a costa litorânea: Newport Beach, Laguna Beach, San Clemente, mas a estrada estava tão engarrafada que optamos por pegar a California 78, depois de Oceanside, para cortar caminho por Escondido.

– Você está correndo demais! – repeti, diante da falta de reação.

– Você está de brincadeira! – protestou Billie. – Estamos só a cento e vinte.

– O limite é noventa!

– E daí? Esse troço deve estar funcionando, não? – ela perguntou, apontando para o antirradar que Milo havia instalado.

Abri a boca para protestar quando uma luzinha vermelha acendeu no painel. Ouvimos um estalo preocupante no motor, logo seguido de uma falha que obrigou o carro a interromper seu curso alguns metros adiante, me dando a oportunidade de descarregar toda a raiva que fervilhava dentro de mim:

– Eu sabia que essa ideia de ir atrás da Aurore era pura maluquice! Nunca chegaremos ao México. Se já não tínhamos dinheiro nem estratégia, agora nem carro a gente tem!

– Está tudo certo, não se estresse, talvez a gente possa consertar – ela disse, abrindo a porta.

– Consertar? Isso aqui não é uma bicicleta, é um Bugatti...

Sem se perturbar, Billie levantou o capô e começou a mexer no motor. Eu, por minha vez, fui atrás dela pelo acostamento enquanto dava vazão às minhas críticas:

– ...esses carros são cheios de sistemas eletrônicos. É preciso uma dúzia de engenheiros para diagnosticar qualquer probleminha. Eu estou de saco cheio. Vou pegar carona até Malibu.

– Tudo bem, mas se você queria me fazer cair no golpe do carro enguiçado, se deu mal – ela disse, fechando o capô.

– Por que você está falando isso?

– Porque está consertado.

– Você está gozando da minha cara?

Ela girou a chave na ignição e o motor ronronou, pronto para partir.

– Era uma coisinha à toa: um dos radiadores do sistema de refrigeração se desconectou, o que automaticamente cortou o quarto turbo compressor e acendeu a luzinha de segurança do sistema hidráulico central.

– Realmente – eu disse, pasmo –, uma coisinha à toa.

Enquanto retornávamos à estrada, não resisti e perguntei:

– Onde você aprendeu isso?

– Ora, você deveria saber.

Precisei de alguns instantes de reflexão para vasculhar os *pedigrees* de meus personagens e encontrar a resposta:

– Seus dois irmãos!

– Isso mesmo – ela respondeu, pisando fundo no acelerador. – Você os fez mecânicos e eles me passaram um pouco de sua paixão!

* * *

– Você está correndo muito!

– Ah, não, não vai começar de novo!

Vinte minutos depois

– E o pisca-pisca?! A gente usa o pisca-pisca antes de arrancar como um furacão!

Ela me mostrou a língua insolente.

Tínhamos acabado de passar por Rancho Santa Fe e tentávamos encontrar a Nacional 15. O ar estava quente, e uma bela luz de fim de tarde coloria as árvores e intensificava o ocre das colinas. A fronteira mexicana não estava muito longe dali.

– E já que chegamos a esse ponto – eu disse, apontando para o rádio –, você não quer desligar essa música de merda que estou sendo obrigado a ouvir há horas?

– Você usa uma linguagem bem refinada. Dá para perceber o homem letrado que você é...

– Sério, por que você escuta essas coisas: *remix* de *remix*, letras de *rap* idiotas, cantoras de *blues* clonadas...?

– Socorro, acho que estou ouvindo meu pai falar.

– E essa gororoba, o que é?

Ela ergueu os olhos para o céu.

– A gororoba é Black Eyed Peas!

– Você já escutou música de verdade?

– E o que você entende por "música de verdade"?

– Johann Sebastian Bach, Rolling Stones, Miles Davis, Bob Dylan...

– Dá para gravar uma fita cassete disso aí para mim, vovô?

Ela permaneceu sem falar nada durante três minutos – uma façanha digna do *Guinness Book* para ela – antes de me interrogar:

– Quantos anos você tem?

– Trinta e seis – eu disse, coçando a testa.

– Dez a mais que eu – ela constatou.

– Exatamente, e daí?

– E daí nada – disse ela, assobiando.

– Se pretende vir com essa ladainha do abismo entre gerações, pode ir parando por aí, mocinha!

– Meu avô me chama de "mocinha"...

Liguei novamente o rádio e procurei uma estação de *jazz*.

– Você não acha meio estranho só ouvir música composta antes do seu nascimento?

– E o seu amante aí, o seu Jack, qual é mesmo a idade dele?

– Quarenta e dois – ela admitiu –, mas ele é um pouco mais *fashion* que você.

– Você está de brincadeira! Todas as manhãs no banheiro ele se acha o próprio Sinatra e cantarola "My Way" no espelho, usando o secador de cabelo como microfone.

Ela arregalou os olhos para mim.

– Pois é – continuei –, é este o privilégio do escritor: conheço todos os seus segredos, inclusive os menos confessáveis. Piadas à parte, o que você vê nesse cara?

Ela deu de ombros.

– É uma questão de pele. Não dá para explicar...

– Faça um esforço!

Ela respondeu com sinceridade:

– Desde o primeiro olhar, rolou alguma coisa entre nós, uma manifestação, uma espécie de atração animal. A gente se reconhece um no outro. Como se já estivéssemos juntos antes mesmo de estarmos juntos.

Que lástima... Uma chuva de banalidades pela qual eu era o infeliz responsável.

– Mas esse cara te sacaneou. Logo no primeiro encontro ele tirou a aliança e esperou seis meses para confessar que era casado!

Seu rosto empalideceu diante da evocação dessa funesta lembrança.

– E depois, cá entre nós, o Jack nunca teve a intenção de largar a mulher...

– Exatamente! Conto com você para mudar isso!

– Ele te faz passar por humilhação atrás de humilhação, e você, em vez de mandá-lo à merda, o venera como um deus!

Ela nem tentou me responder e se concentrou na direção, o que resultou em nova aceleração.

– Lembra no ano passado? Ele prometeu, jurou que daquela vez vocês passariam o Réveillon juntos. Sei que começar o ano com ele era importante para você. Você gostava dessa simbologia. Então, para agradá-lo, você cuidou de tudo. Reservou um charmoso bangalô no Havaí e arcou com todas as despesas da viagem. Só que na véspera do embarque ele avisou que não conseguiu escapar. Sempre as mesmas desculpas: a mulher, os filhos... E você lembra o que aconteceu depois?

Enquanto eu esperava uma resposta que não veio, dei uma olhada no velocímetro, que marcava cento e setenta quilômetros por hora.

– Você está mesmo passando dos limites...

Ela tirou uma das mãos do volante e, em sinal de hostilidade, fez um gesto obsceno para mim no exato momento em que o FLASH de um radar batia a foto mais importante do dia.

Ela meteu o pé no freio, mas o mal já havia sido feito.

O golpe clássico: monitoramento em um local ermo, a pelo menos oitocentos metros de qualquer habitação...

Barulho de sirene e giroflex.

Camuflado atrás de um arvoredo, o Ford Crown do xerife local acabava de deixar o esconderijo. Olhei para trás e vi pelo vidro as luzes azuis e vermelhas da viatura à nossa caça.

– Falei pelo menos DEZ VEZES que você estava indo rápido demais!

– Se você tivesse parado com suas malvadezas...

– É muito fácil jogar a culpa nos outros.

– Quer que eu o faça comer poeira?

– Deixe de criancice e pare bonitinha no acostamento.

Billie ligou o pisca-pisca e obedeceu de má vontade, enquanto eu continuava a repreendê-la:

– Estamos numa merda de dar gosto. Você não tem carteira de habilitação, está dirigindo um carro roubado e com certeza acaba de cometer o excesso de velocidade mais escandaloso do condado de San Diego!

– Ai, meus ouvidos! Já estou por aqui de suas lições de moral! Não é de espantar que a sua namoradinha tenha dado no pé!

Fitei-a agressivamente.

– Não existem palavras para te descrever! Você é... as dez pragas do Egito ao mesmo tempo!

Eu nem sequer ouvi sua resposta, preocupadíssimo com as consequências daquela abordagem. O xerife ordenaria a apreensão do Bugatti, chamaria reforços, nos levaria para a delegacia e avisaria Milo sobre o paradeiro de seu carro. E a situação ainda corria o risco de ficar pior quando ele percebesse que Billie não tinha nem documento de identidade nem habilitação. Isso sem falar no meu *status* de celebridade em liberdade condicional, que não ajudaria muito as coisas.

A viatura estacionou alguns metros atrás do nosso carro. Billie havia desligado o motor e, como um bebê, se agitava no assento.

– Chega de gracinha. Sente direito e ponha as mãos no volante.

Com ar de sonsa, ela abriu mais um botão da camisa para exibir ainda mais os seios, o que me tirou do sério.

– Se você acha que isso vai excitar alguém... Será que não se dá conta de seus atos?! Acaba de cometer uma infração, um excesso de velocidade fenomenal, cento e setenta quilômetros numa região onde o limite é noventa. Isso vai lhe custar um julgamento sumário e várias semanas na prisão.

Ela visivelmente empalideceu e se virou para espreitar com ansiedade o desenrolar da operação.

Além do giroflex ligado, e mesmo à luz do dia, o oficial apontara um poderoso holofote em nossa direção.

– Qual é a dele? – ela perguntou, inquieta.

– Ele entrou com o número da placa no banco de dados e está esperando o resultado.

– Não estamos nem perto do México, estamos?

– Isso é você quem pode dizer.

Deixei alguns segundos passarem antes de torturá-la:

– E você não está nem perto de recuperar o seu Jack.

Seguiu-se um silêncio sepulcral que durou ainda um bom minuto antes de o policial se dignar a sair de seu sedã.

Pelo retrovisor, eu o via avançar em nossa direção como um predador tranquilo, caçando uma presa que sabia estar garantida, e senti uma onda nostálgica rebentar em mim.

Ponto-final, fim da aventura...

Eu tinha um buraco no estômago. Um vazio súbito e devorador, como se me faltasse alguma coisa. O que era mais do que normal: eu não tinha acabado de viver o dia mais estranho e louco da minha vida?

Em vinte e quatro horas, perdera toda a minha fortuna, a mais insuportável de minhas heroínas irrompera nua em pelo no meio da minha varanda, eu atravessara um vidro para evitar uma internação, caíra de uma altura de dois andares no teto de um Dodge, todo orgulhoso, vendera por mil dólares um relógio que valia quarenta e assinara um contrato esdrúxulo numa toalha de mesa de restaurante, logo depois de ter levado uma bofetada que quase arrancara minha cabeça do pescoço.

Mas eu estava melhor. Eu me sentia vivo e revigorado de novo.

Olhei para Billie como se fôssemos nos despedir, sem nunca mais poder conversar a sós, como se o encanto estivesse prestes a se quebrar. E, pela primeira vez, vi arrependimento e aflição em seus olhos.

– Sinto muito pela bofetada – ela se desculpou. – Exagerei...

– Hum...

– E, quanto ao relógio, reconheço que você não podia saber.

– Tudo bem, desculpas aceitas.

– E, quanto a Aurore, realmente eu não devia ter dito...

– Tudo bem, tudo bem! Não exagere!

O policial contornou lentamente o carro como se quisesse comprá-lo, depois verificou o número da placa com cuidado, visivelmente satisfeito em prolongar seu prazer.

– De qualquer forma, não fizemos tudo isso por nada! – eu disse, pensando alto.

Comecei a perceber que os personagens de romance não estavam programados para evoluir na vida real. Eu conhecia Billie, seus defeitos, suas angústias, sua candura e sua vulnerabilidade. De certa maneira, eu me sentia responsável pelo que lhe acontecia e não queria que a prisão a prejudicasse ainda mais. Ela procurou meu olhar e vi que recuperava a confiança. Estávamos mais uma vez no mesmo barco. Mais uma vez juntos.

O oficial bateu no vidro para pedir que o abaixássemos.

Billie obedeceu docilmente.

Ele fazia o tipo "caubói": o machão à Jeff Bridges, pele morena, óculos aviador, peito peludo onde uma pesada corrente dourada se perdia.

Empolgado por ter apanhado em sua rede uma jovem e bela mulher, ignorou-me solenemente.

– Senhorita.

– Senhor oficial.

– Sabe a velocidade em que estava?

– Faço ideia: lá pelos cento e setenta, certo?

– Tinha alguma razão especial para correr tanto?

– Estava com pressa.

– Bela máquina.

– É, não é mesmo como o seu monte de merda – ela disse, apontando para a viatura. – Não deve passar de cento e vinte ou cento e trinta.

O policial franziu o cenho, percebendo que o melhor era seguir o procedimento à risca.

– Habilitação e documento do veículo.

– Desejo-lhe toda a sorte do mundo... – ela começou, ligando novamente o motor.

Ele levou a mão ao cinturão.

– Queira desligar imediatamente esse...

– ...porque com esse seu calhambeque você não vai nos pegar nunca.

17
Billie & Clyde

Um dia desses tombaremos juntos.
Não me preocupo comigo, é por Bonnie que sofro.
Que me importa perder a pele?
Eu, Bonnie, sofro por Clyde Barrow.
– Serge Gainsbourg

– Temos que abandonar o carro!

O Bugatti voava por uma estradinha estreita ladeada por eucaliptos. À primeira vista, o xerife desistira de nos perseguir, mas podíamos ter certeza de que ele soara o alarme. E, falta de sorte, a presença de um acampamento da marinha a poucos quilômetros fazia do lugar uma zona superprotegida. Ou seja, estávamos em maus lençóis.

Subitamente, um barulho ensurdecedor vindo do céu só fez aumentar nossa preocupação.

– Isso é com a gente? – inquietou-se Billie.

Abaixei o vidro e, projetando a cabeça para fora, notei um helicóptero da polícia rodopiando logo acima da floresta.

– Temo que sim.

Excesso de velocidade histórico, desacato à autoridade, fuga. Se o escritório do xerife cumprisse com seu dever, estávamos correndo grande risco.

Billie enveredou pela primeira estradinha da floresta e embrenhou o Bugatti na mata o máximo possível para camuflá-lo.

– A fronteira fica a apenas uns quarenta quilômetros – eu disse. – Tentamos arranjar outro carro em San Diego.

Ela abriu o porta-malas, que transbordava de bagagens.

– Isso é seu, eu trouxe umas coisinhas! – disse, lançando para mim uma velha Samsonite de tampa dura que quase me derrubou.

Quanto a ela, obrigada a fazer uma escolha, eu a via hesitar diante da montanha de malas abarrotadas de roupas e sapatos surrupiados do armário de Aurore.

– Fique sabendo que não iremos ao baile todas as noites – eu disse, para apressá-la.

Ela pegou uma bolsa grande de grife e uma maleta de cosméticos prateada. Quando eu estava me afastando, ela me segurou pelo braço:

– Espere, tem um presentinho para você no banco de trás.

Franzi o cenho, temendo um novo trote, mas ainda assim dei uma espiada e descobri sob a toalha de praia... a tela de Chagall!

– Eu pensei bem e acho que você devia ficar com ela.

Olhei para Billie com gratidão. Mais um pouco eu a teria beijado.

Enrolados no assento, os *Amantes em azul* davam a impressão de se enlaçar com fervor, como dois estudantes em seu primeiro encontro num *drive-in*.

Como sempre, a visão do quadro me fez bem, me passando um pouco de serenidade e me dando um aperto no coração. Os amantes estavam ali, eternos, enraizados um no outro, e a força do abraço deles agia como um bálsamo reparador.

– É a primeira vez que vejo você sorrir – ela observou.

Coloquei a tela debaixo do braço e saímos às pressas por entre as árvores.

* * *

Carregados como mulas, suados e ofegantes – quer dizer, principalmente eu –, atravessamos diversos obstáculos na esperança de escapar das buscas do helicóptero. Dava para perceber que ele não havia detectado nossa presença, mas, a intervalos regulares, ouvíamos seu zumbido pairando como uma ameaça sobre nossa cabeça.

– Não aguento mais – confessei, com a língua de fora. – O que tem dentro dessa mala? Parece que estou carregando um cofre.

– Já vi que esporte também não é sua praia – ela constatou, voltando-se para mim.

– Engordei um pouco nos últimos tempos – admiti –, mas se tivesse pulado do segundo andar como eu, não seria tão malvada.

Descalça, com os escarpins na mão, Billie se esgueirava graciosamente por entre os troncos de árvores e arbustos.

Descemos um último declive que nos levou a uma estrada asfaltada. Não era uma rodovia federal, embora fosse larga e permitisse a circulação em mão dupla.

– Para que lado? – ela perguntou.

Larguei a mala aliviado e coloquei as duas mãos nos joelhos para recuperar o fôlego.

– Não faço ideia. Por acaso está escrito Google Maps na minha testa?

– Podemos tentar pegar carona – ela sugeriu, ignorando minha observação.

– Com toda essa tralha, ninguém vai querer levar a gente.

– Ninguém vai levar *você* – ela corrigiu. – Já eu...

Ela se agachou para vasculhar a bolsa e pegou uma muda de roupa. Sem cerimônia, desabotoou o *jeans*, que substituiu por um shortinho branco, e trocou a jaqueta por um casaqueto Balmain azul-claro com grandes ombreiras quadradas.

– Em menos de dez minutos estaremos dentro de um carro – garantiu, ajeitando os óculos escuros e dando uma rebolada.

Mais uma vez fiquei boquiaberto diante daquela dualidade, que, num piscar de olhos, transformava uma garota travessa e pura numa sedutora mulher fatal.

– A musa dos caminhoneiros limpou as butiques de Rodeo Drive – lancei, alcançando-a.

– A musa dos caminhoneiros está te mandando à merda.

* * *

Alguns minutos se passaram. Uns vinte carros já haviam cruzado nosso caminho. Nenhum havia parado. Tínhamos deixado para trás uma primeira placa indicando a proximidade de San Dieguito Park, depois uma segunda na bifurcação que dava acesso à Federal 5. Estávamos na estrada certa, embora na direção errada.

– Temos que atravessar e pedir carona do outro lado – ela disse.

– Sem querer ofender, mas eu diria que a sedução não deu muito certo, não é?

– Em menos de cinco minutos você estará com a bunda num banco de couro, quer apostar?

– O que quiser.

– Quanto sobrou?

– Um pouco mais de setecentos dólares.

– Cinco minutos – ela repetiu. – Você cronometra? Ah, esqueci, você não tem mais relógio...

– E eu, o que você me dá se eu ganhar?

Ela se esquivou da pergunta, voltando subitamente a ficar séria e fatalista.

– Tom, teremos que vender o quadro...

– Isso está fora de questão!

– Como você pretende comprar um carro e pagar nossa hospedagem?

– Mas estamos no meio do nada! Um quadro desse valor é negociado com um leiloeiro, não no primeiro posto de gasolina que aparece!

Ela franziu o cenho e refletiu um minuto antes de sugerir:

– Bom, vender talvez não, mas poderíamos penhorá-lo.

– Penhorar? É uma obra de arte, não o anel da minha avó!

Ela mordeu os lábios no momento em que uma velha caminhonete cor de ferrugem passou se arrastando à nossa frente.

A caminhonete se adiantou uns dez metros e começou a dar marcha ré.

– Passa a grana – ela exigiu, sorrindo.

No interior da lata-velha, dois mexicanos – dois jardineiros que durante o dia trabalhavam no parque, voltando à noite para Playas de Rosarito – se ofereceram para nos levar a San Diego. O mais velho tinha a virilidade de um Benicio del Toro, com trinta anos e trinta quilos a mais, já o mais jovem respondia pelo doce nome de Esteban e...

– Igualzinho ao jardineiro *sexy* de *Desperate Housewives*! – se alegrou Billie, sem esconder sua atração pelo rapaz.

– *Señora, usted puede usar el asiento, pero el señor viajará en la cajuela.*

– O que ele disse? – perguntei, pressentindo uma má notícia.

– Disse que eu posso ir na frente, mas que você tem que se contentar com a caçamba... – ela respondeu, feliz da vida pelo meu castigo.

– Mas você me prometeu um banco de couro! – protestei, subindo na traseira e me instalando em meio a ferramentas e sacos de capim seco.

* * *

O som generoso e saturado da guitarra de Carlos Santana escapava pela janela aberta da caminhonete. Era um verdadeiro calhambeque: um velho Chevrolet dos anos 50 que devia ter sido pintado dezenas de vezes e cuja quilometragem já dera sem dúvida uma volta completa no contador.

Sentado sobre um fardo de feno, limpei a poeira acumulada no quadro e interpelei diretamente os *Amantes em azul*.

– Oi, eu sinto muito, mas vamos precisar nos separar por um instante.

Eu refletira sobre o que Billie me dissera e acabava de ter uma ideia. No ano anterior, a revista *Vanity Fair* me encomendara um conto para sua edição de Natal. O mote era *revisitar* um clássico da literatura – uma heresia para alguns –, e eu optara por fazer uma versão moderna de meu romance preferido de Balzac. Nas primeiras linhas, portanto, o leitor acompanhava uma jovem herdeira que, após dilapidar toda a sua fortuna, era contratada por um agiota, em cujo estabelecimento se encontrava uma "pele mágica" com o poder de realizar os desejos de seu proprietário. Digo desde já a meu favor que, embora apreciado pelos leitores, esse texto não representava o melhor de minha produção, mas o trabalho de documentação que ele havia exigido me permitira descobrir um personagem pitoresco: Yochida Mitsuko, o agiota mais influente da Califórnia.

Assim como o consultório de Sophia Schnabel, a lojinha de Mitsuko era um dos endereços mais concorridos e indicados pelas celebridades do Triângulo de Ouro de Los Angeles. Em Hollywood, como em outros centros, a necessidade de liquidez às vezes pressionava os mais ricos a se descapitalizar penhorando algumas de suas loucuras, e, dos vinte agiotas de Beverly Hills, Yochida Mitsuko era o preferido da clientela abastada. Graças ao apoio da *Vanity Fair*, pude conhecê-lo em sua birosca perto de Rodeo Drive. Às vezes ele mesmo se intitulava orgulhosamente como o "agiota das estrelas" e não hesitara em cobrir as paredes de seu escritório com fotografias em que aparecia posando ao lado de estrelas mais constrangidas que honradas por ser flagradas daquela forma no delito da pauperização.

Verdadeira caverna de Ali Babá, seu depósito regurgitava tesouros ecléticos. Eu me lembrava de ter visto por ali o piano de cauda de uma cantora de *jazz*, o bastão de beisebol fetiche do capitão dos Dodgers, uma Magnum Dom Pérignon de 1996, um quadro de Magritte, o Rolls-Royce personalizado de um *rapper*, a Harley de um *crooner*, várias caixas de Mouton Rothschild 1945 e, apesar da proibição da Academia do Oscar, a pequena estatueta dourada de um ator mítico cujo nome não revelarei.

Dei uma olhada no celular. Eu continuava não podendo fazer chamadas, mas ainda tinha acesso à minha agenda e encontrei com facilidade o número de Mitsuko.

Então, projetei o corpo para a frente e gritei algumas palavras para Billie:

– Quer fazer a gentileza de pedir ao seu novo namorado o favor de me emprestar o celular?

Ela negociou com o "jardineiro" por um instante, então:

– Esteban concorda, mas vai custar cinquenta dólares.

Sem perder tempo negociando, estendi-lhe uma nota em troca de um velho Nokia dos anos 90. Contemplei saudoso o aparelho: feio, pesado, fosco, sem câmera nem *wi-fi*, mas pelo menos funcionava.

Mitsuko atendeu logo no primeiro toque:

– Tom Boyd falando.

– O que posso fazer por você, meu amigo?

Sem que eu soubesse muito bem o motivo, fui tratado com toda a pompa. No meu texto, entretanto, eu o descrevia de modo nada lisonjeiro, porém, longe de contrariá-lo, aquele holofote "artístico" lhe concedera certa aura, que ele retribuíra me enviando uma edição original de *A sangue frio*, autografada por Truman Capote.

Perguntei educadamente como andavam as coisas, e ele confessou que, com a recessão e a queda da Bolsa, seu negócio nunca fora tão lucrativo. Abrira uma segunda loja em San Francisco e planejava abrir a terceira em Santa Barbara.

– Tenho médicos, dentistas e advogados me trazendo seu Lexus, coleções de tacos de golfe ou o casaco de pele da mulher porque não conseguem mais pagar as contas. Mas você certamente está me ligando por um bom motivo. Tem alguma proposta a me fazer, certo?

Falei do meu Chagall, mas ele demonstrou um interesse meramente pró-forma:

– O mercado de arte ainda não saiu da crise. Passe aqui amanhã e verei o que posso fazer.

Expliquei que não podia esperar até amanhã, que estava em San Diego e precisava de dinheiro vivo em duas horas.

– Suponho que também acabam de cortar seu celular – ele presumiu. – Não reconheci o número, Tom. E, com a quantidade de fofoqueiros que perambulam por essa cidade, tudo corre muito rápido por aqui...

– E o que eles dizem?

– Que você está no fundo do poço e passa mais tempo se entupindo de remédios do que escrevendo seu novo romance.

Meu silêncio foi eloquente. Do outro lado da linha, contudo, eu o ouvia digitando em seu *laptop* e presumi que se informava sobre a cotação de Chagall e os lances dados por suas telas em leilões recentes.

– Quanto ao celular, posso mandar religar sua linha em uma hora – ofereceu-se espontaneamente. – Sua operadora é a TTA, não é? Vai custar dois mil dólares.

Antes mesmo que eu concordasse, ouvi o ruído de um *e-mail* saindo de sua caixa de mensagem. Se Sophia dominava as pessoas com os segredos delas, Mitsuko as dominava com seu portfólio.

– Quanto ao quadro, eu lhe ofereço trinta mil.

– Espero que esteja brincando. Vale pelo menos vinte vezes mais!

– Pode até ser que valha quarenta vezes mais, na Sotheby's em Nova York, daqui a dois ou três anos, quando os novos russos sentirem vontade de estourar seu Black Card mais uma vez. Mas, se quiser ver a cor do dinheiro hoje à noite e levar em conta a comissão astronômica que terei que pagar ao meu colega de San Diego, só posso lhe dar vinte e oito mil dólares.

– Você acabou de falar trinta mil!

– Menos dois mil para religar sua linha. E isso se você seguir à risca as instruções que vou passar.

E eu tinha escolha? Eu me consolei pensando que teria quatro meses para reembolsar a soma – acrescida de cinco por cento de juros – e reaver meu patrimônio. Não tinha certeza se conseguiria, mas era um risco a correr.

– Vou enviar os procedimentos agora mesmo para o seu celular – concluiu Mitsuko. – Ah, a propósito, diga a seu colega Milo que ele tem poucos dias para vir pegar o sax dele.

Desliguei e devolvi a Esteban seu celular de colecionador no momento em que entrávamos de fato na cidade. O sol começava sua descida em direção ao horizonte. San Diego estava bonita, banhada por uma luminosidade cor-de-rosa e alaranjada tipicamente mexicana. Billie aproveitou um sinal vermelho para deixar a cabine e vir se juntar a mim na caçamba.

– Nossa, que frio! – ela disse, esfregando as pernas.

– Também, nesses trajes...

Ela agitou um pedaço de papel na minha cara:

– Eles me deram o endereço de um mecânico amigo deles que talvez possa nos arranjar um carro. E você, algum progresso?

Olhei para o visor do meu celular. Como num passe de mágica, eu podia novamente enviar mensagens, e um SMS de Mitsuko exigia que eu utilizasse a câmera fotográfica acoplada ao aparelho.

Então, com a ajuda de Billie, cliquei o quadro sob todos os ângulos, sem esquecer dos *closes* no certificado de autenticidade colado na parte de trás da tela. Em seguida, graças a um aplicativo baixado em poucos segundos, cada uma das fotografias foi automaticamente datada, criptografada e geolocalizada antes de ser enviadas a um servidor protegido. Segundo Mitsuko, esse registro lhes dava valor de prova perante os tribunais e permitia apresentá-las contra terceiros em caso de processo.

A operação durou apenas dez minutos e, quando a caminhonete nos deixou na estação ferroviária central, já havíamos recebido uma mensagem de confirmação do agiota passando o endereço de um colega para deixarmos o quadro em troca de vinte e oito mil dólares.

Ajudei Billie a pular para a calçada e depois a pegar nossas bagagens antes de agradecer aos dois jardineiros pela ajuda.

– *Si vuelves por aqui, me llamas, de acuerdo?** – disse Esteban, dando um abraço exagerado na garota.

– *Sí, sí!* – ela respondeu, passando a mão nos cabelos num último gesto de flerte.

– O que foi que ele disse?

– Nada! Só estava nos desejando boa viagem.

– Tudo bem, eu não sirvo para nada mesmo – resmunguei, entrando na fila do táxi.

Ela me dirigiu um sorriso cúmplice que me incitou a lhe prometer:

– De qualquer modo, se tudo correr bem hoje à noite, é comigo que você vai comer *quesadillas* e *chili con carne*.

Falar de comida foi suficiente para acionar sua fábrica de palavras, mas o que há poucas horas me apavorava agora soava como música alegre e amiga a meus ouvidos:

– E *enchiladas*, você já provou *enchiladas*? – ela exclamou. – Eu adoro, principalmente de frango, quando estão bem gratinadas. Mas você sabia que elas também podem ser feitas com carne de porco ou camarão? Em compensação, dos *nachos*, eca, quero distância. E *escamoles*? Nunca provou? Bom, então teremos que achar. Imagine que são larvas de formigas! É supermegarrefinado, tanto que tem gente que chama isso de caviar de inseto. Bizarro, não é? Eu comi uma vez. Foi durante uma viagem com umas colegas a...

* Se passar por aqui de novo, me telefone, combinado?

18

Hotel Casa del Sol

Todo o inferno está contido numa palavra: solidão.

– Victor Hugo

– Depois do Bugatti, isso com certeza parece um carrinho de rolimã... – observou Billie, com uma ponta de decepção na voz.

Subúrbio sul de San Diego, sete horas da noite
No galpão antigo e escuro de uma modesta oficina

Ela se instalou no assento dianteiro de um Fiat 500 da década de 60, sem enfeites nem cromagem, que Santos, o mecânico que nos haviam recomendado, tentava nos vender como se fosse um utilitário.

– O quesito conforto certamente deixa um tanto a desejar, mas podem acreditar: é resistente.

– Mas que ideia pintar de cor-de-rosa!

– Era da minha filha – o chicano explicou.

– Ai! – disse Billie ao bater a cabeça. – Tem certeza que não era da Barbie da sua filha?

Enfiei a cabeça na cabine.

– O banco traseiro foi arrancado – constatei.

– Assim vocês ficam com mais espaço para a bagagem!

Tentando dar uma de entendido, testei os faróis, o pisca-pisca e a luz de freio.

– Tem certeza de que está dentro das normas?

– Pelo menos dentro das normas mexicanas.

Dei uma olhada na hora no celular. Como programado, tínhamos recebido os vinte e oito mil dólares, mas, entre a entrega do quadro e a corrida de táxi até a oficina, havíamos perdido muito tempo. Aquele carro já estava pedindo arrego, mas sem habilitação não podíamos nem alugar nem comprar outro passando pelos trâmites legais. Além do mais, esse tinha a vantagem de ter sido emplacado no México, o que podia ajudar na travessia da fronteira.

No fim, Santos aceitou vendê-lo por mil e duzentos dólares, mas foi uma luta de mais de quinze minutos para fazermos caber minha mala grande e os pertences da madame num espaço tão pequeno.

– Não é esse carro que tinha o apelido de "pote de iogurte"? – perguntei, mobilizando todas as minhas forças para fechar o porta-malas.

– *El bote de yogur*? – ele traduziu, fingindo não entender a ligação entre o laticínio e o destroço que ele nos empurrava com alegria.

Dessa vez, fui eu quem assumiu o volante, e com certa apreensão pegamos a estrada. Anoitecia. Não estávamos num dos mais tranquilos lugares de San Diego, e tive um pouco de dificuldade para me localizar em meio a uma série de estacionamentos e zonas comerciais antes de finalmente encontrar a 805, que levava ao posto da fronteira.

Os pneus gritavam, e o ronco anasalado do motor do Fiat substituíra o zumbido furioso do Bugatti.

– Que tal passar a segunda marcha? – sugeriu Billie.

– Eu *já* estou em quarta!

Ela deu uma olhada no velocímetro, que marcava apenas setenta quilômetros por hora.

– Você está no máximo – constatou, desiludida.

– Pelo menos assim temos certeza que não vamos ultrapassar o limite de velocidade.

Aos trancos e barrancos, nosso calhambeque nos levou até o imenso posto de fronteira que dava acesso a Tijuana. Como sempre acontece, o lugar estava engarrafado e bastante agitado. Ao entrar na fila *Mexico Only*, recapitulei as últimas instruções para a minha passageira:

– Normalmente, não corremos grande risco de ser fiscalizados nessa direção. Mas se acontecer seremos presos, eu e você, e dessa vez vai ser impossível passar à força! Então, vamos evitar as palhaçadas, tudo bem?

– Sou toda ouvidos – ela disse, piscando os olhos como Betty Boop.

– É muito simples: você não abre a boca e não mexe um único cílio. Somos dois trabalhadores mexicanos honestos voltando para casa. Entendido?

– *Vale, señor.*

– E se pudesse parar de gozar da minha cara, seria perfeito.

– *Muy bien, señor.*

Daquela vez a sorte sorriu para a gente: em menos de cinco minutos estávamos do outro lado, sem fiscalização nem aborrecimentos.

Como havíamos feito até aquele momento, continuamos margeando a costa. Por sorte, o mecânico havia instalado um velho toca-fitas no carro. Infelizmente, a única fita no porta-luvas era de Enrique Iglesias, que parecia fascinar Billie, mas que maltratou meus ouvidos até Ensenada.

Ali, fomos pegos de surpresa por uma tempestade, e uma chuva diluviana despencou. O para-brisa era minúsculo, e os limpadores tão precários que nada podiam fazer contra aquela espessa cortina de água, de forma que me vi obrigado a pôr o braço para fora de tempos em tempos para desemperrá-los.

– Podemos dar uma parada?

– Era o que eu ia sugerir!

Um hotel de beira de estrada surgiu em nosso caminho, mas não havia vaga. Não enxergávamos nada além de três metros à nossa frente. Obrigado a avançar a vinte por hora, eu atraía palavrões dos carros que me seguiam e que por um bom tempo me escoltaram com sua buzina impaciente e furiosa.

Acabamos encontrando refúgio em San Telmo, no muito mal batizado Hotel Casa del Sol, cujo luminoso crepitava e exibia um reconfortante *vacancy*. Pelo estado dos carros no estacionamento, dava para notar que o local não tinha o charme e o conforto de um *bed & breakfast*, mas, pensando bem, não estávamos mesmo em lua de mel.

– Um quarto para dois, certo? – ela me provocou, empurrando a porta da recepção.

– Um quarto com *duas* camas.

– Se você acha que vou me atirar em você...

– Estou tranquilo, não sou jardineiro e não faço seu tipo.

O recepcionista nos cumprimentou com um grunhido. Billie pediu para ver o quarto, mas fui logo pegando a chave e paguei adiantado.

– Em todo caso, impossível ir para outro lugar. O mundo está acabando lá fora e eu estou morto.

O prédio de um único andar articulava-se em forma de U em torno de um jardim com árvores ressecadas, cujas silhuetas famélicas curvavam-se com o vento.

Sem surpresa, o quarto era espartano, debilmente iluminado, perfumado com eflúvios duvidosos e decorado com uma mobília que devia estar na moda no tempo de Eisenhower. Havia um imenso aparelho de tevê instalado sobre quatro rodinhas e equipado com um alto-falante embaixo da tela. Um modelo que faria a alegria de um colecionador de sucata.

– Você se deu conta – brincou Billie – de que alguém pode ter assistido ao vivo nesta tela aos primeiros passos do homem na Lua, ou até se informado em primeira mão sobre o assassinato de Kennedy?!

Curioso, tentei ligar o aparelho. Ouvi um vago chiado, mas não consegui sintonizar nenhuma imagem.

– Seja como for, não é nela que alguém vai assistir à final do próximo Superbowl...

No banheiro, o boxe era espaçoso, mas a torneira estava comida por ferrugem.

– Conhece o truque? – perguntou Billie, sorrindo. – É espiando atrás da mesinha de cabeceira que a gente vê a porcaria que deixaram para trás!

Fazendo exatamente o que acabara de dizer, empurrou o movelzinho e deixou escapar um gritinho:

– Que nojo! – disse, arremessando seu sapato para matar uma barata.

Em seguida, voltando-se para mim, procurou em meus olhos um pouco de consolo.

– Vamos partir para o nosso jantarzinho mexicano?

Mas meu entusiasmo murchara.

– Escute, não tem restaurante no hotel, está chovendo demais, eu estou quebrado e nem um pouco a fim de entrar de novo no carro debaixo desse aguaceiro.

– Entendi, você é igualzinho aos outros: na hora de prometer...

– Eu preciso dormir, posso?

– Espere! Vamos tomar alguma coisa, nem que seja um copinho. Passamos por um barzinho antes de chegar aqui, a menos de quinhentos metros.

Tirei os sapatos e me deitei numa das camas.

– Vá sozinha. Já é tarde e temos um longo caminho pela frente amanhã. E, além disso, eu não gosto muito de bares. E menos ainda de botecos de beira de estrada.

– Ótimo, eu vou sozinha.

Ela entrou no banheiro levando alguns pertences e logo depois a vi sair de *jeans* e jaqueta de couro acinturada. Ela estava quase saindo, mas eu sentia que alguma coisa a atormentava.

– Agora há pouco, quando você disse que não fazia meu tipo... – ela começou.

– Sim?

– Na sua cabeça, qual é o meu tipo de homem?

– Bem, o idiota do Jack, por exemplo. Ou então aquele Esteban, que não parou de flertar com você a viagem inteira, incentivado pelos olhares maliciosos que você lançava e por sua roupa provocante.

– É assim mesmo que você me vê, ou só quer me machucar?

– Honestamente, é assim que você é, e ninguém sabe disso melhor que eu, seu criador.

Ela fechou a cara e saiu pela porta sem dizer mais nada.

– Espere – eu disse, alcançando-a. – Por via das dúvidas, leve um pouco de dinheiro.

Ela me lançou um olhar desafiador.

– Se você me conhecesse de verdade, saberia que nunca precisei pagar um só copo na vida...

* * *

Sozinho, tomei uma chuveirada morna, refiz o curativo no tornozelo e abri a mala, procurando umas coisas para passar a noite. Dentro dela, como Billie havia dito, me esperava meu *laptop*, que me encarava como se fosse uma espécie de objeto do mal. Zanzei alguns minutos pelo quarto, abri o armário para pendurar meu paletó e procurar sem sucesso um travesseiro. Na gaveta de uma das mesinhas de cabeceira, ao lado de um exemplar barato do Novo Testamento, encontrei dois livros, certamente esquecidos por algum hóspede. O primeiro era o *best-seller* de Carlos Ruiz Zafón, *A sombra do vento*, que me fez lembrar de ter dado um exemplar a Carole. O segundo intitulava-se *La compagnia de los ángelos*, e precisei de um tempinho para compreender que se tratava da versão espanhola do meu primeiro romance. Folheei o exemplar com curiosidade. A pessoa que o lera tivera o cuidado de sublinhar algumas frases e fazer anotações em algumas páginas. Eu não saberia dizer se aquele leitor apreciara ou detestara meu texto, mas em todo caso a história não o deixara indiferente, e isso era o mais importante para mim.

Revigorado com aquela inesperada descoberta, instalei-me na minúscula mesa de fórmica e liguei o *laptop*.

E se o desejo tivesse voltado? E se eu conseguisse escrever novamente?

O sistema de navegação me pediu a senha. Gradualmente, eu sentia a angústia aflorar mais uma vez, mas procurava me convencer de que não passava de empolgação. Quando uma paisagem paradisíaca surgiu como fundo de tela, iniciei o processador de texto, que se abriu numa página luminosa. No topo da tela, o cursor piscando aguardava que eu deixasse meus dedos correrem no teclado para se pôr em movimento. Meu coração então disparou como se meu músculo cardíaco estivesse sendo comprimido por um torno. Fui tomado por uma vertigem, a náusea me embrulhou o estômago, de forma tão violenta que... fui obrigado a desligar o *laptop*.

Merda.

O bloqueio do escritor, a síndrome da página em branco... Nunca havia me passado pela cabeça que isso pudesse um dia me afetar. Para mim, a pane na inspiração era exclusividade dos intelectualoides que faziam pose quando escreviam, e não de um viciado em ficçao como eu, que inventava histórias desde os dez anos de idade.

Havia artistas que, para criar, precisavam entrar numa onda de desespero, quando não carregavam desespero nenhum dentro deles. Outros faziam uso do ressentimento, ou de derivados, como centelha. Frank Sinatra compusera "I'm a Fool to Want You" depois de seu rompimento com Ava Gardner. Apollinaire escrevera "A Ponte Mirabeau" logo após sua separação de Marie Laurencin. E Stephen King contou muitas vezes que escrevera *O iluminado* sob a influência de álcool e drogas. Em minha modesta escala, eu nunca precisara de estimulantes para escrever. Trabalhava diariamente – inclusive Natal e Ação de Graças – para dar vazão à minha imaginação. Quando começava, nada mais me detinha: eu vivia em outro lugar, em transe, em prolongado estado hipnótico. Durante esses períodos abençoados, escrever era uma droga, mais euforizante que a mais pura das cocaínas, mais deliciosa que a embriaguez mais desvairada.

Mas naquele momento tudo isso estava longe. Muito longe. Eu havia desistido da literatura e a literatura não me queria mais.

* * *

Comprimido de ansiolítico. Não tentar se julgar mais forte do que se é. Aceitar com humildade sua dependência.

Deitei, apaguei a luz, me virei e revirei na cama. Impossível pregar o olho. Eu me sentia completamente impotente. Por que não era mais capaz de exercer meu ofício? Por que eu havia me tornado indiferente ao futuro dos meus personagens?

O velho rádio-relógio se aproximava das onze da noite. Eu começava a ficar seriamente preocupado com Billie, que ainda não voltara. Por que eu havia sido tão duro com ela? Um pouco porque estava desnorteado com sua aparição e cheio de administrar sua intrusão em minha vida, mas também, e sobretudo, porque me achava incapaz de encontrar um jeito de devolvê-la a seu universo imaginário.

Levantei, enfiei uma roupa e saí debaixo de chuva. Andei durante uns bons dez minutos antes de avistar um letreiro luminoso esverdeado assinalando ao longe a presença do Linterna Verde.

Era um bar popular, quase que exclusivamente frequentado por homens. Estava cheio e o clima era festivo. A tequila corria solta, e o som gasto expelia um *rock* saturado. Carregando uma bandeja repleta de garrafas, uma garçonete passava de mesa em mesa reabastecendo-as de álcool. Atrás do balcão, um papagaio raquítico divertia a plateia enquanto a *bartender* – que os fregueses chamavam de Paloma – fazia caras e bocas e anotava os pedidos. Eu pedi uma cerveja e ela me serviu uma Corona com um quarto de limão enfiado no gargalo. Percorri o distinto público com um olhar panorâmico. A sala era decorada com biombos de madeira pintada que lembravam vagamente a arte maia. Penduradas na parede, velhas fotografias de filmes de faroeste dividiam espaço com flâmulas do time de futebol local.

Billie estava no fundo do salão, na mesa de dois galalaus que se achavam o máximo e riam alto. Com a cerveja na mão, me aproximei do grupo. Ela me viu, mas preferiu me ignorar. Vendo suas pupilas dilatadas, percebi que já havia bebido mais de um copo. Eu conhecia suas fraquezas e sabia que ela não se dava bem com o álcool. Também conhecia aquele tipo de gente e sua tática miserável: aqueles caras podiam não ser propriamente gênios, mas tinham um verdadeiro instinto para farejar mulheres suficientemente vulneráveis para lhes servir de presa.

– Venha, vou levar você de volta ao hotel.

– Quer me deixar em paz? Você não é meu pai nem meu marido. Te convidei para me acompanhar e você cuspiu na minha cara.

Ela deu de ombros enquanto mergulhava uma *tortilla* numa tigela de *guacamole*.

– Vamos, não seja criança. Você é fraca para bebida, sabe muito bem disso.

– Eu me dou muito bem com o álcool – ela me provocou, empunhando a garrafa de *mezcal* que reinava no centro da mesa para se servir de outro copo. Em seguida, passou a bebida a seus dois comparsas, que beberam direto do gargalo. O mais forte, com uma camiseta estampada com o nome Jesus, me estendeu a garrafa para confraternizar.

Hesitando, olhei para o pequeno escorpião que haviam mergulhado no fundo do recipiente por conta da crença de que o animal confere poder e virilidade.

– Não preciso disso – falei.

– Se não for beber, pode se mandar daqui, amigo! Não vê que a senhorita está se divertindo com a gente?!

Em vez de recuar, dei um passo à frente e cravei meu olhar nos olhos de Jesus. Não era à toa que eu gostava de Jane Austen e Dorothy Parker, eu também havia sido criado em um ambiente sórdido, também dera e recebera muitos socos, inclusive de sujeitos empunhando facas e mais musculosos que o touro que me encarava.

– Cale a boca.

Em seguida, me voltei para Billie mais uma vez.

– No seu último porre, em Boston, a coisa não terminou muito bem, lembra?

Ela me fitou com desprezo.

– Palavras que machucam, mais uma vez palavras que magoam! Você é mesmo bom nesse quesito.

Logo após Jack ter desistido no último minuto das férias que haviam programado no Havaí, ela fora ao Red Piano, um bar perto da Old State House. Estava realmente transtornada, a ponto de explodir. Para enganar a dor, foi tomar vodca com um cara chamado Paul Waker, dono de uma rede de lojas bem conhecida na vizinhança. Ele se ofereceu para levá-la para casa. Ela não disse "não", o que ele entendeu como sim. Em seguida, no táxi, ele começou a agarrá-la. Ela o repeliu, mas talvez não com muita firmeza, o que levou o tal sujeito a pensar que tinha direito a uma pequena recompensa, já que tinha pagado a conta. A cabeça dela girava de tal forma que ela mesma não sabia o que queria. Na porta do prédio, Paul se incrustou no *hall* e se convidou para um último drinque. Resignada, ela permitiu que ele subisse, temendo que acordasse os vizinhos. Depois disso... ela não se lembrava de mais nada. Acordou na manhã seguinte estirada no sofá e com a saia levantada. Durante mais de três meses, entre testes de HIV e de gravidez, naufragou na melancolia, mas acabou não prestando queixa porque, no fundo, julgava-se parcialmente culpada pelo ocorrido.

Eu havia ressuscitado aquela malfadada lembrança, e agora, com lágrimas nos olhos, ela olhava para mim.

– Por que... por que você me faz passar por essas porcarias nos seus romances?

A pergunta me abalou. Minha resposta foi honesta:

– Provavelmente porque você carrega dentro de si alguns dos meus próprios demônios, minha parte mais obscura, mais execrável. A que desperta asco e incompreensão em mim. A que às vezes me faz perder todo o amor-próprio.

Atordoada, ela parecia determinada a não arredar pé dali.

– Vou te levar ao hotel – insisti, estendendo-lhe a mão.

– *Como chingas!* – assobiou Jesus entre os dentes.

Não respondi à provocação e não tirei os olhos de Billie.

– Só podemos nos safar dessa juntos. Você é minha chance, e eu sou a sua.

Ela ia me responder quando Jesus me chamou de *joto*,* expressão que eu conhecia porque era o xingamento preferido de Tereza Rodriguez, velha hondurenha que eu empregava como faxineira e que fora vizinha de minha mãe em MacArthur Park.

O soco partiu espontaneamente. Um de direita indefensável, como nos bons e velhos tempos da adolescência, projetando Jesus na mesa vizinha e fazendo dançar canecas de cerveja e *tacos*. Foi um murro de respeito, mas infelizmente não houve outros.

Em menos de um segundo, uma corrente elétrica percorreu o salão todo, que, adorando a atração extra, recebeu com gritos aquela promessa de briga. Surgindo por trás, dois sujeitos me ergueram do chão enquanto um terceiro fazia com que eu me arrependesse de ter pisado naquele bar. Rosto, fígado, estômago: os socos choviam sobre mim a uma velocidade estonteante, e, não sei bem por quê, aquela pancadaria me fazia bem. Não por masoquismo, mas era um pouco como se aquele martírio fosse uma etapa no caminho da minha redenção. Com a cabeça baixa, sentia o gosto ferruginoso do sangue se esvaindo

---

* Afeminado.

da minha boca. Diante de meus olhos, imagens estroboscópicas eclodiam a intervalos regulares, um misto de lembranças e cenas que se desenrolavam no salão: o olhar amoroso de Aurore para um sujeito que não era eu nas fotos da revista, a traição de Milo, o olhar perdido de Carole, a tatuagem nas costas de Paloma, a gostosona latina que acabara de aumentar o som e que eu via rebolando ao ritmo da surra que me aplicavam. Também vi a silhueta de Billie avançar empunhando a garrafa do escorpião para espatifá-la na cabeça de um de meus agressores.

* * *

O ambiente se degradou de vez. Percebi aliviado que a festa chegara ao fim. Senti que me levantaram, que a multidão me carregava nos braços, antes de aterrissar do lado de fora, debaixo de chuva, com o nariz enfiado numa poça de lama.

19
Road movie

A felicidade é uma bolha de sabão
que muda de cor como a íris
e que estoura quando tocada.
– Balzac

– Milo, abra, sou eu!

Enfaixada em seu uniforme, Carole batia à porta com a força e a autoridade que a lei lhe conferia.

Pacific Palisades
Uma casinha de dois andares
envolta na neblina da manhã

– Vou logo avisando: aqui quem fala é a policial, não a amiga. Em nome da lei do estado da Califórnia, ordeno que me deixe entrar.

– Estou me lixando para a lei da Califórnia – resmungou Milo, entreabrindo a porta.

– Muito útil, realmente! – ela o repreendeu, seguindo-o para dentro da casa.

Ele estava de cueca e com uma velha camiseta do Space Invaders. Estava pálido, com olheiras e desgrenhado. Tatuados em ambos os braços, os signos cabalísticos da Mara Salvatrucha reluziam como uma chama doentia.

– Não são nem sete horas da manhã, eu estava na cama e não estou sozinho.

Sobre a mesa de vidro da sala, Carole percebeu o cadáver de uma garrafa de vodca barata, bem como uma embalagem de maconha quase vazia.

– Achei que você tivesse parado com isso.

– Pois é, não parei, como você pode ver. Minha vida está à deriva, eu arruinei a vida do meu melhor amigo e não tenho forças para ajudá-lo quando ele tem problemas, então, sim, eu tomei um porre, fumei três ou quatro baseados...

– ...e está acompanhado.

– É isso aí, assunto meu, deu para entender?

– Quem é? Sabrina? Vicky?

– Não, duas putas de cinquenta dólares que peguei na Creek Avenue. Satisfeita com a explicação?

Pega desprevenida, ela pareceu sem graça, incapaz de saber se ele dizia a verdade ou se decidira provocá-la.

Bocejando, Milo ligou a máquina de café e inseriu uma cápsula.

– Estou esperando, Carole. Acho bom você ter um bom motivo para me acordar de madrugada.

A jovem policial hesitou um pouco antes de se recobrar.

– Ontem à noite deixei as coordenadas do Bugatti na delegacia, pedindo que me avisassem se surgisse alguma novidade, e adivinhe o que aconteceu? Acabam de encontrar seu carro num bosque perto de San Diego.

O rosto de Milo se iluminou.

– E o Tom?

– Nenhuma notícia. O Bugatti foi abordado por excesso de velocidade, mas a motorista se recusou a parar.

– A motorista?

– Segundo a polícia da região, não era o Tom quem estava ao volante, mas uma garota. De qualquer forma, o boletim declara a presença de um passageiro do sexo masculino.

Ela prestou atenção no banheiro. Ao barulho do chuveiro acrescentara-se o de um secador. Havia mesmo duas pessoas ali...

– Perto de San Diego, é isso?

Carole consultou o boletim.

– É, num descampado perto de Rancho Santa Fe.

Milo coçou a cabeça, espalhando um pouco mais de caspa nos cabelos espetados.

– Acho que vou até lá no carro que aluguei. Enquanto espaireço, pode ser que eu descubra alguma coisa que me coloque na pista do Tom.

– Vou com você! – ela decidiu.

– Não vale a pena.

– Não estou pedindo a sua opinião. Eu vou, querendo você ou não.

– E o seu trabalho?

– Não tiro folga há séculos! Além disso, é melhor que sejam dois a investigar.

– Tenho medo que ele faça uma besteira – confessou Milo, com os olhos voltados para o nada.

– E você, não está fazendo uma besteira? – ela lhe perguntou duramente.

A porta do banheiro se abriu e duas latinas saíram tagarelando. Uma delas seminua, com uma toalha enrolada no cabelo, a outra usando um roupão.

Ao vê-las, Carole sentiu náuseas – aquelas duas garotas pareciam com ela. Mais vulgares, mais acabadas, mas uma tinha seus olhos claros, e a outra, a mesma estatura alta e a covinha. Eram o que ela podia ter sido se não tivesse escapado de MacArthur Park.

Ela disfarçou o choque, mas ele percebeu.

Ele escondeu a vergonha, mas ela não deixou de notar.

– Então vou dar uma passada na delegacia para comunicar minha ausência – ela terminou por dizer, quebrando um silêncio que se tornara opressivo. – E você, tome uma ducha, despache suas amigas e se encontre comigo em uma hora, entendido?

* * *

PENÍNSULA DA BAIXA CALIFÓRNIA, MÉXICO
OITO HORAS DA MANHÃ

Abri um olho trêmulo. A estrada seca refletia o sol ofuscante, que espetava seus raios matinais no para-brisa, coberto de pingos de chuva.

Envolto em um cobertor felpudo, com os músculos dormentes e o nariz congestionado, emergi do sono encolhido no banco do passageiro do Fiat 500.

– Dormiu bem? – perguntou Billie.

Eu me endireitei fazendo careta, quase imobilizado por um torcicolo.

– Onde estamos?

– Numa estrada deserta, entre nada e lugar nenhum.

– Você dirigiu a noite toda.

Ela concordou bem-humorada, enquanto eu observava pelo retrovisor minha cara amassada pelos socos da véspera.

– Ficou bom assim – ela disse, séria. – Eu não gostava muito do seu jeito de adolescente mauricinho, dava vontade de dar uns tapas mesmo.

– Você tem mesmo talento para distorcer elogios.

Olhei através do vidro: a paisagem havia se tornado selvagem. Estreita e esburacada, a estrada atravessava paisagens montanhosas desérticas de onde emergiam alguns esparsos vegetais: cactos pedregosos, agaves com folhas carnudas, arbustos cheios de espinhos. O tráfego fluía bem, mas o acostamento estreito tornava perigoso qualquer encontro com um ônibus ou caminhão.

– Vamos revezar para você dormir um pouco.

– Vou parar no próximo posto.

Mas os postos de combustível eram raros e nem todos estavam abertos. Até encontrar um, passamos por diversos lugarejos solitários que lembravam aldeias fantasmas. Foi na saída de um deles que cruzamos com um Corvette laranja parado na beira da estrada, com o pisca-pisca ligado. Recostado no capô e pedindo carona, um jovem – que teria causado furor em um anúncio de desodorante – segurava um pequeno cartaz: *out of gas*.*

– Vamos dar uma mãozinha? – sugeriu Billie.

– Não, parece o golpe clássico, a pessoa finge uma pane seca para depenar os turistas.

---

* Sem gasolina.

– Você está querendo dizer que os mexicanos são ladrões?

– Não, estou querendo dizer que essa sua mania de querer confraternizar com todos os galãs do país ainda vai nos criar problemas.

– Bem que você ficou contente quando nos deram carona!

– Ouça, está claro como água: esse cara vai roubar nosso dinheiro e nosso carro! Se é o que você quer que aconteça, pare, mas não peça minha bênção!

Felizmente, ela não se arriscou e nós seguimos adiante.

Depois de reabastecer o tanque, fizemos uma parada em uma mercearia familiar. Atrás de uma vitrine comprida e antiga, havia disposta uma sumária seleção de frutas frescas, laticínios e doces. Compramos o suficiente para matar a fome e improvisamos um piquenique alguns quilômetros adiante, ao pé de uma árvore-de-josué.

Bebericando um café muito quente, observei Billie com certo fascínio. Sentada sobre um cobertor, ela devorava vorazmente *polvorones* com canela e *churros* cobertos de açúcar cristal.

– Delicioso! Você não vai comer nada?

– Há um ponto que não bate – respondi, pensativo. – Em meus romances você tem apetite de passarinho, mas agora percebo que engole tudo que aparece pela frente...

Ela refletiu por um momento, como se também tomasse consciência de alguma coisa, depois terminou por me confessar:

– É por causa da *vida real.*

– Da vida real?

– Sou uma personagem de romance, Tom. Pertenço ao mundo da ficção e não me sinto em casa na vida real.

– E o que isso tem a ver com seu apetite voraz?

– Na vida real, tudo tem mais gosto e mais carne. E isso não se limita à comida. O ar tem mais oxigênio, paisagens abundam em cores que podem nos fascinar a todo momento. O mundo da ficção é tão monótono...

– O mundo da ficção é monótono? Engraçado, eu sempre pensei o contrário! A maioria das pessoas lê romances justamente para fugir da realidade.

Ela me respondeu com a maior seriedade do mundo:

– Você pode ser muito bom para contar uma história, para narrar emoções, sofrimentos ou anseios do coração, mas não sabe descrever o dilúvio da vida, os *sabores*.

– Isso não é muito lisonjeiro da sua parte – eu disse, entendendo que ela fazia referência às minhas deficiências como escritor. – A que sabores precisamente você se refere?

Ela procurou exemplos ao seu redor.

– O sabor desta fruta, por exemplo – disse, cortando um pedaço da manga que tínhamos acabado de comprar.

– O que mais?

Ela ergueu o rosto e fechou os olhos, como se oferecesse sua linda face à brisa da aurora.

– Ora, o que sentimos quando o vento toca nosso rosto...

– Está bem.

Fiz cara de cético, mas eu sabia que ela não estava completamente errada: eu era incapaz de captar a maravilha do instante. Ela me era inacessível. Eu não sabia colhê-la, não sabia usufruir dela, não podendo, portanto, compartilhá-la com meus leitores.

– Ou então – ela continuou, abrindo os olhos e apontando para o céu – o espetáculo daquela nuvem rosada se esgarçando atrás da colina.

Ela se levantou e prosseguiu com entusiasmo:

– Em seus romances, você escreve: "Billie comeu uma manga de sobremesa", mas nunca se dá ao trabalho de discorrer sobre o sabor dessa manga.

Delicadamente, ela pôs um suculento pedaço da fruta em minha boca.

– E como é?

Irritado, ainda assim entrei na brincadeira, tentando descrever a fruta com a maior precisão possível:

– Está bem madura, pronta para comer.

– Você pode fazer melhor.

– A polpa é doce, derrete na boca, é saborosa e perfumadíssima...

Vi que ela sorria. Continuei:

– ...dourada, recheada de sol.

– Ei, não exagere, senão fica parecendo grito de feirante!

– Você nunca está satisfeita!

Ela dobrou a toalha e voltou para o carro.

– Você entendeu o princípio – desafiou. – Portanto, trate de se lembrar disso quando escrever seu próximo livro. Me faça viver em um universo de cores e carne, onde as frutas têm gosto de frutas, não de papelão!

* * *

San Diego Freeway

– Nós estamos congelando, você não vai fechar essa porcaria de janela?

Carole e Milo estavam na estrada havia uma hora. Sintonizados numa rádio de notícias, fingiam estar concentrados em um debate político local para evitar assuntos que aborrecem.

– Quando você me pede algo de forma tão delicada, tenho prazer em servi-lo – ela observou, subindo o vidro.

– Por que agora você cismou com meu jeito de falar?

– Pois é, eu cismo com essa sua grosseria gratuita.

– Desculpe, não sou um homem letrado. Não escrevo romances!

Ela olhou para ele, pasma.

– Calma lá, o que você quer dizer com isso?

Milo fechou a cara e aumentou o volume do rádio, como se não tivesse a intenção de responder, antes de voltar atrás, cutucando a ferida de maneira maliciosa:

– Você já teve alguma coisa com o Tom?

– O quê?!

– Não minta, você sempre foi secretamente apaixonada por ele, não é?

Carole estava perplexa.

– Você acha isso?

– Acho que durante todos esses anos você só espera uma coisa: que ele finalmente te veja como mulher e não como a melhor amiga de plantão.

– Você realmente precisa parar de fumar e beber, Milo. Quando começa com essas besteiras, tenho vontade de...

– De quê?

Ela balançou a cabeça.

– Não sei, de... de arrancar sua pele para te fazer morrer lentamente antes de te clonar em dez mil exemplares, para poder matar cada um dos seus clones com as minhas próprias mãos, fazendo-os sofrer da maneira mais atr...

– Está bem – ele a interrompeu. – Acho que já saquei o espírito da coisa.

* * *

México

Apesar do ritmo de lesma do nosso carro, os quilômetros começavam a se acumular. Já havíamos passado por San Ignacio e, como quem não quer nada, nosso potinho de iogurte ia aguentando o tranco.

Pela primeira vez em muito tempo, eu me sentia bem. Amava aquela paisagem, amava o cheiro do asfalto e seu perfume inebriante de liberdade, amava aquelas lojas sem letreiro e as carrocerias abandonadas que nos davam a impressão de viajar pela mítica Rota 66.

O melhor de tudo: eu descobrira, no saldão de um dos raros postos da estrada, duas fitas cassetes por noventa e nove centavos. A primeira era uma coletânea de pepitas do *rock*, de Elvis a Stones. A segunda era uma gravação pirata de três concertos de Mozart por Martha Argerich. Um bom começo para iniciar Billie nas alegrias da "música de verdade".

Nosso progresso, no entanto, foi prejudicado no início da tarde, quando avançávamos por uma região completamente selvagem, sem barreiras nem cercas. Em plena digestão, um imenso rebanho de carneiros resolvera parar bem no meio da estrada para colocar o papo em dia. Estávamos próximos a diversas fazendas e ranchos, mas ninguém parecia se preocupar em tirar os animais da pista.

Nada funcionou: nem as buzinadas prolongadas nem as gesticulações de Billie para expulsar os ruminantes do assentamento. Obrigada a administrar sua paciência, ela acendeu um cigarro, enquanto eu contava o dinheiro que nos restava. Uma fotografia de Aurore escapou de minha carteira e Billie se apoderou dela antes que eu me desse conta.

– Passe já para cá!

– Espere, me deixe ver! Foi você quem tirou?

Era uma simples fotografia em preto e branco que transmitia certa inocência. De calcinha e camisa masculina, Aurore sorria para mim na praia de Malibu, tendo nos olhos uma chama que eu julgara ser a do amor.

– Francamente, o que foi que você viu nessa pianista?

– Como assim, o que eu vi?

– Tudo bem, ela é bonita. Quer dizer, para quem gosta do tipo "mulher perfeita com corpo de modelo e irresistivelmente charmosa". Mas, fora isso, o que é que ela tem?

– Acho bom você parar com isso. Você está apaixonada por um grande idiota, então não me venha com lições.

– É o lado *cultural* que excita você?

– Sim, a Aurore é culta. E o azar é seu se isso não significa nada para você. Porque eu fui criado num bairro de merda. Era uma barulheira o tempo todo: gritos, palavrões, ameaças, tiros. Não havia um livro além do *TV Guide* e eu nunca ouvi Chopin ou Beethoven. Portanto, sim, eu tinha prazer em conviver com uma parisiense que falava de Schopenhauer e Mozart, em vez de falar de bunda, drogas, *rap*, tatuagem e unhas postiças!

Billie balançou a cabeça.

– Boa resposta, mas a Aurore também te agradava porque era bonita. Não tenho certeza se com cinquenta quilos a mais ela teria abalado tanto você, mesmo com Mozart e Chopin...

– Bom, agora chega. Siga em frente!

– Seguir em frente como? Se você acha que a sua lata-velha vai resistir a um choque com um carneiro...

Ela deu uma tragada no Dunhill, antes de continuar com a sua crueldade:

– A falação de vocês sobre Schopenhauer era antes ou depois da trepada?

Fitei-a estarrecido.

– Se eu fizesse esse tipo de observação, já teria levado uma bofetada...

– Ora, deixa disso, é brincadeirinha. Eu gosto quando você fica vermelho de vergonha.

E pensar que fui eu que criei essa garota...

* * *

Malibu

Como acontecia toda semana, Tereza Rodriguez foi à casa de Tom para fazer a faxina. Naqueles últimos tempos, o escritor não queria ser importunado e prendia com durex um bilhete na porta para dispensá-la, mas nunca se esquecera de anexar um envelope contendo o pagamento integral por seus serviços. Naquele dia, não havia bilhete.

Melhor assim.

A velha detestava receber sem fazer nada e, sobretudo, se preocupava com Tom, que conhecera ainda criança em MacArthur Park.

Antigamente, os três cômodos de Tereza ficavam no mesmo andar do apartamento da mãe de Tom e eram vizinhos ao da família de Carole Alvarez. Como Tereza morava sozinha desde a morte do marido, o menino e a amiga haviam adquirido o hábito de fazer os deveres na casa dela. É importante dizer que o ambiente ali era calmo comparado ao de seus respectivos lares: de um lado, uma mãe ladra e neurótica que colecionava amantes e destruía casamentos; do outro, um padrasto tirânico que não poupava insultos à família.

Tereza abriu a porta com seu molho de chaves e ficou estarrecida diante da baderna que reinava na casa. Em seguida, tomou coragem e começou a arrumação. Passou o aspirador e o pano de chão, pôs a lava-louça para funcionar, passou uma pilha de roupas e limpou as consequências do *tsunami* que devastara o terraço.

Já eram quase três horas quando foi embora, após ter separado o lixo e jogado os sacos nas caçambas de plástico próprias para tal.

* * *

Eram pouco mais de cinco da tarde quando o serviço de limpeza urbana passou para esvaziar os contêineres dos moradores de Malibu Colony.

Ao pegar um dos volumosos sacos de lixo, John Brady – um dos garis de serviço naquela noite – notou que havia ali um exemplar quase novo do segundo volume da *Trilogia dos anjos*. Separou-o e esperou o fim da coleta para examiná-lo melhor.

Uau! E ainda por cima uma bela edição! Formato grande, com uma capa gótica magnífica e uma série de belas aquarelas.

Sua mulher havia lido o primeiro volume e aguardava impaciente o lançamento do segundo em formato de bolso. Ia adorar aquele achado.

Quando chegou em casa, Janet literalmente se atirou sobre o livro. Começou a leitura na cozinha, virando febrilmente as páginas a ponto de esquecer de tirar a tempo o gratinado do forno. Mais tarde, na cama, continuou a engatar os capítulos com tamanho frenesi que John compreendeu que seria uma noite sem carinho e que dormiria de costas para ela. Entregou-se ao sono de mau humor, furioso por ter ele mesmo provocado a própria desgraça ao trazer para casa aquele livro maldito que o privara ao mesmo tempo do jantar e do enlace conjugal. Embarcou lentamente, encontrando consolo nos braços de Morfeu, que lhe ofereceu um sonho agradável, no qual os Dodgers, seu time do coração, ganhava o campeonato de beisebol dando uma lavada memorável nos Yankees. Brady estava então no auge da euforia quando um grito o despertou em sobressalto.

– John!

Ele abriu os olhos, em pânico. Ao seu lado, sua mulher bradava:

– Você não tem o direito de fazer isso comigo!

– Fazer o quê?

– O livro acaba no meio da página 266! – reclamou. – O resto está em branco!

– Mas eu não tenho nada a ver com isso!

– Tenho certeza que você fez de propósito.

– Claro que não, caramba. Por que você está dizendo isso?

– Quero ler a continuação!

Brady pôs os óculos e deu uma olhada no despertador.

– Mas, *baby*, são duas da manhã! Onde você quer que eu arranje a continuação?

– O 24 Market fica aberto a noite toda... Por favor, John, vá até lá e compre um exemplar novo. O segundo volume é ainda melhor que o primeiro.

John Brady suspirou. Ele havia se casado com Janet trinta anos antes para o bem e para o mal. Naquela noite, era para o mal, mas ele aceitava. No fim das contas, ele próprio também era uma pessoa difícil de conviver.

Levantou o velho esqueleto ainda sonolento, vestiu uma calça *jeans* e um grosso suéter e desceu para pegar o carro na garagem. Ao chegar ao 24 Market da Purple Street, jogou o exemplar com defeito numa caçamba de lixo.

Livro idiota!

* * *

México

Estávamos quase lá. Segundo as placas de sinalização, faltavam menos de cinquenta quilômetros para alcançarmos Cabo San Lucas, nosso destino.

– É o último tanque – constatou Billie, parando diante da bomba.

Ela ainda não havia desligado o motor quando um tal de Pablo – a julgar pelo crachá em sua camiseta – já se mexia para encher nosso tanque e lavar o para-brisa.

Anoitecia. Billie franziu os olhos tentando ler, através do vidro, uma placa de madeira em forma de cacto que listava as especialidades da lanchonete.

– Estou morrendo de fome. Quer comer alguma coisa? Com certeza eles têm umas coisas supergordurosas e supergostosas lá dentro.

– Você vai acabar tendo uma indigestão com essa comilança.

– Não tem problema, você cuida de mim. Tenho certeza que você pode ser bem *sexy* no papel de médico solícito.

– Você é doida de pedra!

– E a culpa é de quem? Aliás, é sério, Tom, tente relaxar um pouco de vez em quando. Preocupe-se menos. Deixe a vida lhe fazer bem, em vez de sempre temê-la.

Hum... Agora ela deu para se achar o Paulo Coelho...

Ela saiu do carro e eu a vi subindo a escada de madeira que dava acesso ao restaurante. De calça *jeans* justa, jaqueta de couro acinturada e com a maleta de cosmético prateada, ela tinha a aparência de uma vaqueira, que combinava bem com o cenário. Paguei a gasolina a Pablo e encontrei Billie nos degraus.

– Me dê a chave para trancar.

– Tranquilo, Tom! Relaxe. Pare de ver perigo em tudo que é canto! Esqueça o carro por um instante. Você vai me pagar *tortillas* e alho-poró recheado, depois vai tentar descrevê-los da melhor forma possível.

Tive a fraqueza de segui-la naquela espécie de *saloon*, onde passaríamos um bom momento, assim eu acreditava. Mas isso era dar sorte ao azar, que insistia em se abater sobre nós desde o início daquela viagem improvável.

– O... o carro... – começou Billie, quando nos instalávamos no terraço para degustar panquecas de milho.

– O que aconteceu?

– Não está mais lá – lastimou, apontando para as vagas do estacionamento.

Saí dali furioso, sem encostar nada na boca.

– Pare de ver perigo em tudo que é canto, hein? Relaxe! Não foi isso que você me aconselhou? Eu tinha certeza que a gente acabaria se ferrando! Até enchemos o tanque!

Ela me fitou com um olhar desolado que não durou nem um segundo e logo voltou a seu sarcasmo de sempre:

– Ora, se você tinha tanta certeza que roubariam o carro, por que não voltou para fechá-lo? Cada um com a sua culpa!

Tive de me segurar mais uma vez para não estrangulá-la. Daquela vez estávamos sem carro e sem bagagem. Anoitecera e começava a esfriar.

* * *

Rancho Santa Fe
Sala do xerife

– A *sergeant* Alvarez... ela está com o senhor?

– Como assim? – perguntou Milo, estendendo ao oficial sua habilitação e os documentos do Bugatti.

Um pouco sem jeito, o assistente do xerife esclareceu sua pergunta apontando, atrás do vidro, para a silhueta de Carole, ocupada em preencher papéis com a secretária.

– Sua colega ali, a Carole, é sua namorada ou só colega mesmo?

– Por quê? Quer convidá-la para sair?

– Se ela estiver livre, bem que eu gostaria. Ela é tão...

Ele procurou as palavras certas, tentando não cair na grosseria, mas se deu conta da inconveniência e preferiu não terminar a frase.

– Assuma suas responsabilidades, meu velho – aconselhou Milo. – Tente a sorte e vai sentir ou não a minha mão na sua cara.

Ressabiado, o auxiliar do xerife verificou a documentação do veículo antes de estender as chaves do Bugatti para Milo.

– Pode pegá-lo de volta. Está tudo em ordem, mas de agora em diante evite emprestar o carro para qualquer um.

– Não era qualquer um, era meu melhor amigo.

– Pois bem, talvez possa escolher melhor seus amigos.

Milo ia replicar alguma coisa bem desagradável quando Carole se juntou a ele na sala.

– Quando parou o carro deles, xerife, teve certeza de que era uma mulher que estava ao volante? Nenhuma dúvida quanto a isso?

– Confie em mim, *sergeant*, sei reconhecer uma mulher.

– E o homem no assento do passageiro era ele? – perguntou, brandindo um romance com a foto de Tom na orelha.

– Para falar a verdade, não olhei direito para o amigo de vocês. Foi principalmente com a louraça que eu falei. Ô mulherzinha petulante...

Milo achou que estava perdendo tempo e pediu que lhe entregassem seus documentos.

O xerife os devolveu ousando lançar uma pergunta que lhe queimava nos lábios.

– As tatuagens no seu braço são da Mara Salvatrucha, não são? Li umas coisas sobre isso na internet. Eu achava que era impossível sair dessa gangue.

– Não se deve acreditar em tudo que se vê na internet – recomendou Milo, deixando o ambiente.

No estacionamento, dedicou-se a uma minuciosa inspeção no Bugatti. O veículo estava em bom estado. Havia gasolina no tanque e as bagagens no porta-malas atestavam a partida precipitada de seus ocupantes. No porta-luvas, encontrou um mapa rodoviário e uma revista de celebridades.

– E então – perguntou Carole, juntando-se a ele –, encontrou alguma coisa?

– Talvez... – ele respondeu, apontando o itinerário traçado no mapa. – A propósito, o pilantra convidou você para sair?

– Pediu meu telefone e sugeriu que saíssemos uma noite dessas. Por quê? Isso te incomoda?

– De jeito nenhum. Quer dizer, ele não é lá um gênio, certo?

Ela ia responder à altura, quando...

– Viu isso? – exclamou, apontando para as fotografias de Aurore e Rafael Barros na praia paradisíaca.

Milo apontou para uma cruz desenhada com marca-texto no mapa e propôs à amiga de infância:

– Que tal um fim de semana num belo hotel do litoral mexicano?

* * *

México
Posto de combustível de El Zacatal

Billie acariciava o bordado de seda de um *baby-doll* de renda chantili.

– Se você der isso de presente à sua namorada, ela fará coisas que nunca fez antes. Coisas que você nem imagina que existem de tão imundas que são...

Pablo esbugalhava os olhos. Fazia dez minutos que Billie tentava trocar o conteúdo da maleta de cosméticos pela *scooter* do jovem frentista.

– E isso aqui é o suprassumo – afirmou, tirando da bolsa um vidrinho de cristal coroado por uma tampa facetada que brilhava como diamante.

Abriu o frasco e se fez de misteriosa, como uma ilusionista prestes a executar seu número.

– Inspire... – ela disse, aproximando o elixir do nariz do rapaz. – Sente o aroma inebriante e enfeitiçador? A aura bela e perversa? Se deixe embriagar pelas essências de violeta, romã, pimenta-rosa e jasmim...

– Pare de corromper o garoto! – eu pedi. – Você vai acabar nos arranjando problemas.

Mas Pablo pedia para ser hipnotizado, e foi para seu grande deleite que a moça repetiu seu bordão:

– Se deixe embriagar pelas fragrâncias de almíscar, frésia e flor de ylang ylang...

Desconfiado, aproximei-me da *scooter*. Era uma máquina antiga, imitação da Vespa italiana que um construtor local devia ter vendido no México nos idos dos anos 70. Contando com várias demãos de tinta, a carroceria era um carnaval de adesivos fossilizados. Um deles trazia inclusive os dizeres: "Copa do Mundo de Futebol, México, 1986"...

Atrás de mim, Billie continuava o seu *lobby*:

– Acredite em mim, Pablo. Quando uma mulher usa este perfume, ela penetra num jardim mágico, impregnado de aromas sensuais que a transformam numa tigresa selvagem e impetuosa, sedenta por s...

– Bom, já chega desse teatro! – exigi. – Aliás, você não percebeu que essa lambreta não aguenta nós dois?

– Eu não peso duas toneladas! – ela retorquiu, abandonando Pablo diante do concentrado de magia feminina que exalava da maleta de cosméticos de Aurore.

– Isso sem falar no perigo. Já é noite, as estradas são malconservadas, cheias de buracos e lombadas...

– *Trato hecho?** – perguntou Pablo, juntando-se a nós.

Billie o parabenizou:

– Você fez um excelente negócio. Pode acreditar, sua namorada vai venerar você! – prometeu, apoderando-se de seu chaveiro.

Balancei a cabeça.

– Isso é um absurdo! Essa geringonça vai deixar a gente na mão em menos de vinte quilômetros. A correia de transmissão deve estar completamente roída e...

– Tom...

– O quê?

– Uma *scooter* desse tipo não tem correia de transmissão. Pare de bancar o machão, você não entende nada de mecânica.

– Pode até ser que esse treco esteja parado há vinte anos – eu disse, virando a chave.

O motor deu uma engasgada antes de começar a roncar arduamente. Billie montou atrás de mim, abraçou minha cintura e pousou a cabeça em meu ombro.

A *scooter* arrancou, tossindo dentro da noite.

* Negócio fechado?

20
A Cidade dos Anjos

O que conta não são os socos que aplicamos,
mas os que recebemos e enfrentamos
para seguir adiante.
– Randy Pausch

Cabo San Lucas
Hotel La Puerta del Paraíso
Suíte nº 12

Uma luz matinal atravessava as cortinas. Billie abriu um olho, reprimiu um bocejo e se esticou preguiçosamente. O despertador digital marcava nove horas em ponto. Ela se revirou no colchão. A alguns metros de distância, em uma cama separada, Tom estava deitado, encolhido, mergulhado em um sono profundo. Exaustos e com a coluna em frangalhos, haviam chegado ao hotel no meio da noite. Considerando que a velha *scooter* de Pablo dera o último suspiro cerca de dez quilômetros antes do destino final, foram obrigados a terminar a viagem a pé, insultando-se mutuamente durante as horas de caminhada que os separavam do balneário.

De calcinha e blusa de alcinha, Billie pôs-se de pé e caminhou sorrateiramente até o sofá. Além das duas camas *queen size*, a suíte contava com uma lareira central e uma sala ampla cuja decoração mesclava mobiliário mexicano tradicional e *gadgets* tecnológicos: telas planas, leitores diversos, internet sem fio... Tiritando, a garota pegou o casaco de Tom e o vestiu como uma capa antes de sair pela porta-balcão.

Assim que botou os pés do lado de fora, ficou sem ar. Na noite da véspera, eles haviam se deitado no escuro, ainda irritados e completamente esgotados para gozar do espetáculo. Mas de manhã...

Billie avançou pelo terraço banhado pelo sol. Dali, avistava a ponta da península da Baixa Califórnia, lugar mágico onde o oceano Pacífico se encontra com o mar de Cortés. Já contemplara paisagem tão arrebatadora? Não que se lembrasse. Apoiou-se na balaustrada com um sorriso nos lábios e lantejoulas nos olhos. Com as montanhas ao fundo, cerca de cem casinhas se sucediam harmoniosamente ao longo da praia de areia branca banhada pelo mar cor de safira. O nome do hotel – La Puerta del Paraíso – prometia uma porta para o paraíso. Não havia como negar que não estava mesmo longe disso...

Ela aproximou o olho do telescópio no tripé destinado aos astrônomos amadores, mas, em vez de observar o céu ou as montanhas, apontou a luneta para a piscina do hotel. Imensos tanques transbordantes, em três níveis superpostos, desciam até a praia e pareciam confundir-se com o oceano.

Instalados no meio da água, pequenos recifes privativos acolhiam o *beautiful people* que começava sua jornada de bronzeamento sob enormes guarda-sóis de palha.

Com o olho grudado na lente, Billie se extasiava.

O sujeito com chapéu de vaqueiro ali, caramba, parece o Bono! E a loira alta com as crianças é a cara da Claudia Schiffer! E a morena destroy, *tatuada dos pés à cabeça e com um coque chucrute, meu Deus, é a...*

Ela se divertiu desse jeito por alguns minutos, até que uma fresca brisa a levou a se abrigar em uma poltrona de vime. Esfregando os ombros para se aquecer, sentiu algo no bolso interno do casaco. Era a carteira de Tom. Um modelo antiquado, bem espesso, de couro granulado e cantoneiras chanfradas. Curiosa, abriu-a sem nenhum escrúpulo. A carteira estava bem recheada, com a grana obtida com a penhora do quadro. Mas não era o dinheiro que a interessava. Achou a fotografia de Aurore que vira na véspera e a virou, descobrindo uma caligrafia feminina:

Amar significa que você é o punhal com o qual me rasgo.
A

Ora bolas, uma citação que a pianista devia ter copiado de algum lugar. Um truque egocêntrico, bem perturbado e doloroso para bancar a romântica gótica.

Billie guardou a foto e examinou o restante do conteúdo. Não era volumoso: cartões de crédito, passaporte, dois comprimidos de Advil. E só. Mas então o que era aquela protuberância na base de onde ficavam as cédulas? Inspecionou mais atentamente e descobriu uma espécie de forro costurado com linha grossa.

Surpresa, tirou o grampo dos cabelos e, com a ajuda do gancho, tentou soltar uma parte da costura. Depois sacudiu a carteira, e um objeto metálico brilhante caiu na palma de sua mão.

Era o cartucho de uma arma de fogo.

Bruscamente, as batidas de seu coração se aceleraram. Compreendendo que acabara de violar um segredo, recolocou às pressas o cartucho no fundo do forro. Sentiu então que havia outra coisa ali. Era uma velha foto polaroide amarelada e amolecida. Nela, via-se um jovem casal enlaçado diante de um portão e um conjunto de prédios de cimento. Reconheceu Tom sem dificuldade, calculando que ele não devia ter sequer vinte anos na época. A mulher era ainda mais jovem, sem dúvida dezessete ou dezoito anos. Era uma garota bonita de tipo latino. Alta e esguia, tinha olhos claros magníficos, que resistiam na imagem apesar da qualidade ruim da foto. Pela pose, dava para notar que fora ela quem batera a foto segurando a câmera com uma das mãos.

– Mas que beleza!

Billie ouviu a frase assustada. Ela se virou e..

* * *

Hotel La Puerta del Paraíso
Suíte nº 24

– Mas que beleza! – gritou uma voz.

Com o olho grudado no telescópio, Milo percorria o corpo generoso de duas beldades seminuas que tomavam sol à beira da piscina quando Carole irrompeu no terraço. Ele levou um susto e voltou-se para a amiga, que o observava com severidade:

– Não sei se você sabe, mas isso foi feito para observar Cassiopeia e Órion, não para praticar voyeurismo!

– Talvez elas se chamem Cassiopeia e Órion – disse ele, apontando com o queixo as duas desinibidas.

– Se você está se achando engraçado...

– Escute, Carole, você não é minha mulher e muito menos minha mãe! Aliás, antes de tudo, como entrou no meu quarto?

– Sou uma detetive, meu velho! Se você acha que uma portinha de quarto de hotel vai me criar problema... – disse ela, jogando uma bolsa de lona numa das cadeiras de vime.

– Pois chamo isso de violação de propriedade privada!

– Ótimo, chame a polícia.

– Você também está se achando engraçada?

Irritado, ele sacudiu os ombros e mudou de assunto:

– Na verdade, dei uma checada na recepção. Tom deu mesmo entrada no hotel com a "amiga".

– Eu sei, fiz minhas buscas: suíte nº 12, duas camas.

– Isso tranquiliza você, as duas camas?

Ela suspirou.

– Quando quer, você consegue ser mais idiota que uma vassoura sem cerdas...

– E em relação a Aurore? Fez suas buscas também?

– Óbvio! – ela respondeu, aproximando-se por sua vez do telescópio para apontar a luneta na direção da praia.

Observou por alguns segundos a vasta extensão de areia fina lambida por ondas transparentes.

– E, se minhas informações estiverem exatas, neste instante a Aurore deveria estar... justamente aqui.

Ela deixou a luneta para que Milo pudesse olhar.

De fato, próxima à praia, em um maiô *sexy*, a bela Aurore andava de *jet ski* na companhia de Rafael Barros.

– Nossa, que sujeitinho feio, não? – perguntou Carole, retomando o posto de observação.

– É mesmo? Você... você acha?

– Brincadeirinha! Viu os ombros enormes e o peito de atleta? Esse cara tem rosto de ator e físico de deus grego!

– Bom, agora chega! – resmungou Milo, empurrando Carole para retomar o controle do telescópio. – Eu achava que isso servia para azarar Órion e Cassiopeia...

Ela deixou escapar um sorriso, enquanto ele procurava uma nova vítima para conferir.

– A morena animadíssima siliconada e com coque *rock'n'roll* é...

– Sim, é ela! – interrompeu Carole. – Mudando de assunto, quando você acabar de se divertir, pode me dizer como vamos pagar a conta do hotel?

– Não faço a menor ideia – confessou Milo com tristeza.

Ele tirou os olhos do brinquedo e removeu a bolsa de lona da cadeira para se sentar diante de Carole.

– Esse troço pesa uma tonelada. O que tem dentro?

– Uma coisa que eu trouxe para o Tom.

Ele franziu o cenho, incitando-a a se explicar.

– Fui até a casa dele ontem de manhã, antes de passar na sua casa. Queria revistar o lugar para descobrir outras pistas. Subi até o quarto e imagine você que o quadro de Chagall havia desaparecido!

– Merda...

– Você sabia que ele tinha um cofre escondido atrás da tela?

– Não.

Por um momento Milo voltou a ter esperanças. Talvez Tom tivesse algumas economias escondidas que lhes permitissem pagar parte das dívidas.

– Eu estava intrigada e não pude deixar de tentar algumas combinações.

– E conseguiu abrir o cofre – ele adivinhou.

– Consegui, com a senha 07071994.

– E como pensou nisso? – ele ironizou.

Ela não notou o sarcasmo.

– É simplesmente a data do vigésimo aniversário dele: 7 de julho de 1994.

Ao ouvir isso, Milo franziu a sobrancelha e resmungou a meia-voz:

– Na época eu não estava com vocês, estava?

– Não... você estava preso.

Um anjo passou e dardejou algumas flechas melancólicas no coração de Milo. Os fantasmas e demônios continuavam ali, prontos para emergir assim que ele baixasse a guarda. Em sua cabeça, imagens contrastadas se alinharam: a do hotel de luxo e a da sórdida prisão. O paraíso dos ricos e o inferno dos pobres...

Quinze anos antes, passara nove meses na penitenciária masculina de Chino. Uma longa travessia na escuridão. Uma catarse dolorosa que marcara o fim de seus anos terríveis. Desde então, apesar de todos os esforços que fez para se reconstruir, a vida para ele era um terreno escorregadio e instável prestes a sumir conforme ele avançava, e seu passado, uma granada sem trava que poderia lhe explodir na cara a qualquer momento.

Piscou várias vezes para não se perder naquelas devastadoras recordações.

– E aí, o que havia no cofre? – perguntou, com uma voz neutra.

– O presente que dei a ele em seu aniversário de vinte anos.

– Posso ver?

Ela concordou com a cabeça.

Milo pegou a bolsa e a pousou sobre a mesa antes de abrir o zíper.

* * *

Suíte nº 12

– Que negócio é esse de meter o focinho nas minhas coisas? – gritei, arrancando minha carteira das mãos de Billie.

– Não fique nervoso.

Eu emergia com dificuldade de um estado de quase coma. Minha boca estava dormente, sentia câibras pelo corpo todo, com uma dor horrível no tornozelo e com a desagradável sensação de ter passado a noite em uma máquina de lavar.

– Detesto gente enxerida! Você tem mesmo todos os defeitos do mundo!

– Ah, tudo bem, e de quem é mesmo a culpa?

– Privacidade é muito importante! Sei que você nunca abriu um livro, mas quando chegar lá dê uma espiada em Soljenítsin. Ele escreveu uma coisa certíssima: "Nossa liberdade é construída sobre o que o outro ignora a respeito de nossa vida".

– Eu queria justamente restabelecer o equilíbrio – ela se defendeu.

– Que equilíbrio?

– Você conhece minha vida de ponta a ponta... É normal que eu fique um pouco curiosa pela sua, não?

– Não, não é normal! Aliás, nada é normal. Você nunca deveria ter deixado seu mundo de ficção, e eu não deveria estar aqui com você nessa viagem.

– Decididamente, esta manhã você está tão adorável quanto um leão de chácara.

Só posso estar sonhando... Ela está me repreendendo!

– Preste atenção: você pode até ter a habilidade de inverter a situação a seu favor, mas isso não funciona comigo.

– Quem é essa garota? – ela perguntou, apontando a polaroide.

– É a irmã do papa, gostou da resposta?

– Não, é fraca. Nem em seus livros você ousaria utilizá-la.

Que petulância!

– É Carole, minha amiga de infância.

– E por que guarda a foto dela como uma relíquia em sua carteira?

Dirigi-lhe um olhar fúnebre e desdenhoso.

– Quer saber, dane-se! – ela explodiu, saindo do terraço. – Aliás, estou me lixando para a sua Carole.

Pousei os olhos na fotografia que tinha nas mãos, amarelada com a borda branca. Anos antes, eu a costurara na carteira, mas nunca mais pusera os olhos nela.

Lentamente as lembranças voltaram à tona. Minha mente ficou confusa e me transportou para dezesseis anos atrás, com Carole em meus braços me pedindo:

– *Stop*. Agora não se mexa, Tom! *Cheeeeese!*

Clique, zzzzzzz. Mais uma vez, tive a impressão de ouvir o barulho característico da fotografia instantânea saindo da boca do aparelho.

Eu me vi mais uma vez agarrando a foto expelida, enquanto ela me advertia:

– Ei! Cuidado para não colocar os dedos em cima, deixe secar!

Eu a vi mais uma vez correndo atrás de mim enquanto eu sacudia a imagem para acelerar o processo.

– Mostre! Mostre!

Depois, aqueles três minutos de expectativa mágica, durante os quais ela se apoiou em meu ombro espreitando a progressiva aparição da imagem sobre a película e sua gargalhada ao descobrir o resultado!

* * *

Billie colocou uma bandeja de café da manhã sobre a mesa de teca.

– Ok – ela admitiu –, eu não devia ter bisbilhotado suas coisas. Concordo com seu Solje-sei-lá-o-quê: todo mundo tem direito a segredos.

Eu havia me acalmado e ela tinha amansado. Ela me serviu uma xícara de café, eu passei manteiga em uma torrada para ela.

– O que aconteceu nesse dia? – ela insistiu, no fim de um instante.

Mas não havia mais vontade de invasão ou curiosidade doentia em sua voz. Talvez ela simplesmente tivesse percebido que, apesar das aparências, eu precisava lhe contar esse episódio de minha vida.

– Foi no dia do meu aniversário – comecei. – De vinte anos...

* * *

LOS ANGELES
MACARTHUR PARK
7 DE JULHO DE 1994

O calor neste verão está insuportável. Esmaga tudo e faz a cidade ferver como chaleira. Na quadra de basquete, o sol deformou o piche, mas isso não impede uma dezena de caras sem camisa de se sentirem o próprio Magic Johnson fazendo cesta atrás de cesta.

– *Hey, Mr. Freak!** Quer mostrar o que você sabe fazer?

Eu nem dou bola. Aliás, nem ouço. Pus no volume máximo o som do meu *walkman*. O suficiente para que a batida dos *beats* e o peso dos baixos encubram os insultos. Contorno a grade até a entrada do estacionamento, onde uma árvore solitária e ainda com folhas oferece uma pequena superfície sombreada. Não é como uma biblioteca climatizada, mas é melhor que nada para ler um livro. Eu me sento no capim seco, recostado no tronco.

Protegido pela música, estou em minha bolha. Dou uma olhada no relógio: uma da tarde. Ainda tenho meia hora antes de pegar o ônibus para Venice Beach, onde vendo sorvetes no calçadão. Dá para ler algumas páginas da eclética seleção de livros recomendados pela srta. Miller, uma jovem professora de literatura da faculdade, brilhante e iconoclasta, com quem simpatizei. Em minha mochila coabitam *Rei Lear*, de Shakespeare, *A peste*, de Albert Camus, *À sombra do vulcão*, de Malcom Lowry, e as mil e oitocentas páginas dos quatro volumes do *Quarteto de Los Angeles*, de James Ellroy.

No meu *walkman*, as letras melancólicas do último álbum do R.E.M. Muito *rap* também. São os grandes anos da West Coast: o *flow* de Dr. Dre, o *gangsta-funk* de Snoop Doggy Dogg e a ira de Tupac. Amo e odeio ao mesmo tempo essa música. É verdade que quase sempre as letras não voam muito alto: apologia à maconha, palavrões dirigidos para a polícia, sexo explícito, elogio à lei das armas e dos carrões. Mas pelo menos falam do nosso cotidiano e de tudo que nos cerca: a rua, o gueto, a falta de esperança, a guerra entre gangues, a brutalidade dos policiais e as garotas que engravidam aos quinze anos e têm filhos na privada da escola. E, tanto nas canções como nos conjuntos habitacionais, a droga é onipresente e explica tudo: o poder, a grana, a violência e a morte. E depois os *rappers* dão a impressão de viverem como nós: coçam o saco no porão dos prédios, trocam tiros com a polícia e terminam na cadeia ou no hospital, isso quando não são simplesmente mortos na rua.

De longe, vejo Carole vindo em minha direção. Ela usa um vestido claro que, pelo jogo das transparências, lhe confere um aspecto leve.

---

* *Freak*: esquisito.

Na verdade, não faz muito seu gênero. A maior parte do tempo, como muitas garotas do bairro, ela esconde sua feminilidade debaixo de agasalhos, suéteres com capuz, camisetas extragrandes ou calções de basquete três vezes maiores que ela. Carregando uma estufada sacola esportiva, ela passa pelos delinquentes, indiferente às zombarias ou às infelizes observações, para se juntar a mim em minha "ilha verde".

– Oi, Tom.

– Oi – respondo, tirando os fones de ouvido.

– O que você está ouvindo?

Somos amigos há dez anos. Exceto por Milo, ela é minha única amizade. A única pessoa (tirando a srta. Miller) com quem tenho conversas de verdade. O laço que nos une é singular. É ainda mais forte do que se ela fosse minha irmã. Mais forte do que se fosse minha namorada. Ela é "outra coisa", que tenho dificuldade de nomear.

Faz muito tempo que nos conhecemos, mas de quatro anos para cá alguma coisa mudou. Um dia, descobri que o inferno e o horror moravam na casa ao lado, a apenas dez metros do meu quarto. Que a garota que de manhã eu encontrava na escada já estava morta por dentro. Que algumas noites, reduzida ao estado de objeto, ela sofria um martírio pavoroso. Que alguém sugara seu sangue, sua vida, sua seiva.

Eu não sabia o que fazer para ajudá-la. Eu era um solitário. Tinha dezesseis anos, nenhum dinheiro, sem turma, sem arma, sem músculos. Apenas cérebro e vontade, o que não é suficiente para enfrentar a humilhação.

Então fiz o que pude, respeitando o que ela me pedira. Não contei a ninguém e inventei uma história para ela. Uma história sem fim que acompanhava o itinerário de Dalilah – uma adolescente igualzinha a ela – e Raphael, um anjo da guarda que zelava pela garota desde a infância.

Durante dois anos, vi Carole quase que diariamente, e cada novo dia significava a promessa de uma nova reviravolta em minha história. Ela dizia que aquela ficção lhe servia de escudo para enfrentar as provações da vida. Que meus personagens e suas aventuras a projetavam em um mundo imaginário que a consolava da realidade.

Ao mesmo tempo em que me culpava por não poder ajudar Carole de outra forma, eu passava cada vez mais tempo imaginando as aventuras de Dalilah. Dediquei-lhes quase todo o meu tempo livre, criando um universo com cenários em *cinemascope* numa Los Angeles misteriosa e romântica. Eu me instruía, procurava livros sobre mitos, devorava antigos tratados de magia. Passei sucessivas noites engendrando personagens múltiplos que, por sua vez, enfrentavam seu lado de sombra e sofrimento.

Ao longo dos meses, minha história foi ganhando amplitude, passando de conto de fadas sobrenatural a romance de formação, até se transformar em verdadeira odisseia. Coloquei todo o meu coração nessa história, tudo que havia de melhor em mim, sem desconfiar que, quinze anos mais tarde, ela me tornaria famoso e seria lida por milhões de pessoas.

Eis por que quase não dou entrevistas hoje em dia, por que evito os jornalistas a todo custo. Porque a gênese da *Trilogia dos anjos* é um segredo que só dividirei com uma pessoa no mundo.

– Então, o que você está ouvindo?

Nesse momento, Carole tem dezessete anos. Sorri, está bonita, forte, recuperou a vontade de viver e faz planos. E sei que pensa que deve isso a mim.

– Uma regravação do Prince feita pela Sinéad O'Connor, você não conhece.

– Você está de brincadeira! Todo mundo conhece "Nothing Compares 2 U"!

Ela está de pé. Sua silhueta etérea se destaca em meio ao céu de julho.

– Quer ver *Forrest Gump* no Cinerama Dome? Estreou ontem. Parece que não é ruim...

– Legal... – respondo, sem entusiasmo.

– Podemos pegar *Feitiço do tempo* na locadora ou ver umas fitas de *Arquivo X*.

– Não posso, Carole, tenho que trabalhar hoje à tarde.

– Então... – ela começa.

Misteriosa, vasculha a bolsa esportiva e tira uma lata de Coca, que sacode como se fosse champanhe.

– ...temos que comemorar seu aniversário imediatamente.

Antes que eu emita qualquer protesto, ela puxa a lingueta e me rega copiosamente no peito e no rosto.

– Pare! Ficou maluca por acaso?

– Calma, é *light*, não mancha.

– Você que pensa!

Eu me enxugo, fingindo estar zangado. Seu sorriso e seu bom humor dão gosto de ver.

– Como ninguém faz vinte anos todo dia, fiz questão de lhe dar um presente especial – ela anuncia com certa solenidade.

Mais uma vez ela se debruça sobre a bolsa e me estende um grande embrulho. Vejo logo que se trata de uma embalagem para presente e que vem de uma loja "de verdade". Ao segurá-lo, percebo que pesa de fato o que aparenta e fico um pouco sem graça. Assim como eu, Carole não tem um tostão furado. Vive de bico em bico, mas suas poucas economias vão quase todas para o pagamento dos estudos.

– Abra, seu bobo! Vai ficar aí plantado com o treco nas mãos!

Na caixa de papelão, há um objeto inacessível. Uma espécie de Graal para o escritor que sou. Melhor que a caneta de Charles Dickens ou a máquina de escrever Royal de Hemingway: um Powerbook 540c, o suprassumo dos *laptops*. Nos últimos dois meses, sempre que passo diante da vitrine do Computer's Club, não posso deixar de parar para admirá-lo. Conheço suas características de cor: processador de 33 Mhz, disco rígido de 500 MB, tela de LCD cor matricial ativa, *modem*, bateria com três horas e meia de autonomia, primeira máquina a incorporar um *trackpad*. Uma ferramenta de trabalho sem igual, pesando pouco mais de três quilos e custando... cinco mil dólares.

– Não posso aceitar – digo.

– Eu acho que pode.

Fico emocionado, e ela também. Seus olhos brilham e, com certeza, os meus também.

– Isso não é um presente, Tom, é uma responsabilidade.

– Não entendo.

– Quero que um dia você escreva a história de Dalilah e de *A companhia dos anjos*. Quero que essa história ajude outras pessoas, como me ajudou.

– Mas posso escrevê-la com papel e caneta!

– Talvez, mas aceitando o presente você assume um compromisso. Um compromisso comigo.

Não sei o que dizer.

– Onde você arranjou o dinheiro, Carole?

– Não se preocupe, eu dei um jeitinho.

Então, alguns segundos se passam, durante os quais ninguém fala nada. Morro de vontade de apertá-la em meus braços, talvez mesmo de beijá-la, talvez até de dizer que a amo. Mas nem ela nem eu estamos prontos para isso. Então, simplesmente lhe prometo que um dia escreverei aquela história para ela.

A fim de dissipar nossa emoção, ela pega um último objeto em sua bolsa: uma velha câmera Polaroid, que pertence a Black Mamma. Ela me agarra pela cintura, levanta o aparelho na ponta dos dedos e me pede, fazendo pose:

– *Stop!* Não se mexa, Tom! *Cheeeeese!*

* * *

HOTEL LA PUERTA DEL PARAÍSO
SUÍTE Nº 12

– Uau... Essa Carole é uma garota engraçada... – murmurou Billie, enquanto eu terminava meu relato.

Seus olhos passavam ternura e humanidade, e parecia que era a primeira vez que ela me via.

– O que aconteceu com ela?

– Virou policial – eu disse, tomando um gole do café já frio.

– E o computador?

– Está na minha casa, num cofre. Foi nele que escrevi os primeiros rascunhos da *Trilogia dos anjos*. Como você vê, eu cumpri minha promessa.

Ela se negou a me conceder essa satisfação.

– Terá cumprido depois que escrever o terceiro volume. Há coisas fáceis de começar, mas só adquirem sentido quando terminadas.

Eu ia lhe pedir para parar com suas frases irrevogáveis, quando bateram à porta.

Abri desavisadamente, certo de que era o serviço de quarto ou a arrumadeira, mas em vez disso...

Todos nós vivemos esse tipo de experiência: momentos de graça que parecem orquestrados por um arquiteto celestial, capaz de costurar, entre as criaturas e as coisas, pontos invisíveis e nos trazer exatamente aquilo que precisamos no momento exato em que precisamos.

– Olá – disse Carole.

– Salve, meu velho! – foi a saudação de Milo. – Que bom te encontrar.

21
Amor, tequila e mariachi

Era bela como a mulher alheia.

– Paul Morand

Loja do hotel
Duas horas mais tarde

– Vamos! Chega de criancice! – ordenou Billie, puxando-me pela manga.

– Que diabos vou fazer aí dentro?

– Você precisa comprar roupas!

Diante de minha recusa, ela me empurrou, e me vi aspirado pela porta giratória, que me lançou ao chão do luxuoso *hall* da loja do hotel.

– Você é doente! – gritei, levantando-me. – E meu tornozelo? Às vezes parece que você tem geleia na cabeça!

Ela cruzou os braços como uma severa professora primária.

– Preste atenção. Você está vestido como um ás de paus, sua pele não vê um raio de sol há seis meses e o comprimento do seu cabelo dá a entender que seu cabeleireiro morreu no ano passado.

– E daí?

– E daí que vai ter que mudar seu estilo se ainda quiser conquistar uma garota! Vamos, venha comigo!

Fui atrás dela de má vontade, pouco disposto a me dedicar a uma sessão de compras. A imensa sala, dominada por uma cúpula de vidro que nada tinha de mexicano, lembrava antes a decoração *art nouveau* das butiques elegantes de Londres, Nova York ou Paris. Pendurados no teto, lustres de cristal se alternavam com fotografias gigantes, vagamente artísticas, de Brad Pitt, Robbie Williams e Cristiano Ronaldo. O lugar exalava narcisismo e vaidade.

– Bom, vamos começar pelos produtos faciais – decidiu Billie.

Produtos faciais... suspirei, balançando a cabeça.

Com trajes irretocáveis, as vendedoras da seção de cosméticos davam a impressão de terem sido todas clonadas. Ofereceram seus préstimos, mas Billie – que parecia em seu ambiente em meio a perfumes, cremes e loções – recusou a ajuda.

– A barba por fazer e o visual Cro-Magnon não combinam nada com você – ela determinou.

Abstive-me de qualquer comentário. Era bem verdade que, nos últimos meses, eu havia me desleixado.

Ela pegou uma cesta e jogou dentro os três tubos que escolhera.

– Lavar, esfoliar, hidratar – enumerou.

Ela mudou de prateleira, dando continuidade às observações:

– Gostei muito deles. Seu amigo é meio estranho, não? Ficou tão emocionado quando encontrou você. Foi comovente.

Acabávamos de passar as últimas duas horas com Carole e Milo. Nosso reencontro me calara fundo no coração, e eu tinha a impressão de estar dando a volta por cima.

– Você acha que eles acreditaram na nossa história?

– Não sei – ela confessou. – É difícil acreditar no inacreditável, não é?

* * *

PISCINA DO HOTEL
JIMMY'S BAR

Protegido por uma cobertura de sapê, o bar dominava a piscina e oferecia uma vista espetacular do mar e do incrível campo de golfe, que ao longo do oceano escalonava seus dezoito buracos.

– E então, o que achou daquela Billie? – perguntou Carole.

– As pernas dela são uma coisa – afirmou Milo, sorvendo o canudo do coquetel servido dentro de um coco.

Ela olhou para ele, desolada.

– Um dia você vai ter que me explicar por que leva tudo para o lado sexual...

Ele encolheu os ombros como uma criança que acaba de ser repreendida. Diante deles, o *barman* sacudia vigorosamente a coqueteleira, preparando com ênfase o *perfect after eight* que Carole pedira.

Milo tentou retomar a conversa:

– E a sua opinião? Não vai me dizer que engole essa história de personagem de romance caído de livro?

– Sei que parece maluco, mas adoro essa ideia – ela respondeu, pensativa.

– Admito que a semelhança física é perturbadora, mas não acredito nem em conto de fadas nem em magia.

Com um sinal de cabeça, Carole agradeceu o garçom, que acabara de colocar seu copo numa bandeja. Em seguida, deixaram o balcão e se dirigiram até as piscinas para se instalarem em duas espreguiçadeiras.

– Queira ou não, com sua galeria de personagens desencantados, a *Trilogia dos anjos* tem algo de mágico – ela disse, olhando para o oceano.

Arrebatada, expôs a Milo sua profunda convicção:

– Esse livro é diferente dos outros. Desencadeia uma tomada de consciência nos leitores, revelando fissuras, mas também recursos dos quais nem desconfiavam. Essa história já me salvou a vida e mudou para sempre a trajetória da nossa existência, permitindo que saíssemos daquele cortiço.

– Carole?

– O quê?

– Essa garota que está se fazendo passar pela Billie é envolvente, ponto-final. Uma sirigaita que está se aproveitando da fraqueza do Tom para tentar depená-lo.

– Como você quer que ela o depene? – ela exclamou. – Por sua culpa, ele não tem mais um centavo!

– Não seja cruel! Você acha que é fácil conviver com essa culpa? Nunca vou me perdoar por ter estragado tudo. Penso nisso noite e dia. Há semanas procuro uma forma de me redimir.

Ela se levantou da espreguiçadeira e olhou para ele com frieza.

– Para alguém que sente tanta culpa, você me parece bem tranquilo, deitado aí com seu chapéu de palha e seu coquetel de coco.

Ela lhe deu as costas e se afastou em direção à praia.

– Você está sendo injusta!

Ele pulou da espreguiçadeira e correu atrás dela para tentar detê-la.

– Espere por mim!

Na corrida, escorregou no piso molhado e se estatelou no chão.

Merda...

* * *

Loja do hotel

– Eis o que você precisa: sabonete hidratante de leite de cabra. E esse gel para fazer *peeling*.

Billie prosseguia com suas compras, me entupindo de recomendações e considerações estéticas:

– Acho bom levar um creme antirrugas, sério. Você está chegando a uma idade crítica para o homem. Até agora, a espessura de sua epiderme protegia você da ação do tempo, mas isso tudo acabou. Suas rugas vão começar a ficar mais profundas. E, por favor, não seja ingênuo de acreditar nas mulheres que afirmam que isso é um charme extra!

Quando ela começava, não dava mais chance para resposta, garantindo sozinha o espetáculo.

– E, além disso, você tem manchas sob as pálpebras. Com as bolsas e olheiras, parece ter saído de uma festa de três dias. Sabia que é aconselhável dormir ao menos oito horas por noite para facilitar a drenagem?

– Não se pode dizer que você tenha me concedido tempo para isso nesses últimos dias...

– Ah, então a culpa é minha! E, prontinho, um soro de colágeno. E um autobronzeador para pegar a cor do lugar. Se eu fosse você, daria uma passadinha num *spa*. Eles têm máquinas *high-tech* para acabar com as dobrinhas indesejáveis. Não? Tem certeza? Uma manicure, então, suas unhas são de mecânico...

– Sabe o que as minhas unhas acham disso?

De repente, na curva de um corredor, quando entrávamos na seção de perfumaria, dei de cara com uma fotografia de Rafael Barros em tamanho natural. Sorriso Colgate, torso nu, ombros largos, olhar em chamas e barba à James Blunt, o formoso Apolo era modelo de uma famosa grife de luxo, que o escolhera para encarnar o espírito de seu novo perfume: Indomável.

Billie deu um tempo para que eu pudesse absorver o golpe, depois tentou me consolar:

– Tenho certeza que retocaram a foto – disse baixinho.

Mas sua compaixão de nada me servia.

– Cale a boca, por favor.

Tentando impedir que a melancolia tomasse conta de mim, ela me arrastou atrás dela, me obrigando a participar de sua caça ao tesouro.

– Olhe! – gritou, parando diante de um mostruário. – Aqui está a arma infalível para sua pele recuperar o brilho: máscara de polpa de abacate.

– Mas eu não vou mesmo me lambuzar com esse troço!

– Não posso fazer nada se sua pele é fosca!

Quando eu estava começando a me irritar, ela jogou um balde de água fria em minha exaltação:

– Quanto aos cuidados capilares, tenho que confessar que sou obrigada a jogar a toalha, porque, para domar essa selva que você tem na cabeça, boa sorte! Podemos comprar de cara um xampu de queratina, mas vou marcar uma hora para você com o Georgio, o cabeleireiro do hotel.

Entusiasmada, ela agora percorria a seção de moda masculina.

– Bem, passemos às coisas sérias.

Como uma cozinheira escolhendo ingredientes antes de preparar um prato refinado, ela não se furtava ao trabalho em meio às prateleiras.

– Vejamos, você vai provar isto, isto e... hum... isto.

Peguei no ar uma camisa fúcsia, um casaco roxo e uma calça acetinada.

– Tem certeza que é para homem?

– Por favor, não vai mergulhar em uma crise de masculinidade agora! Hoje os "homens de verdade" se vestem de maneira elegante. Essa camisa *stretch* e acinturada, por exemplo, eu dei uma igualzinha para o Jack e...

Ela parou a frase no meio, se dando conta um pouco tarde demais de que acabara de pisar na bola.

Sem hesitar, atirei a roupa na cara dela e saí da loja rapidamente.

Ah, as mulheres... suspirei, enveredando pela porta giratória.

* * *

Ah, as mulheres... suspirou Milo.

Com um chumaço de algodão ensopado de sangue na narina, ele caminhava com a cabeça para trás voltando do pronto-socorro, onde o médico do hotel acabara de lhe dispensar os primeiros socorros depois do tombo. Por causa de Carole, ele pagara o maior mico na piscina, terminando seu voo em cima de "Órion e Cassiopeia", esmagando a bunda de uma e derrubando como um cavalo no peito da outra seu drinque de coco.

Eu não acerto uma mesmo...

Chegando ao pátio da galeria de arte, redobrou as precauções: o chão estava escorregadio e o lugar era pouco frequentado.

Chega de bancar o ridículo, ele pensava, quando um homem saiu como um foguete da porta giratória e se chocou contra ele.

* * *

– Não olha por onde anda? – ele gemeu, estatelado no chão.

– Milo! – exclamei, ajudando-o a se reerguer.

– Tom!

– Machucou?

– Não foi nada, não se preocupe.

– Onde está a Carole?

– Teve um ataque.

– Vamos tomar uma cerveja e comer alguma coisa?

– Encontrou quem estava procurando!

O Window on the Sea era o restaurante calmo do hotel. Com três níveis, oferecia em esquema de bufê as especialidades culinárias de doze países diferentes. Suas paredes de taipa eram decoradas com pinturas de artistas locais: naturezas-mortas ou retratos de cores intensas que lembravam as telas de María Izquierdo e Rufino Tamayo. Os clientes podiam optar pela sala climatizada ou pelas mesas instaladas do lado de fora. Optamos pelo ar livre, em um local cativante com uma vista mágica da piscina, iluminada pelo sol, e do mar de Cortés.

Milo estava falante.

– Fico tão feliz te vendo assim, meu velho. Está melhor, não está? De qualquer forma, sua cara está melhor que nos últimos seis meses. É por causa da garota, pode contar!

– É verdade que ela me tirou do buraco – admiti.

Um balé de garçons se agitava em volta das mesas com bandejas carregadas de taças de champanhe Cristal, *california rolls* de *foie gras* e lagostins crocantes.

– Que ideia a sua, você fugiu feito um maluco – ele me criticou, pegando duas taças e um pratinho com tira-gostos.

– Mas foi essa maluquice que me salvou! Aliás, eu achei que vocês queriam me internar!

– Aquela sonoterapia foi um erro – ele reconheceu, com certa vergonha. – Eu já não sabia o que fazer para te ajudar, então entrei em pânico e me entreguei feito um idiota nas mãos daquela Sophia Schnabel.

– Bom, isso tudo é passado, ok?

Brindamos ao nosso futuro, mas eu via que alguma coisa ainda o atormentava.

– Me tranquilize – ele acabou dizendo. – Você não acredita *de verdade* que essa mulher é *mesmo* a Billie, não é?

– Por incrível que pareça, eu receio que sim.

– Então, no fim das contas, a internação não era uma ideia tão ruim assim – ele fez uma careta, engolindo um lagostim.

Eu ia mandá-lo para aquele lugar quando meu celular vibrou num uivo metálico para me avisar que eu recebera uma mensagem.

Olá, Tom!

A identidade da remetente me fez estremecer. Eu não podia deixar de responder.

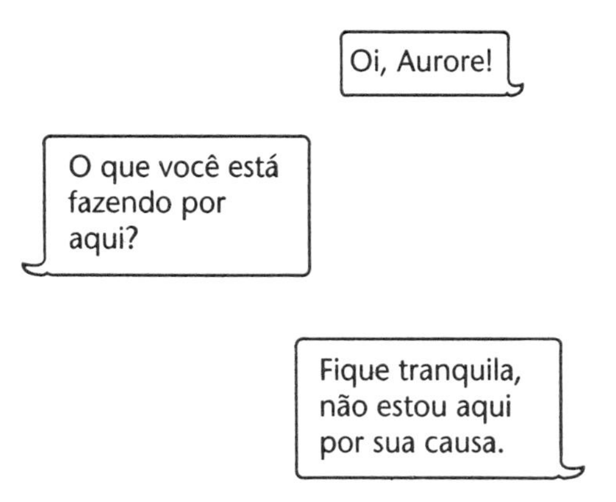

Milo se pusera de pé e, como era de seu feitio, lia descaradamente minha conversa com minha ex-namorada.

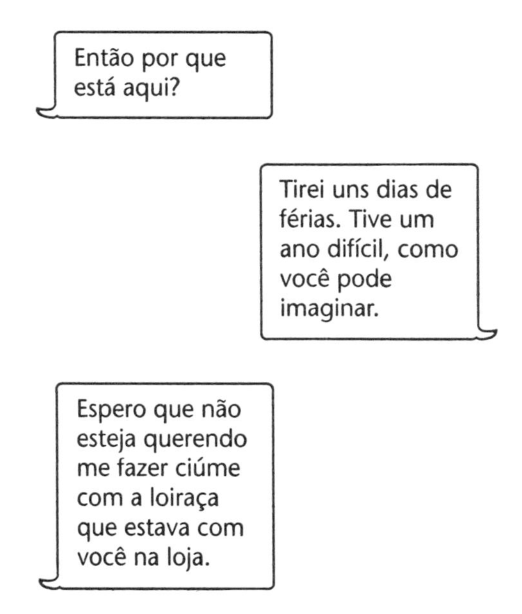

– Que cara de pau essa fulana! – explodiu Milo. – Mande-a à merda.

Mas, antes que eu pudesse digitar qualquer resposta, ela me enviou um novo torpedo.

E diga ao seu
amigo para parar
de me xingar...

– Piranha! – berrou o acusado.

... e de ler minhas
mensagens por
cima do seu
ombro.

Milo recebeu a mensagem como uma bofetada e, mortificado, passeou o olhar pelas mesas nos arredores.

– Ela está lá embaixo! – ele disse, apontando para uma mesa instalada numa pequena alcova perto do bufê ao ar livre.

Olhei por cima da balaustrada: de malha e pareô de seda, Aurore, com o olho grudado em seu BlackBerry, almoçava com Rafael Barros.

Para não entrar no jogo dela, desliguei o celular e pedi a Milo que se acalmasse.

Precisei de dois goles de champanhe para cair na real.

* * *

– Bom, agora que você melhorou, o que planeja para o futuro? – ele se preocupou.

– Acho que vou voltar a lecionar – eu disse. – Mas num lugar que não seja os Estados Unidos. Tenho muitas lembranças de Los Angeles.

– E para onde pretende ir?

– Para a França, talvez. Conheço um liceu internacional em Côte d'Azur que chegou a demonstrar interesse pelo meu currículo. Vou tentar a sorte.

– Quer dizer que vai nos abandonar... – ele constatou, decepcionado.

– Temos que crescer, Milo.

– E a literatura?

– A literatura acabou.

Ele abriu a boca para protestar, mas, antes que articulasse qualquer palavra, um tornado surgiu atrás de mim e se revoltou:

– Como assim acabou? E eu, caramba? – berrou Billie.

Todos os olhares se voltaram para nós em reprovação. Entre as gafes de Milo e os rompantes de Billie, eu sentia claramente que não estávamos em nosso lugar naquele areópago de estrelas e bilionários. Nosso lugar era em um prédio de subúrbio, fazendo churrasco de salsicha, bebendo cerveja e jogando basquete.

– Você tinha prometido me ajudar! – reclamou Billie, ainda de pé em nossa mesa.

Milo deu sua contribuição:

– Se você prometeu...

– Ah, cale a boca! – interrompi, apontando-lhe o indicador em ameaça.

Peguei a garota pelo braço e puxei-a de lado.

– Vamos parar de mentir um para o outro. Eu não POSSO mais escrever. Não QUERO mais escrever. Ponto-final. Não estou pedindo que você compreenda, apenas que aceite.

– E eu quero voltar para casa!

– Pois bem, considere que de agora em diante sua casa é aqui. Nessa maldita "vida real" que você parece tanto apreciar.

– Mas eu quero rever meus amigos.

– Eu achava que você não tinha amigos! – retruquei.

– Por favor, quero rever o Jack!

– Você vai encontrar um monte de caras querendo trepar com você por aqui.

– Você tem algum problema com isso! E a minha mãe? Vou encontrar um monte de mães também?!

– Escute aqui, eu não sou responsável pelo que acontece com você.

– Talvez, mas temos um contrato! – ela disse, tirando do bolso o pedaço de toalha de papel amassado que selara nosso acordo. – Você tem toneladas de defeitos, mas eu achava que fosse no mínimo um homem de palavra.

Continuando a segurá-la pelo braço, obriguei-a a descer comigo as escadarias de pedra que levavam ao bufê instalado perto da piscina.

– Pare de falar de um contrato do qual você não poderá cumprir sua parte! – eu disse, apontando com o queixo para a mesa onde Aurore e seu namorado assistiam ao nosso espetáculo.

Eu não queria mais me enganar nem viver na ilusão.

– Nosso pacto prescreveu. A Aurore reconstruiu a vida dela, você nunca vai trazê-la de volta para mim.

Ela me lançou um olhar atrevido.

– Quer apostar?

Abri os braços sem entender.

– Vá em frente.

Ela se aproximou lentamente, colocou a mão em volta do meu pescoço e, com a lentidão de uma carícia, depositou um beijo nos meus lábios. Sua boca era fresca e doce. Senti um arrepio diante daquela surpresa e recuei de leve, sem que ninguém percebesse. Depois senti o coração pulsar, despertando em mim sentimentos havia muito extintos. E se no início aquele beijo inesperado parecia me haver sido roubado, agora eu já não tinha nenhuma vontade de interrompê-lo.

22
Aurore

Estávamos os dois perdidos na floresta de uma cruel época de transição; perdidos em nossa solidão; [...] perdidos em nosso amor absoluto [...]: pagãos místicos privados de catacumbas e de Deus.

– Victoria Ocampo,
em correspondência com Pierre Drieu La Rochelle

Bourbon Street Bar
Duas horas mais tarde

Uma série de relâmpagos riscou o céu. A trovoada roncou e uma chuva violenta se abateu sobre o hotel, sacudindo as palmeiras, estremecendo os telhados de colmo e ricocheteando na superfície da água. Eu me refugiara no terraço coberto do bar de vinho, instalado numa casa de fazenda de estilo colonial que lembrava alguns casarões de New Orleans. Com uma xícara de café na mão, observava os turistas que, expulsos pelo dilúvio, voltavam ao conforto da suíte.

Eu precisava ficar sozinho para me recuperar. Estava furioso comigo mesmo. Furioso por ter me deixado abalar pelo beijo de Billie e me prestado àquele fingimento ridículo com o único objetivo de causar ciúme em Aurore. Não tínhamos mais quinze anos, e aquelas criancices já não faziam o menor sentido.

Esfreguei os olhos e voltei ao trabalho. No topo da tela, eu observava o cursor piscar desesperadamente à esquerda da página em branco. Eu havia ligado o velho Mac trazido por Carole na esperança um tanto louca de que aquela peça de museu desencadeasse meu processo criativo. Naquele teclado, na época de meu "esplendor", eu escrevera centenas de páginas, mas o computador simplesmente não era uma varinha mágica.

Incapaz da mínima concentração, de alinhar três palavras, eu havia, juntamente com a confiança, perdido o fio da história.

A tempestade havia deixado a atmosfera pesada e opressiva. Imóvel diante da tela, senti a náusea tomar conta de mim. Meio zonzo, minha cabeça estava longe, monopolizada por outras preocupações, e escrever o início de um capítulo que fosse me parecia mais arriscado que escalar o Himalaia.

Terminei o café e levantei para pedir outra xícara. O interior do ambiente ostentava um aspecto de *pub* inglês. Madeiras, marchetarias e sofás de couro imprimiam ao lugar uma atmosfera aconchegante e confortável.

No balcão, notei a impressionante coleção de garrafas enfileiradas atrás do bar de mogno. Mais que um café, o lugar nos incitava a pedir um uísque ou um conhaque, degustá-los baforando um havana e ouvindo ao fundo um vinil riscado de Dean Martin.

Pois justamente, em um canto do bar, alguém acabava de se instalar e fazia soar as primeiras notas de "As Time Goes By". Virei-me preparado para topar com Sam, o pianista negro de *Casablanca*.

Sentada em um banquinho de couro, Aurore vestia um suéter comprido de caxemira e uma malha preta com motivos de renda. Dobradas de lado, suas pernas esguias se prolongavam nos saltos agulha grená. Ela ergueu a cabeça em minha direção, continuando a tocar. Suas unhas estavam pintadas de violeta e o indicador esquerdo ostentava um anel de ágata. No pescoço, reconheci a pequena cruz de pedra que ela usava em seus concertos.

Ao contrário dos meus, seus dedos corriam ligeiros sobre o teclado. Com naturalidade, ela passou de *Casablanca* a "La complainte de la butte",* antes de improvisar em cima de "My Funny Valentine".

---

* Célebre canção francesa composta para o filme *French Cancan*, de Jean Renoir. (N. do T.)

O bar estava quase vazio, mas os poucos clientes que ali estavam a observavam fascinados, enfeitiçados pelo que dela emanava: uma combinação entre o mistério de Marlene Dietrich, a sedução de Anna Netrebko e a sensualidade de Melody Gardot.

E eu, nem curado nem desintoxicado, era vítima da mesma atração. Doía-me revê-la. Ao me abandonar, ela carregara consigo tudo que havia de solar em mim: minhas esperanças, minha confiança, minha fé no futuro. Ela secara minha existência, esvaziando-a dos risos e das cores. Acima de tudo, asfixiara meu coração, sugando-lhe toda e qualquer possibilidade de amar novamente. Agora, minha vida íntima parecia uma terra calcinada, sem árvores nem passarinhos, para sempre congelada no frio do inverno mais rigoroso. Eu não tinha mais apetite nem vontade, a não ser a de incinerar diariamente os neurônios a golpes de remédios para assim diluir lembranças penosas demais para enfrentar.

* * *

Eu havia me apaixonado por Aurore como alguém que esbarra num vírus fatal e devastador. Eu a conhecera no Aeroporto de Los Angeles, na fila de embarque de um voo da United Airlines com destino a Seul. Eu estava embarcando para a Coreia do Sul para promover meus livros; ela, para tocar Prokofiev. Gostei dela desde o primeiro minuto, por tudo e por nada: um sorriso melancólico, um olhar franco, um jeito especial de levar os cabelos para trás da orelha, virando o rosto como que em câmera lenta. Depois, admirei cada uma das inflexões de sua voz, sua inteligência, seu humor, a aparente distância que mantinha de seu visual. Na sequência, me apaixonei por cada um de seus defeitos secretos, por sua angústia diante da vida, pelas feridas sob a armadura de ferro. Durante alguns meses, conhecemos uma felicidade insolente, que nos projetou para as mais altas esferas: as do silêncio, do excesso de oxigênio e das vertigens.

Obviamente eu pressentia que haveria um preço a pagar. Eu ensinava literatura e não me esquecera das advertências de meus escritores prediletos: Stendhal e sua cristalização; Tolstói e sua Ana Karenina se jogando embaixo de um trem depois de ter sacrificado tudo pelo amado; Ariane e Solal, os dois amantes de *Bela do senhor*,* terminando sua inexorável decadência drogados de éter na sórdida solidão de um quarto de hotel. Mas a paixão é como uma droga: conhecer seus efeitos devastadores nunca impediu ninguém de continuar se destruindo depois de ter entrado na engrenagem.

Impregnado pela falsa convicção de que eu só era eu com ela, terminara por me persuadir de que nosso amor tinha futuro e de que seríamos bem-sucedidos onde outros haviam fracassado. Mas Aurore não conseguia extrair o que havia de melhor em mim. Ela me remetia a traços de caráter que eu detestava e que, não de hoje, me empenhava em combater: certa possessividade, o fascínio pela beleza, a fraqueza de acreditar que por trás de um rosto angelical havia sempre uma bela alma e o orgulho narcisista de ser associado a tão deslumbrante mulher, marca da vantagem conquistada sobre outros machos de minha espécie.

Ela certamente sabia tomar distância em relação à notoriedade e afirmava não se iludir com nada, mas raramente a fama aprimora a personalidade de quem a alcança. Mais do que aplacá-las, ela aprofunda as feridas narcísicas.

Eu estava ciente disso tudo. Sabia que Aurore, acima de tudo, vivia a angústia de ver sua beleza murchar e temia perder o talento artístico – os dois poderes que os céus lhe conferiram e que a distinguiam dos demais mortais. Ela sabia que sua voz firme podia falhar. Sabia que, por trás do ícone seguro de si, se escondia uma mulher vacilante, com dificuldade para encontrar um equilíbrio interior e que combatia a ansiedade com a hiperatividade, correndo as capitais do mundo, agendando concertos com três anos de antecedência, encadeando relacionamentos breves a rompimentos inconsequentes. Até o fim, contudo, eu julgara poder ser seu porto seguro, e ela, o meu. Para isso, seria preciso confiarmos um no outro, mas, como de seu feitio, ela adotara a ambiguidade e o ciúme como meio de sedução, o que de fato

* Romance do escritor francês Albert Cohen. (N. do T.)

não ajudava a criar um clima sereno. Nossa paixão terminou de pernas para o ar. Nós teríamos, sem dúvida, sido felizes em uma ilha deserta, mas a vida não é bem assim. Seus amigos, pseudointelectuais parisienses, nova-iorquinos ou berlinenses, não engoliam meus romances populares, ao passo que, do meu lado, Milo e Carole a consideravam esnobe, altiva e egocêntrica.

* * *

O temporal não dava trégua, obstruindo as janelas com uma grossa cortina de chuva. No ambiente aveludado e refinado do Bourbon Street Bar, Aurore desferiu os últimos acordes da canção "A Case of You", que acabava de interpretar com uma voz *bluesy* e sedosa.

Durante os aplausos, ela tomou um gole da taça de Bordeaux deixada sobre o piano e agradeceu à plateia inclinando a cabeça. Em seguida, fechou o instrumento, dando a entender que o *show* havia terminado.

– Bem convincente – eu disse, me aproximando. – Norah Jones que se cuide.

Ela me estendeu a taça para me desafiar:

– Vamos ver se não perdeu a mão.

Pousei os lábios onde ela pousara os seus e provei um pouco da bebida. Ela havia tentado me iniciar em sua paixão pela enologia, mas terminara o relacionamento comigo antes que eu pudesse assimilar as bases.

– Hum... Château Latour 1982 – chutei.

Ela esboçou um sorriso diante de minha falta de convicção e decretou:

– Château Margaux 1990.

– Pois eu continuo com a minha Coca *light*, é menos complicado no que se refere a safras.

Ela riu como ria antes, quando nos amávamos. Fez aquele movimento bem lento com a cabeça, que lhe era peculiar quando queria agradar, e uma mecha dourada escapou do grampo que prendia seus cabelos.

– Como vai?

– Bem – ela respondeu. – Você, em compensação, parece que continua acuado no Paleolítico Inferior – observou, fazendo alusão à minha barba. – E, a propósito, como está a boca? Conseguiram costurar?

Perplexo, franzi o cenho.

– Costurar o quê?

– O pedaço do seu lábio que a loira arrancou no restaurante. É sua nova namorada?

Esquivei-me da pergunta, pedindo no balcão "um igual ao da senhorita".

Ela insistiu:

– Ela até que é bonita. Não necessariamente elegante, mas bonita. Em todo caso, parece uma paixão vulcânica...

Contra-ataquei:

– E você e seu atleta, tudo certo? Ele pode até não ser muito esperto, mas é uma gracinha. Seja como for, vocês ficam bem juntos. E é seu grande amor, pelo que pude ler.

– Deu para ler esse tipo de publicação agora? Eles escreveram tanta besteira sobre a gente que eu achei que você estava vacinado. Quanto ao grande amor... Ora, Tom, você sabe muito bem que nunca acreditei nisso.

– Nem comigo?

Ela deu outro gole no vinho e desceu do banquinho para debruçar-se na janela.

– Meus relacionamentos nunca foram intensos, exceto com você. Foram prazerosos, mas eu sempre consegui fazer economia de paixão.

Era uma das coisas que haviam nos separado. Para mim, o amor era como oxigênio. Era a única coisa que dava certo verniz, brilho e intensidade à vida. Para ela, por mais mágico que fosse, no fim das contas tudo não passava de fraude e ilusão.

Com os olhos no vazio, ela expôs seu pensamento:

– Os laços se fazem e desfazem, é a vida. Uma bela manhã, um fica e o outro vai embora, e nem sempre sabemos por quê. Não posso dar tudo ao outro com uma espada de Dâmocles em cima da cabeça. Não quero construir minha vida sobre os sentimentos, porque sentimentos mudam, são frágeis e volúveis. Você os julga profundos, e eles se desmoronam diante de uma saia que passa, de um sorriso cativante. Faço música porque ela nunca sairá da minha vida. Gosto de livros porque eles estarão sempre ali. Além do mais, desconheço um caso de amor que tenha sido eterno.

– Porque você vive em um universo narcisista, no círculo dos artistas e das celebridades, onde tudo se acaba com a velocidade da luz.

Pensativa, ela se dirigiu lentamente ao terraço e descansou a taça na mureta.

– Não soubemos ir além do êxtase do início – ela analisou. – Não soubemos perseverar...

– *Você* não soube perseverar – retifiquei convicto. – É você a culpada pelo fracasso do nosso amor.

Um último relâmpago clareou o céu e o temporal se afastou tão rápido como chegara.

– Pois tudo que eu queria – continuei – era dividir a vida com você. No fundo, acho que o amor se resume a isto: à vontade de viver as coisas a dois, crescendo com as diferenças do outro.

O nevoeiro começava a se dissipar, e um buraco de céu azul conseguiu perfurar as nuvens.

– O que eu queria – insisti – era construir algo com você. Eu estava pronto para esse compromisso, pronto para viver as provações a seu lado. Não teria sido fácil, nunca é, mas era o que eu queria: aquela rotina que triunfa sobre os obstáculos que pontuam nossa existência.

Na sala principal, alguém havia se sentado ao piano. Notas de uma variação íntima e sensual de "India Song" chegavam até nós.

De longe, vi Rafael Barros chegando com uma prancha de surfe debaixo do braço. Para evitar ser apresentado a ele, dirigi-me à escada de madeira, mas Aurore me segurou pelo braço.

– Eu sei de tudo isso, Tom. Sei que nada é definitivo, que nunca devemos prometer nada...

Ela tinha na voz um lado comovente e frágil; o verniz da mulher fatal estava prestes a rachar.

– Sei que para merecer o amor é preciso se entregar de corpo e alma e correr o risco de perder tudo... mas eu não estava preparada para isso e continuo assim até hoje...

Desvencilhei-me da pressão de sua mão para descer os poucos degraus. Ela acrescentou às minhas costas:

– ...sinto muito se te fiz pensar o contrário.

23
Solidão

A solidão é a essência da condição humana.
O homem é a única criatura que se sente
só e procura o outro.
– Octavio Paz

Região de La Paz, península da Baixa Califórnia
Início da tarde

Com a mochila nas costas, Carole pulava de pedra em pedra ao longo da costa acidentada.

Detivera-se para olhar o céu. O aguaceiro havia durado menos de dez minutos, mas tinha sido suficiente para ensopá-la da cabeça aos pés. Com a roupa encharcada e o rosto gotejante, sentia a água morna penetrar em sua camiseta.

Como eu sou burra!, ruminou, torcendo os cabelos com as mãos. Trouxera consigo um estojo de primeiros socorros e alguma coisa para beliscar, mas nenhuma toalha nem muda de roupa.

Um belo sol de outono tomara o lugar das nuvens, o que não bastou para secá-la. Para não sentir frio, decidiu seguir adiante, fendendo o ar com determinação, inebriando-se com a beleza das pequenas baías que se sucediam e tendo, ao fundo, montanhas cobertas de cactos.

Na curva de um atalho em declive, pouco antes de chegar à praia, um homem saiu de trás de um arbusto e se postou bem à sua frente. Procurando desviar-se dele, saiu da trilha e seu pé se enganchou numa raiz. Gritando de dor, não conseguiu evitar um tombo espetacular, que a fez cair nos braços do importuno.

– Sou eu, Carole! – tranquilizou-a Milo, segurando-a com delicadeza.

– O que está xeretando agora? – ela gritou, se libertando. – Por acaso me seguiu? Você é completamente doente!

– Lá vem a lição de moral...

– Pare de me olhar com esses olhos famintos – ela gritou, percebendo subitamente que as roupas molhadas revelavam suas formas.

– Tenho uma toalha – ele afirmou, procurando em sua mochila. – E roupas secas também.

Ela arrancou a mochila das mãos dele e foi trocar de roupa atrás de um grande pinheiro.

– Não ouse espiar, seu pervertido. Não sou uma de suas *playmates*!

– Difícil enxergar através desse seu biombo – ele observou, agarrando no ar a camiseta e os *shorts* úmidos que ela acabara de tirar.

– Por que você me seguiu?

– Queria curtir um pouco a sua companhia e, além disso, eu tinha uma pergunta para você.

– Estou pronta para o pior.

– Por que você disse que a história da *Trilogia dos anjos* salvou sua vida?

Ela fez silêncio, depois respondeu com dureza:

– Se você fosse menos burro, talvez eu explicasse.

Estranho. Raramente ele a via tão ressentida. Mesmo assim, tentou continuar a conversa:

– Por que não me convidou para vir com você?

– Eu queria ficar sozinha, Milo. Isso não lhe passou pela cabeça? – ela perguntou, vestindo um suéter trançado.

– Mas as pessoas morrem de solidão! Ficar sozinho é o que há de pior na vida.

Com aquelas roupas masculinas sobrando em seu corpo, Carole deixou o abrigo.

– Não, Milo, o que há de pior na vida é ser obrigada a aguentar gente do seu tipo.

Ele processou o golpe.

– O que exatamente estou fazendo de errado?

– Esqueça, eu precisaria de três anos para fazer a lista – ela disse, continuando a descer em direção à praia.

– Por favor! Fiquei curioso – ele confessou, apertando o passo atrás dela.

– Você tem trinta e seis anos, mas se comporta como se tivesse dezoito – ela começou. – É um irresponsável, um grosseirão, não passa de um mulherengo ordinário, só quer saber dos três Bs...

– Três Bs?

– Bugatti, bebida e bunda – ela explicitou.

– Terminou?

– Não. Também acho que nenhuma mulher gosta de você de verdade – ela lhe jogou na cara ao chegarem à areia.

– Desenvolva um pouco.

Ela se plantou diante dele com as mãos na cintura e olhou-o nos olhos.

– Você faz parte do grupo dos "homens descartáveis": caubóis com os quais as mulheres estão dispostas a se divertir um pouco nos dias de solidão e com os quais talvez venham a passar uma noite, mas que nunca imaginam como o pai de seus filhos.

– Nem todas pensam como você! – ele se defendeu.

– Pensam sim, Milo. Todas as mulheres com pelo menos dois neurônios pensam exatamente como eu. Quantas garotas legais você nos apresentou esse tempo todo? Nenhuma! Conhecemos uma dezena delas, mas sempre as mesmas: *strippers*, quase putas, ou pobres fulaninhas desamparadas que você caça de madrugada em boates sórdidas, se aproveitando da fraqueza delas!

– E você? Por acaso posso saber que namorado legal você nos apresentou? Ah, não, é verdade: nunca vimos você com um homem! Esquisito, não acha? Trinta anos e nenhum relacionamento revelado.

– Talvez seja porque eu não mande um *fax* avisando quando tenho alguém na minha vida.

– Fala sério! Você se sentiria bem no papel da mulher do escritor, confesse! Aquela que é sempre mencionada na segunda orelha do livro. Espere, vou escrever para você dar uma olhada: "Tom Boyd mora em Boston, Massachusetts, com a mulher, Carole, dois filhos e um labrador". Vamos, não é isso que você tanto deseja?

– Você ficou maluco de vez. Precisa parar de fumar.

– E você finge tão bem quanto um sutiã.

– Mais uma metáfora sexual. Você realmente tem sérios problemas com isso, coitado.

– Você que tem! – ele rebateu. – Por que nunca usa vestido ou saia? Por que nunca põe um maiô? Por que tem uma reação alérgica sempre que eu encosto no seu braço? Prefere as mulheres, por acaso?

Antes mesmo que tivesse terminado a frase, uma bofetada de mestre, desferida com a força de um soco, explodiu em sua cara. Mal teve tempo de agarrar o pulso de Carole para evitar a segunda.

– Me solta!

– Não antes de você se acalmar!

Ela se debateu como um demônio, puxando seu braço com toda a força e conseguindo desequilibrar o oponente. Por fim, caiu de costas sobre a areia, arrastando Milo na queda. Ele caiu pesadamente sobre ela e ia se desvencilhar quando sentiu um cano de pistola encostado na têmpora.

– Saia! – ela ordenou, engatilhando a arma.

Trouxera a pistola na mochila. Podia até esquecer a muda de roupa, mas nunca a arma de serviço.

– Muito bem – disse Milo, com a voz branca.

Desorientado, levantou-se lentamente e olhou com tristeza para a amiga, que fugia dele com as duas mãos pressionando a coronha da pistola.

Mesmo depois de ela ter desaparecido, ele ainda permaneceu na pequena lagoa cercada de areia branca e água turquesa por vários minutos, completamente chocado.

Naquela tarde, a sombra dos cortiços de MacArthur Park se estendeu até a ponta do México.

24
La cucaracha

O amor é como mercúrio na mão. Mantenha-a aberta e ele permanecerá em sua palma; feche-a e ele lhe escapará por entre os dedos.

– Dorothy Parker

Restaurante La Hija de la Luna
Nove horas da noite

Agarrado ao penhasco, o luxuoso restaurante dava ao mesmo tempo para a piscina e para o mar de Cortés. À noite, a paisagem era tão impressionante quanto de dia, ganhando em romantismo e mistério e perdendo em profundidade. Lampiões de cobre pendiam ao longo das treliças, e lanternas coloridas aureolavam as mesas com uma luz intimista.

Em um vestido com apliques prateados, Billie me precedeu na antessala do estabelecimento. Uma simpática recepcionista nos conduziu até a mesa onde Milo já nos esperava. Visivelmente bêbado, ele foi incapaz de me explicar as razões da ausência de Carole.

Algumas mesas adiante, instalados no meio do terraço como uma joia no veludo, Aurore e Rafael Barros exibiam seu amor recente.

O jantar foi melancólico. Até Billie, geralmente animada, parecia ter perdido o entusiasmo. Visivelmente cansada, estava pálida e desfigu rada. Um pouco mais cedo, eu a encontrara em nosso quarto, enroscada na cama, onde passara a tarde toda. "Um mal-estar por causa da viagem", ela arriscou. De qualquer forma, não foi fácil tirá-la de debaixo das cobertas.

– O que aconteceu com a Carole? – ela perguntou a Milo.

Meu amigo tinha os olhos injetados de sangue e o rosto derrotado de quem está prestes a desabaı sobre a mesa. Enquanto gaguejava algumas palavras como explicação, uma voz de tenor rompeu a placidez do restaurante.

♪ ♫ ♪ *La cucaracha, la cucaracha* ♪ ♫ ♪
♪ *Ya no puede caminar* ♫

Um grupo de *mariachis* acabava de chegar à nossa mesa para uma serenata. A orquestra era poderosa: dois violinos, dois trompetes, um violão, um *guitarrón* e uma *vihuela.*

♪ ♫ ♪ *Porque no tiene, porque le falta* ♫ ♪ ♪
♪ *Marijuana que fumar* ♫

Os trajes da banda eram um espetáculo à parte: calça comprida preta com costuras bordadas, paletó curto com a lapela enfeitada com botões prateados, gravata com nó elegante, cinto com fivela em forma de águia, botas engraxadas. Sem esquecer o *sombrero* de abas largas do tamanho de um disco voador.

À voz chorosa do cantor seguiu-se um coro que ruidosamente exprimia uma jovialidade um pouco forçada, que mais parecia um desabafo que alegria de viver.

– Meio cafona, não?

– Você está brincando! – exclamou Billie. – Eles têm muita classe.

Olhei para ela com cara de dúvida. Era visível que não tínhamos a mesma definição de classe.

– Cavalheiros, aprendam! – ela disse, voltando-se para Milo e para mim. – Eis a expressão profunda da virilidade.

O cantor alisou o bigode e, se sentindo admirado, emendou um novo número, acompanhado de ensaiados passos de dança.

♪ ♫ ♪ ♪ *Para bailar la bamba,* ♫ ♪ ♫ ♪
Se necessita una poca de gracia

♪ ♪ *Una poca de gracia pa mi pa ti* ♪ ♫
♫ ♪ *Arriba y arriba* ♫ ♪

O concerto adentrou a noite. Passando de mesa em mesa, os *mariachis* desdobravam seu repertório de canções populares que falavam do amor, da coragem, da beleza das mulheres e das paisagens áridas. Um espetáculo medíocre e tedioso para mim; a encarnação da alma orgulhosa de um povo para Billie.

Quando a apresentação se aproximava do fim, pudemos ouvir um burburinho distante. Num mesmo movimento, todos os clientes voltaram os olhos para o mar. Um ponto luminoso surgiu no horizonte. O zumbido se tornou cada vez mais abafado, e a silhueta de um velho hidroavião destacou-se no céu. Mantendo baixa altitude, o pássaro de ferro sobrevoou o restaurante e despejou uma chuva de flores sobre o terraço. Em poucos segundos, centenas de rosas multicoloridas caíam do céu, terminando por cobrir totalmente o piso reluzente do restaurante. Aplausos entusiasmados saudaram aquele inesperado aguaceiro floral. Em seguida, o hidroavião ressurgiu sobre nossa cabeça antes de se lançar em uma coreografia caótica. Rastros fosforescentes desenharam no céu um improvável coração de fumaça, que rapidamente se dissolveu na noite mexicana. Um novo burburinho percorreu as mesas quando todas as luzes se apagaram e o *maître* avançou até a mesa de Aurore e Rafael Barros carregando um anel de diamante sobre uma bandeja de prata. Rafael então se ajoelhou para fazer seu pedido de casamento, enquanto um garçom se manteve recuado, pronto para estourar o champanhe em celebração ao "sim" de Aurore. Estava tudo perfeito, milimetricamente organizado, para quem aprecia o romantismo sentimentaloide e os momentos pré-fabricados vendidos por catálogo.

Mas não era justamente tudo isso que Aurore detestava?

* * *

Eu estava um pouco distante para ouvir sua resposta, mas suficientemente perto para ler seus lábios.

– S-i-n-t-o m-u-i-t-o... – ela murmurou, sem que eu pudesse ter certeza se as palavras se dirigiam a ela mesma, ao público presente ou a Rafael Barros.

Por que os caras não pensam um pouco antes de fazer esse tipo de pedido?

Um silêncio opressivo se instalou, como se todos ali estivessem constrangidos por aquele semideus banido, que naquele momento não passava de um pobre coitado ajoelhado no chão, imóvel como uma estátua de sal, paralisado na vergonha e na estupidez. Eu havia passado por isso antes, e naquele instante preciso sentia mais pena dele do que júbilo de vingança.

Enfim, isso foi antes de ele se levantar e atravessar o salão com uma espécie de majestade ferida e, me pegando completamente desprevenido, me acertar um de direita ao estilo Mike Tyson.

* * *

– Quer dizer que o pilantra foi até o senhor e lhe deu um soco no meio da cara – resumiu o dr. Mortimer Philipson.

Clínica do hotel
Quarenta e cinco minutos depois

– Foi mais ou menos isso – assenti, enquanto ele limpava o ferimento.

– O senhor teve sorte. Sangrou bastante, mas o nariz não quebrou.

– Já é alguma coisa.

– Em compensação, seu rosto está inchado como se tivesse levado uma surra. Brigou recentemente?

– Tive uma discussão em um bar com um tal de Jesus e seus comparsas – respondi vagamente.

– E está com uma vértebra quebrada, além de um entorse feio no tornozelo, que está uma bola. Vou passar uma pomada, mas terá de voltar aqui amanhã de manhã para eu fazer um curativo com compressas. Como foi que arranjou isso?

– Caí sobre o teto de um carro – respondi com a maior naturalidade do mundo.

– Hum... o senhor vive perigosamente.

– De uns dias para cá, podemos dizer que sim.

O centro clínico do hotel não era um simples pronto-socorro, mas um complexo moderno com instalações *high-tech*.

– Cuidamos das maiores estrelas do planeta – disse o médico, depois que lhe fiz essa observação.

Mortimer Philipson estava perto de sua aposentadoria. A silhueta longilínea tipicamente inglesa contrastava com o rosto bronzeado, os traços rudes e os olhos claros e risonhos. Era um Peter O'Toole atuando em uma versão sênior de *Lawrence da Arábia*.

Terminou de massagear meu tornozelo e pediu a uma enfermeira que me trouxesse um par de muletas.

– Não coloque o pé no chão por alguns dias – recomendou, entregando-me seu cartão com minha consulta do dia seguinte anotada.

Agradeci pelos cuidados e, com a ajuda das muletas, arrastei-me com dificuldade até a minha suíte

* * *

O quarto estava imerso em uma luz suave. No centro, um fogo claro crepitava na lareira, projetando seu halo nas paredes e no teto. Procurei Billie, mas ela não estava na sala nem no banheiro. O refrão abafado de uma canção de Nina Simone chegou a meus ouvidos.

Abri as cortinas que davam para o terraço e descobri a garota, de olhos fechados, tomando um banho de lua na *jacuzzi* transbordante. Toda em linhas curvas, a banheira era revestida de azulejos. Para abastecê-la, um grande bico de cisne despejava continuamente um filete de água, sobre o qual uma iluminação programada fazia desfilar toda a cartela de cores do arco-íris.

– Quer entrar? – ela me provocou, sem abrir os olhos.

Aproximei-me da *jacuzzi*. Estava cercada por umas vinte velas, que formavam uma barreira de cintilâncias. A superfície da água brilhava como champanhe, e dava para discernir pela transparência as bolhas douradas que subiam à superfície.

Larguei as muletas, desabotoei a camisa e tirei o *jeans* antes de entrar na água. Distribuídos pelo tanque, cerca de trinta jatos produziam uma massagem mais revigorante que relaxante, enquanto nos quatro cantos alto-falantes à prova d'água espalhavam uma música envolvente. Billie abriu os olhos e estendeu a mão para passar os dedos no esparadrapo com o qual Philipson acabara de cobrir o meu nariz. Iluminado por baixo, seu rosto parecia diáfano e seus cabelos davam a impressão de ter embranquecido.

– O guerreiro precisa de repouso? – ela brincou, acercando-se de mim.

Tentei resistir à investida.

– Não creio que seja útil repetir o episódio do beijo.

– Ouse dizer que não gostou.

– A questão não é essa.

– Mas funcionou. Poucas horas depois, sua querida Aurore rompia escandalosamente o noivado.

– Talvez, mas a Aurore não está conosco nesta *jacuzzi*.

– Como você sabe? – ela perguntou, se lançando em meus braços. – Todos os quartos deste hotel têm uma luneta no terraço e todo mundo espiona todo mundo. Não percebeu?

Agora seu rosto estava a poucos centímetros do meu. Seus olhos estavam amarelados, os poros de sua pele haviam se dilatado sob efeito do vapor, e gotas de suor brotavam de sua testa.

– Talvez ela esteja nos vendo neste momento – ela continuou. – Não me diga que isso não te deixa um pouco excitado...

Eu detestava aquele jogo. Não tinha nada a ver comigo. Apesar disso, arrebatado pela recordação de nosso beijo, eu ia cedendo e colocando uma mão em seu quadril e a outra em seu pescoço.

Ela colou suavemente os lábios nos meus e minha língua buscou a dela. Mais uma vez, a magia funcionou, mas durou apenas alguns poucos segundos, até que um gosto forte e amargo me obrigasse a interromper aquele beijo.

Senti uma coisa ácida, desagradável e viscosa na boca e recuei bruscamente. Billie parecia atônita. Foi então que notei seus lábios escuros e sua língua arroxeada. Seus olhos haviam se animado, mas a pele estava cada vez mais pálida. Ela tremia, batia os dentes e mordia o lábio. Preocupado, saí da *jacuzzi*, a ajudei a sair dali e a massageei com uma toalha. Eu sentia que suas pernas vacilavam, que estava prestes a desmoronar. Agitada por um violento acesso de tosse, ela me repeliu para se debruçar, tomada por uma vontade súbita de vomitar. Com dor, regurgitou uma massa grossa e viscosa antes de desabar no chão.

Mas o que eu via ali não era vômito.

Era tinta.

25
O risco de te perder

Com o cano de uma arma entre os dentes,
a gente só pronuncia as vogais.
– Fala do filme *O clube da luta,*
de Chuck Palahniuk

Clínica do hotel
Uma hora da manhã

– O senhor é marido dela? – perguntou o dr. Philipson, fechando a porta do quarto no qual Billie havia acabado de apagar.

– Hum... não, não exatamente – respondi.

– Somos primos dela – afirmou Milo. – Sua única família.

– Hum... e o senhor costuma tomar banho com a sua "prima"? – ironizou o médico, me fitando.

Uma hora e meia antes, quando se preparava para um *putt*, ele enfiara às pressas um jaleco branco sobre a calça de golfe para se dirigir com urgência até a cabeceira de Billie. Imediatamente assumira o caso e fizera de tudo para reanimar a garota, hospitalizá-la e lhe prestar os primeiros socorros.

Como sua pergunta não pedia resposta, o acompanhamos até sua sala, um cômodo comprido que dava para um gramado bem iluminado e liso como um *green*, em cujo centro uma bandeirinha esvoaçava. Ao se aproximar da janela, era possível observar uma bola de golfe a sete ou oito metros do buraco.

– Não vou mentir – ele começou, convidando-nos para sentar. – Não tenho ideia de qual seja a doença de sua amiga, tampouco a natureza da crise.

Tirou o jaleco e o pendurou em um cabide antes de se instalar à nossa frente.

– Ela tem febre alta, seu corpo apresenta rigidez anormal e ela vomitou tudo que tinha no estômago. Também sente dores de cabeça, respira com dificuldade e não se aguenta em pé – recapitulou.

– E então? – perguntei, apressado em ouvir o início de um diagnóstico.

Philipson abriu a primeira gaveta da mesa e pegou um charuto no estojo.

– Ela apresenta sintomas evidentes de anemia – esclareceu –, mas o que efetivamente me preocupa é essa substância escura que ela regurgitou copiosamente.

– Parece tinta, não?

– É possível...

Pensativo, retirou o Cohiba do tubo de alumínio e acariciou o invólucro, como se esperasse uma revelação ao tocar as folhas de tabaco.

– Pedi um exame de sangue, a análise da pasta escura e de um fio de cabelo, que, pelo que o senhor disse, embranqueceu de uma hora para outra.

– Não deve ser grave, deve? Sempre ouvi dizer que uma crise emocional podia branquear os cabelos numa noite. Aconteceu com Maria Antonieta na noite que antecedeu sua execução.

– *Bullshit* – descartou o médico. – Apenas uma descoloração química pode fazer o cabelo perder os pigmentos tão rapidamente.

– Você tem mesmo como fazer esse tipo de análise? – preocupou-se Milo.

O médico cortou a ponta do havana.

– Como puderam notar, nossas instalações estão na vanguarda do progresso. Há cinco anos, o filho mais velho do xeique de uma monarquia petrolífera se hospedou aqui no nosso hotel. O rapaz sofreu um acidente de *jet ski*, um choque violento com uma lancha, que o deixou em coma por vários dias. Seu pai prometeu uma doação significativa ao hospital se o salvássemos. Mais por sorte do que por mérito meu, ele se safou sem sequelas, e o xeique cumpriu com a palavra, daí nossos recursos.

Enquanto Mortimer Philipson se levantava para nos acompanhar até a porta, pedi para passar a noite com Billie.

– Não é preciso – ele decretou. – Temos uma enfermeira de plantão, além de dois estudantes que trabalharão a noite toda. Sua "prima" é nossa única paciente. Não a deixaremos um segundo sem vigilância.

– Insisto, doutor.

Philipson deu de ombros e se dirigiu novamente à sua sala, resmungando:

– Se quiser dormir em uma poltrona estreita e acabar com a coluna, não se faça de rogado, mas, com seu entorse e a vértebra quebrada, não venha se queixar de manhã que não consegue se levantar.

Milo se despediu de mim na porta do quarto de Billie. Dava para sentir que alguma coisa o perturbava.

– A Carole está me deixando preocupado. Deixei dezenas de mensagens na secretária dela, mas não tive resposta. Vou atrás dela.

– Boa sorte, meu velho.

– Boa noite, Tom.

Eu o vi cruzando o corredor, mas no fim de poucos metros ele parou e deu meia-volta.

– Sabe, eu queria lhe dizer que... eu sinto muito – confessou, olhando-me nos olhos.

Seus olhos estavam vermelhos e brilhantes, a expressão derrotada, mas o ar decidido.

– Estraguei tudo com investimentos financeiros arriscados – continuou. – Me achei mais esperto que os outros. Traí sua confiança e te arruinei. Eu sinto muito...

Sua voz falhou. Ele piscou e uma lágrima inesperada escorreu por sua face. Vendo-o chorar pela primeira vez na vida, senti-me desarmado e sem graça ao mesmo tempo.

– Eu fui muito burro – acrescentou, esfregando as pálpebras. – Achava que a gente tinha feito o mais difícil, mas me enganei. O mais difícil na   e conseguir o que se quer, mas saber conservar o que se tem.

– Milo, estou me lixando para esse dinheiro. Ele não preencheu nenhum vazio, não resolveu problema nenhum, e você sabe disso tão bem quanto eu.

– Você vai ver, vamos sair dessa, como sempre fizemos – ele prometeu, tentando melhorar o astral. – Nossa estrela da sorte não vai nos abandonar agora!

Antes de ir atrás de Carole, ele me deu um abraço fraterno, garantindo:

– Vou tirar a gente dessa, eu juro. Talvez leve algum tempo, mas eu vou conseguir.

* * *

Abri a porta sem fazer barulho e passei a cabeça pelo vão. O quarto de Billie estava mergulhado em uma penumbra azulada. Em silêncio, aproximei-me do leito.

Ela dormia um sono agitado e febril. Um lençol grosso cobria seu corpo, deixando aparecer apenas seu rosto diáfano. A garota animada e presunçosa, o furacão loiro que, naquela mesma manhã, devastava minha vida, envelhecera dez anos em poucas horas. Comovido, permaneci um longo momento a seu lado antes de ousar pôr a mão em sua testa.

– Você é uma tremenda garota, Billie Donelly – murmurei, debruçando-me sobre ela.

Ela se agitou na cama e, sem abrir os olhos, resmungou:

– Eu achava que você ia dizer "uma tremenda de uma chata"...

– Uma tremenda de uma chata também – eu disse, para esconder a emoção.

Acariciei-lhe o rosto e disse:

– Você me tirou do buraco negro. Fez recuar passo a passo o ressentimento que me devorava. Com sua risada e sua esperteza, você venceu o silêncio que me emparedava...

Ela tentou dizer alguma coisa, mas o fôlego curto e a respiração irregular obrigaram-na a desistir.

– Não vou te abandonar, Billie. Você tem a minha palavra – reconfortei-a, pegando sua mão.

* * *

Mortimer Philipson riscou um fósforo para acender a ponta do havana, depois, com um *putter* na mão, saiu no gramado e deu alguns passos no *green*. A bola de golfe estava a pouco mais de sete metros, num terreno em leve declive. Mortimer deu uma voluptuosa baforada antes de se agachar para melhor decifrar a tacada a ser dada. Era um *putt* difícil, mas já acertara centenas daquela distância. Levantou-se novamente, se posicionou e se concentrou. "A sorte é apenas a conjunção da vontade e de circunstâncias favoráveis", dizia Sêneca. Mortimer deu a tacada como se sua vida dependesse daquilo. A bola rolou sobre o *green* e pareceu hesitar quanto à sua trajetória antes de flertar com o buraco, sem cair nele, contudo.

Naquela noite, as circunstâncias não eram favoráveis.

* * *

Carrancudo, Milo irrompeu no estacionamento e pediu ao manobrista o Bugatti, parado no subterrâneo do hotel. Tomou a direção de La Paz, recorrendo ao GPS para encontrar o lugar onde deixara Carole.

Naquela tarde, na praia, tomara consciência dos sofrimentos lancinantes da jovem mulher. Sofrimentos cuja existência ele nem suspeitava.

Puxa, quantas vezes não ignoramos os tormentos vividos pelas pessoas que mais amamos, pensou tristemente.

Ele também sofrera com o retrato impiedoso que ela fizera dele. Assim como os outros, ela sempre o tomara por mal-educado, caipirazinho suburbano, grosseirão e machista. Vale dizer que ele nunca havia feito nada para contrariar tal opinião. Essa imagem o protegia, camuflando uma sensibilidade que ele era incapaz de assumir. Para conquistar o amor de Carole, ele estava disposto a tudo, mas ela não depositara confiança suficiente nele para fazê-lo mostrar sua verdadeira personalidade.

Dirigiu por meia hora, rasgando a noite clara. A sombra das montanhas se destacava num céu completamente azul, há muito tempo ausente de cidades poluídas. Ao chegar ao destino, Milo enveredou por uma estradinha em meio à floresta para deixar o carro, depois, após ter enfiado um cobertor e uma garrafa d'água na mochila, tomou o caminho pedregoso que dava acesso ao litoral.

– Carole! Carole! – gritou com toda a força.

Seus gritos se perderam, carregados pela brisa morna e caprichosa que soprava sobre o mar emitindo tristes gemidos.

Chegou à enseada onde haviam discutido horas atrás. O tempo estava ameno. Narcisista, a lua cheia prateada procurava seu reflexo na água. Milo nunca vira tantas estrelas no céu, mas não descobriu o rastro de Carole. Equipado com sua lanterna, seguiu adiante, escalando as rochas escarpadas que margeavam a praia. Aproximadamente quinhentos metros à frente, embrenhou-se no estreito atalho que descia até uma pequena baía.

– Carole! – ele repetiu, desembocando na praia.

Dessa vez, sua voz soou mais alto. A baía era protegida do vento por um penhasco granítico que suavizava a rebentação das ondas na areia.

– Carole!

Com todos os sentidos à espreita, Milo percorreu a extensão da baía até perceber um movimento na extremidade. Aproximou-se do paredão escarpado. Em quase toda a sua altura, a rocha era atravessada por uma longa falha, que dava acesso a uma gruta natural escavada na pedra.

Ali estava Carole, caída na areia, costas curvadas, pernas dobradas, em um estado de completa prostração. Com a cabeça baixa, ela tiritava e continuava segurando a pistola na mão fechada.

Milo ajoelhou-se junto a ela com uma ligeira apreensão, que rapidamente deu lugar a real preocupação com a saúde da amiga. Ele a cobriu com o cobertor que trazia na mochila e a levantou para carregá-la nos braços pela trilha que levava até o carro.

– Desculpe pelo que eu disse – ela murmurou. – Foi sem pensar.

– Já esqueci – ele garantiu. – Está tudo bem agora.

O vento ficou mais frio e soprou mais forte.

Carole passou uma das mãos nos cabelos de Milo e ergueu os olhos marejados em direção a ele.

– Nunca vou magoar você – ele prometeu, falando em seu ouvido.

– Eu sei – ela respondeu, agarrando-se ao pescoço dele.

* * *

Não desista, Anna, continue de pé, de pé!

Algumas horas antes, naquele mesmo dia, em um bairro popular de Los Angeles, uma moça, Anna Borowski, caminhava apressadamente pela rua. Ao vê-la praticamente correr, abrigada no grosso capuz de seu suéter acolchoado, tudo sugeria que mantinha a forma com uma caminhada matinal.

Mas Anna não praticava *jogging*. Ela percorria as latas de lixo.

Um ano antes, levava uma vida agradável, jantava regularmente em restaurantes e não hesitava em torrar mais de mil dólares no *shopping* com as amigas. Mas a crise econômica virara tudo de cabeça para baixo. Da noite para o dia, a firma onde trabalhava reduzira drasticamente seus efetivos e suprimira o posto de controladora de gestão que ela ocupava.

Por alguns meses, fizera força para acreditar que se tratava apenas de uma fase ruim e não esmorecera. Disposta a aceitar qualquer oferta que se adequasse a seu perfil, passara dias em *sites* de busca de emprego, inundando as empresas com currículos e cartas de apresentação, participando de fóruns de desempregados, chegando a contratar um escritório de planejamento de carreira. Infelizmente, todas as suas tentativas resultaram em fracasso. Em seis meses, não havia conseguido uma única entrevista promissora.

Para sobreviver, resignara-se a fazer a faxina diária em uma casa de repouso de Montebello, mas não seriam os poucos dólares recebidos com aquele bico que pagariam seu aluguel.

Anna diminuiu o ritmo ao chegar à Purple Street. Ainda não eram sete da manhã. A rua permanecia relativamente calma, o movimento havia apenas começado. Apesar de tudo, esperou que o ônibus escolar deixasse a via para mergulhar a cabeça na lata de lixo. Com o tempo, aprendera a deixar de lado o orgulho e a altivez quando se lançava naquele tipo de empreitada. De qualquer forma, não tinha escolha. Culpa de um temperamento mais para cigarra que para formiga e de algumas dívidas que pareciam insignificantes na época em que ganhava trinta e cinco mil dólares por ano, mas que agora a enforcavam e ameaçavam lhe fazer perder o teto.

Inicialmente, limitara-se a vasculhar os contêineres do supermercado embaixo de sua casa para recolher alimentos que haviam passado da data de validade. Mas estava longe de ser a única a ter tido essa ideia. Todas as noites, uma multidão cada vez maior de sem-teto, trabalhadores informais, estudantes e aposentados sem renda se espremia em volta das caçambas de ferro, de modo que a direção do estabelecimento terminara por borrifar detergente nos alimentos para inutilizá-los. Anna resolvera então levar suas explorações para fora do bairro. No início, vivera a experiência como um trauma, mas decididamente o ser humano é um animal que se adapta a todo tipo de humilhação.

A primeira lata de lixo estava abarrotada e sua busca não foi inútil: uma caixa de *nuggets* de frango pela metade, um copinho do Starbucks com um restinho de café preto, outro de *cappuccino*. Na segunda, encontrou uma camiseta Abercrombie rasgada que poderia lavar e reciclar e, numa terceira, um romance quase novo com uma bela capa imitando couro. Colocou aqueles pobres tesouros no saco e continuou a ronda.

Meia hora mais tarde, Anna Borowski chegou em casa, um pequeno apartamento em um prédio novo e bem conservado, cuja mobília fora reduzida ao mínimo necessário. Lavou as mãos, depois despejou o café e o *cappuccino* numa caneca, que esquentou no micro-ondas junto com os *nuggets*. Enquanto preparava o café da manhã, esparramou seus achados na mesa da cozinha. A elegante capa gótica do romance logo chamou sua atenção. Um adesivo colado no canto esquerdo advertia o leitor:

Do autor de *A companhia dos anjos*

Tom Boyd? Ouvira falar dele pelas garotas do escritório, que adoravam seus livros, mas nunca lera nada. Limpou a mancha de *milk-shake* na capa, pensando que poderia conseguir um bom preço por ele, depois se conectou à internet, pirateando como de costume o *wi-fi* da vizinha. Novo, o livro custava dezessete dólares na Amazon. Acessou sua conta do e-Bay e fez uma tentativa: uma oferta por catorze dólares em caso de compra imediata.

Em seguida foi lavar a camiseta, tomou uma chuveirada para "tirar a crosta" e se vestiu, detendo-se diante do espelho.

Acabara de completar trinta e sete anos. Ela, que durante muito tempo parecera mais jovem do que era, envelhecera subitamente, como se um vampiro tivesse sugado todo o seu frescor. Desde a perda do emprego, de tanto se empanturrar com porcarias, ganhara dez quilos, tudo na bunda e na cara, o que lhe dava a aparência de um *hamster* gigante. Tentou sorrir, mas achou o que viu lastimável.

Estava à deriva e seu naufrágio transparecia em seu feio rosto.

Corra, você vai chegar atrasada!

Enfiou um *jeans* claro, um suéter com capuz e um par de tênis.

Está ótimo, você não vai à boate. Não vale a pena se emperiquitar para limpar cocô de velhinhos.

Imediatamente odiou a si mesma pelo cinismo. Sentia-se completamente desamparada. A que se agarrar nos momentos mais sombrios? Não tinha ninguém para ajudá-la, ninguém com quem desabafar as mágoas. Nem amigos de verdade nem homem em sua vida – o último remontava a meses. Sua família? Receando a humilhação, não comentara seus infortúnios nem com o pai nem com a mãe. E não se pode dizer que eles estivessem interessados em ter notícias dela. Em certos dias, quase lamentava não ter permanecido em Detroit, como sua irmã, que ainda morava a cinco minutos da casa dos pais. Lucy nunca tivera a menor ambição. Casara-se com um corretor de seguros grosseirão e tinha um menino insuportável, mas pelo menos não era obrigada a se perguntar diariamente onde e o que comer.

Enquanto abria a porta, Anna teve um instante de abatimento. Como todo mundo, tomava remédios: analgésicos, para não sentir dor nas costas, e ibuprofeno, que engolia como balas para expulsar a enxaqueca crônica. Mas hoje ela precisaria de um poderoso calmante. À medida que as semanas passavam, ficava cada vez mais sujeita a crises de ansiedade, vivendo sempre com receio, com a sensação definitiva de que, independentemente de seus esforços e de sua boa vontade, não controlava mais nada em sua vida. Às vezes, a miséria a exasperava e ela se sentia capaz de cometer uma loucura, como aquele ex-executivo de finanças que, nove meses antes, matara cinco membros da família antes de se suicidar. Deixara uma carta à polícia atribuindo seu gesto à situação desesperadora em que se encontrava. Desempregado havia vários meses, acabara de perder todas as suas economias em decorrência da queda da Bolsa.

Não desista, Anna, continue de pé, de pé!

Lutou para recobrar o juízo. Sobretudo para não pagar o mico de desmoronar. Se abaixasse os braços, se afundaria, sabia disso. Precisava se açoitar com toda a força para não perder o apartamento. Às vezes, tinha a impressão de ser um animal na toca, mas ali pelo menos podia tomar banho e dormir em segurança.

Pôs os fones de seu iPod nos ouvidos, desceu a escada e pegou o ônibus para a casa de repouso. Fez a faxina durante três horas e aproveitou a pausa do almoço para procurar emprego na internet, no computador da sala de recreação.

Boas novas. O livro que pusera à venda encontrara um comprador pelo preço pedido. Anna trabalhou ainda até às três da tarde, depois passou no correio para despachar o romance:

Bonnie Del Amico, *campus* de Berkeley, Califórnia.

Colocou o romance no envelope sem notar que o livro tinha mais da metade das páginas em branco...

* * *

"Atenção, pessoal, hora de se mexer!"

O rádio cuspiu a ordem a todos os motoristas da frota de oito caminhões de lixo que cruzavam a zona industrial do Brooklyn. Sem dever nada a um transporte de valores, a duração e o trajeto entre o depósito de New Jersey e a empresa de reciclagem perto de Coney Island eram rigorosamente fiscalizados para evitar roubo de mercadorias. Carregado com trinta paletes, cada caminhão transportava sozinho treze mil livros embalados em caixotes de papelão.

Era por volta de dez da noite quando o gigantesco carregamento atravessou debaixo de chuva as portas da estação de trituração instalada em um imenso terreno cercado por grades, que em muito lembrava um acampamento militar.

Sucessivamente, cada caminhão descarregou sua carga no calçamento asfaltado do vasto entreposto: toneladas de livros ainda embalados em plástico.

Acompanhado de um oficial de justiça, um representante da editora supervisionava a operação. Não era todo dia que cem mil exemplares eram colocados na trituradora por defeito de fabricação. A fim de evitar qualquer fraude, os dois homens fiscalizaram escrupulosamente a carga. A cada descarregamento, o oficial de justiça retirava um livro de um caixote para constatar a impressão defeituosa. Todos os exemplares apresentavam a mesma falha: das quinhentas páginas do romance, apenas metade estava impressa. A história parava bruscamente no meio da página 266, numa frase igualmente inconclusa...

Como se se tratasse de simples entulho, um balé de três retroescavadeiras avançou em direção àquele manancial de livros, para empurrá-los sobre esteiras rolantes que subiam velozmente em direção às bocas escancaradas dos monstros de ferro. A trituração industrial podia começar.

As duas trituradoras devoravam gulosamente aquelas dezenas de milhares de livros. Com violência, o ogro mecânico destrinchava e mastigava os volumes. Em meio a pó de papel, páginas rasgadas esvoaçavam.

Terminada a digestão, um monte de livros dilacerados, picados, despedaçados, saiu das entranhas da besta antes de ser compactado por uma prensa, que terminou por excretar fardos em forma cúbica cingidos de arame.

Em seguida, os cubos comprimidos foram empilhados no fundo do galpão. No dia seguinte seriam, por sua vez, carregados em outros caminhões. Reciclados como pasta de papel, reencarnariam como jornais, revistas, lenços descartáveis ou caixas de sapatos.

* * *

Em poucas horas, o caso estava encerrado.

Destruída a totalidade do estoque, o responsável pela fábrica, o editor e o oficial de justiça assinaram o documento que registrava metodicamente o número de exemplares eliminados a cada operação.

A soma total: 99.999 exemplares...

26
A garota que veio de longe

As pessoas que caem frequentemente arrastam
em sua queda os que lhes prestam socorro.
– STEFAN ZWEIG

CLÍNICA DO HOTEL
OITO HORAS DA MANHÃ

– Ei, não é roncando como um porco que você vai cuidar de mim!

Abri os olhos sobressaltado. Com o corpo todo encolhido e recostado no braço de uma poltrona de carvalho, minha coluna estava destruída e as pernas dormentes.

Billie estava sentada na cama. Seu rosto de giz ganhara um pouco de cor, mas os cabelos estavam ainda mais brancos. De qualquer forma, ela havia recuperado um pouco do entusiasmo, o que no fim das contas era um bom sinal.

– Como você se sente?

– Um trapo – ela confessou, mostrando a língua novamente cor-de-rosa. – Poderia me passar um espelho, por favor?

– Não acho que seja uma boa ideia.

Como ela insistia, fui obrigado a lhe estender o espelhinho que desenganchei da parede do banheiro.

Ela se olhou com pavor, puxou os cabelos, esgarçou-os, desgrenhou-os e examinou as raízes, aterrada ao ver que numa única noite sua insolente cabeleira dourada se transformara em um cabelo de vovó.

– Como... como é possível? – perguntou, enxugando a lágrima que lhe escorria pela face.

Pousei a mão em seu ombro. Incapaz de lhe dar qualquer explicação, eu procurava palavras de conforto quando a porta do quarto se abriu para Milo, que vinha acompanhado do dr. Philipson.

Com uma pasta debaixo do braço e a expressão preocupada, o médico nos cumprimentou laconicamente e mergulhou por um longo momento no estudo dos exames da paciente, deixados na beirada da cama.

– Já temos o resultado de quase todas as análises, senhorita – ele anunciou depois de alguns minutos, nos erguendo um olhar que era um misto de excitação e perplexidade.

Tirou do bolso do jaleco uma caneta hidrográfica branca e instalou o pequeno quadro translúcido que trouxera com ele.

– Em primeiro lugar – começou, rabiscando algumas palavras –, a substância escura e pastosa que a senhorita regurgitou é de fato tinta a óleo. No material, foram encontrados vestígios característicos de pigmentos de cor, polímeros, aditivos e solvente...

Ele deixou a frase no ar e perguntou sem rodeios:

– Tentou se envenenar, senhorita?

– Mas que absurdo! – revoltou-se Billie.

– Faço essa pergunta porque, honestamente, não vejo como alguém poderia expelir esse tipo de substância sem tê-la ingerido previamente. Isso não corresponde a nenhuma patologia conhecida.

– O que mais descobriu? – perguntei, para avançar no assunto.

Mortimer Philipson estendeu a cada um de nós uma folha coberta de algarismos e termos que eu já ouvira em *ER* ou *Grey's Anatomy*, mas cujo significado exato eu ignorava: hemograma, ureia, creatinina, glicemia, exame hepático, hemóstase...

– Como eu pensava, o exame de sangue confirmou a anemia – explicou, escrevendo um novo item no quadro. – Com uma taxa de hemoglobina de nove gramas por decilitro, a senhorita está bem abaixo do normal. Isso explica principalmente a palidez, o enorme cansaço, as dores de cabeça, as palpitações e as tonturas.

– E essa anemia é sintoma de quê? – perguntei.

– Precisaremos fazer outras análises para determinar – explicou Philipson –, mas não é isso o que mais me preocupa no momento...

Meus olhos não desgrudavam do resultado dos exames de sangue e, mesmo não sendo especialista, podia ver claramente que um dos números estava estranho.

– Por acaso é a taxa de glicemia que não vai bem?

– Sim – concordou Mortimer –, 0,1 grama por litro. Trata-se de uma forma severa e desconhecida de hipoglicemia.

– Como assim "desconhecida"? – preocupou-se Billie.

– A pessoa está hipoglicêmica quando a taxa de açúcar no sangue é muito baixa – explicou sumariamente o médico. – Quando o cérebro não consegue obter glicose suficiente, ocorrem vertigens e cansaço, mas a sua taxa, senhorita, é inconcebível...

– O que significa...

– ...que neste momento em que converso com os senhores, a senhorita deveria estar morta ou no mínimo mergulhada em coma profundo.

A voz de Milo se misturou à minha:

– Deve haver um engano!

Philipson balançou a cabeça.

– Repetimos os exames três vezes. É incompreensível, mas isso não é o mais misterioso.

Ele destampou mais uma vez a caneta branca, que deixou apontada para cima.

– Na noite passada, um jovem médico, que é meu orientando no doutorado, tomou a iniciativa de fazer uma espectrografia. Trata-se de uma técnica que permite identificar moléculas, medir sua massa e caracterizar sua estrutura quím...

– E o que ele concluiu? – interrompi.

– O espectro mostrou a presença de hidratos de carbono anômalos. Para ser mais explícito, a senhorita tem celulose no sangue.

Escreveu a palavra CELULOSE no quadro transparente.

– Como vocês devem saber – continuou –, a celulose é o principal elemento da madeira. O algodão e o papel também contêm uma parcela significativa dessa substância.

Eu não entendia aonde ele queria chegar. Ele esclareceu seu pensamento nos fazendo uma pergunta:

– Imaginem se vocês comessem chumaços de algodão. O que acham que aconteceria?

– Nada muito grave, provavelmente – afirmou Milo. – Evacuaríamos no vaso...

– Exatamente – concordou Philipson. – A celulose não é digerida pelo ser humano, nos diferenciando dos animais herbívoros, como vacas ou cabras.

– Se entendi bem – disse Billie –, o corpo humano normalmente não contém celulose, logo...

– ...logo – concluiu o médico –, sua composição biológica não é a de um ser humano. É como se uma parte da senhorita estivesse se tornando "vegetal"...

* * *

Ele deixou que um longo silêncio reinasse no ambiente, como se ele próprio tivesse dificuldade em admitir as conclusões dos exames que pedira.

Restava uma última folha em sua pasta: o resultado das análises dos cabelos brancos da jovem mulher.

– Os cabelos contêm uma concentração fortíssima de hidrossulfito de sódio e peróxido de hidrogênio, mais conhecido como...

– ...água oxigenada – adivinhei.

– Em termos simples – completou o médico –, essa substância é naturalmente secretada pelo corpo. Com a velhice, ela é responsável pelo branqueamento de nossos cabelos, pois inibe a síntese dos pigmentos que lhes conferem cor. Mas isso normalmente é um processo muito lento, e nunca vi o cabelo de uma pessoa de vinte e seis anos ficar branco numa noite.

– É irreversível? – perguntou Billie.

– Hum... – vacilou Mortimer –, às vezes vemos uma repigmentação parcial após a cura de certas doenças ou após a interrupção de tratamentos agressivos, mas... tenho que confessar que são casos isolados.

Pensativo, olhou para Billie com sincera compaixão e reconheceu diante de nós:

– Sua patologia claramente ultrapassa minhas competências e as desta pequena clínica, senhorita. Vamos mantê-la em observação por hoje, mas recomendo energicamente que retorne a seu país.

* * *

Uma hora mais tarde

Permanecemos os três no quarto. Depois de chorar todas as lágrimas de seu corpo, Billie terminara pegando no sono. Refestelado numa cadeira, Milo terminava a bandeja de refeição que Billie recusara, porém sem tirar os olhos do quadro esquecido pelo médico:

Pigmentos de tinta
Solvente aditivos

Anemia
Celulose

Água oxigenada
Hidrossulfito de sódio

– Talvez eu tenha uma pista – ele disse, levantando-se subitamente.

Plantou-se diante do quadro, pegou a caneta e desenhou uma chave ligando as duas primeiras linhas.

– Essa espécie de tinta grossa e viscosa que sua namorada vomitou é aquela utilizada pelas rotativas de uma gráfica. Em especial, no sistema de impressão de seus livros...

– E daí?

– E a celulose é o primeiro elemento da madeira, certo? E a madeira serve para fabricar...

– Hum... móveis?

– ...pasta de papel – ele corrigiu, completando as anotações do dr. Philipson. – Quanto à água oxigenada e ao hidrossulfito de sódio, são dois produtos químicos utilizados para branquear...

– ...o papel, não?

Como resposta, ele virou o quadro transparente em minha direção.

Pigmentos de cor
Solvente aditivos) → TINTA

Anemia
Celulose) → PAPEL

Água oxigenada
Hidrossulfito de sódio) → AGENTES BRANQUEADORES

– No começo eu não quis acreditar em você, Tom, a respeito dessa história de heroína de romance caída de um livro, mas sou obrigado a me render às evidências: sua namorada está prestes a se transformar em papel de novo.

Ele permaneceu por um instante com os olhos no vazio antes de terminar seus rabiscos.

Pigmentos de cor
Solvente aditivos) → TINTA

Anemia
Celulose) → PAPEL → LIVRO!!!

Água oxigenada
Hidrossulfito de sódio) → AGENTES BRANQUEADORES

– O mundo da ficção está prestes a recuperar os seus direitos – concluiu.

Então passou a vagar pelo quarto, fazendo gestos amplos. Eu nunca o vira tão elétrico.

– Calma – ponderei. – O que você quer dizer exatamente com isso?

– É evidente, Tom. Se a Billie é uma personagem de papel, ela simplesmente não pode evoluir na vida real!

– Como o peixe não pode sobreviver fora d'água...

– Exatamente! Pense nos filmes da nossa infância. Por que o ET fica doente?

– Porque não consegue permanecer muito tempo longe de seu planeta.

– Por que a sereia de *Splash* não pode permanecer na terra? Por que o homem não pode viver na água? Porque cada organismo é diferente e não se adapta a qualquer meio ambiente.

Seu raciocínio fazia sentido, exceto por um detalhe.

– A Billie acabou de passar três dias comigo, e eu posso lhe garantir que estava a mil por hora e que a vida real não a desagradava nem um pouco. Por que naufragou tão de repente?

– É verdade, isso é um mistério – admitiu.

Milo gostava da lógica e da racionalidade. Circunspecto, sentou-se novamente na cadeira e cruzou as pernas antes de prosseguir com seus pensamentos.

– Temos que raciocinar a partir da "porta de entrada" – resmungou –, a brecha pela qual uma personagem de ficção foi capaz de penetrar em nossa realidade.

– Eu já disse várias vezes: Billie *caiu de uma linha, no meio de uma frase inacabada* – expliquei, usando a fórmula que ela mesma utilizara em nosso primeiro encontro.

– Ah, sim, a tiragem de cem mil livros com metade das páginas não impressas! É isso, sua "porta de entrada". A propósito, preciso me certificar de que eles foram destru...

Ele ficou de boca aberta, sem terminar a frase, depois agarrou o celular. Eu o vi fazer desfilar dezenas de *e-mails* até encontrar o que procurava.

– A que horas a Billie apresentou os primeiros sintomas de mal-estar? – perguntou sem erguer os olhos da tela.

– Eu diria que por volta da meia-noite, quando voltamos para o quarto.

– De acordo com o fuso, duas da manhã em Nova York, certo?

– Certo.

– Então eu já sei o que desencadeou a crise – afirmou, passando-me seu iPhone.

Na tela, li o *e-mail* enviado a Milo pelo meu editor:

De: robert.brown@doubleday.com

Para: milo.lombardo@gmail.com

Data: 9 de setembro de 2010 02:03

Assunto: Confirmação de destruição de estoque com defeito

Prezado senhor,

Confirmo a total destruição por trituração da tiragem com defeito da edição especial do segundo volume da *Trilogia dos anjos*, de Tom Boyd.

Número de exemplares destruídos: 99.999.

Operação realizada neste dia, fiscalizada por um oficial de justiça, das oito da noite às duas da manhã, na estação de trituração da Usina Shepard, Brooklyn, NY.

Meus melhores cumprimentos,

R. Brown

– Você viu a hora do *e-mail*?

– Vi – concordei –, exatamente a hora em que ela passou mal.

– A Billie está *fisicamente ligada* aos exemplares com defeito – ele sentenciou.

– Ao tentar acabar com eles, estamos acabando com ela.

Estávamos ambos superempolgados e aterrorizados com a descoberta. Acima de tudo, nos sentíamos impotentes diante de uma situação tão insólita.

– Se não fizermos nada, ela vai morrer.

– O que você quer fazer? – ele me perguntou. – Eles destruíram o estoque inteiro!

– Não. Se fosse esse o caso, ela já estaria morta. Restou pelo menos um livro que eles não conseguiram triturar.

– O exemplar que o editor me enviou e que eu entreguei a você! – ele exclamou. – Mas o que você fez com ele?

Precisei vasculhar minha memória para lembrar. Eu me lembrava de tê-lo consultado na maldita noite em que Billie aparecera, ensopada, na minha cozinha, depois na manhã seguinte também, um pouco antes de me mostrar sua tatuagem, e depois...

Eu tinha dificuldade em me concentrar. Na minha cabeça, as imagens afloravam e desapareciam imediatamente como *flashes*: e depois... e depois... tínhamos brigado e, num rompante de cólera, eu havia jogado o romance no cesto de lixo da minha cozinha!

– Estamos realmente na merda! – lançou Milo, depois que eu lhe expliquei onde aquele derradeiro exemplar fora parar.

Esfreguei as pálpebras. Eu também estava com febre. Culpa do meu entorse que doía demais; culpa do exército de mexicanos que havia me moído no bar perto do hotel à beira da estrada; culpa do meu corpo, que eu entupira de remédios; culpa daquele soco que o outro doido de pedra me desferira de surpresa; culpa daquele beijo inesperado e perturbador que aquela garota esquisita que devastara minha vida me roubara...

Torturado pela enxaqueca, eu imaginava o interior do meu crânio como um globo terrestre no qual houvesse lava em verdadeira fusão. No meio desse pântano incoerente, uma coisa ficou clara para mim.

– Preciso ligar para a faxineira para que ao menos ela não jogue o livro fora – eu disse a Milo.

Ele me passou o celular e consegui logo falar com Tereza. Infelizmente, a velha me comunicou que tirara o lixo dois dias antes.

Milo compreendeu imediatamente e fez uma careta. Onde estaria o romance agora? Num centro de triagem de detritos? Prestes a ser incinerado ou reciclado? Alguém o teria recolhido na rua? Tínhamos de nos lançar à sua procura, mas isso era o mesmo que procurar agulha no palheiro.

Uma coisa, porém, era certa: eu tinha de agir rápido.

Pois a vida de Billie estava por um livro.

27
Always on my mind

Amar alguém é amar também a sua felicidade.
– Françoise Sagan

Billie ainda dormia. Milo havia saído para avisar Carole, e havíamos combinado de nos encontrar duas horas mais tarde na biblioteca do hotel, para fazer algumas pesquisas e elaborar nosso plano de batalha. Ao atravessar o saguão, deparei-me com Aurore, que fazia o *check-out* na recepção.

Com os cabelos propositalmente despenteados e óculos escuros de celebridade, usava, em estilo boêmio e retrô, vestido curto, jaqueta *perfecto*, botas de salto alto e uma bolsa de viagem *vintage*. Na maioria das mulheres, o efeito teria sido *too much*, mas nela estava impecável.

– Você está indo embora?

– Tenho um concerto em Tóquio amanhã à noite.

– No Kioi Hall? – perguntei, surpreso por lembrar o nome do lugar onde ela se apresentara quando a acompanhei em sua turnê pelo Japão.

Seu olhar se acendeu.

– Lembra do velho Plymouth Fury que você alugou? Foi uma luta encontrar a sala do concerto e cheguei três minutos antes do recital. Ainda estava esbaforida quando entrei no palco!

– Mesmo assim, tocou bem.

– E depois do concerto rodamos a noite inteira para dar uma olhada nos "infernos em ebulição" de Beppu.*

---

* Situada na ilha vulcânica e montanhosa de Kyushu, a cidade de Beppu é famosa pelas milhares de fontes de água quente, que fazem dela a cidade mais geotérmica do mundo.

A evocação do episódio nos levou à nostalgia. Sim, havíamos conhecido momentos de felicidade e amenidade, e eles não estavam tão distantes...

Aurore rompeu o silêncio meio constrangedor, meio charmoso, desculpando-se pelo comportamento de Rafael Barros. Naquela noite, ela telefonara para ter notícias minhas, mas eu não estava no quarto. Enquanto um funcionário do hotel cuidava de suas malas, contei-lhe rapidamente o que se passara com Billie. Ela me escutou com interesse. Eu sabia que sua mãe morrera aos trinta e nove anos de um câncer de mama tardiamente detectado. Desde essa perda brutal, ela se tornara um pouco hipocondríaca, preocupadíssima com tudo relacionado à sua saúde e à de seus amigos.

– Parece mesmo sério. Não demore para levá-la a um médico competente... Se quiser, posso recomendar um.

– Quem?

– O professor Jean-Baptiste Clouseau, infalível no diagnóstico. Uma espécie de dr. House francês. Ele é chefe de cardiologia em Paris e dedica grande parte de seu tempo à criação de um coração inteiramente artificial. Mas, se procurá-lo em meu nome, será atendido.

– Ex-namorado?

Ela ergueu os olhos para o céu.

– Trata-se de um grande amante da música que vai a Paris sempre que me apresento por lá. Se vier a conhecê-lo pessoalmente, verá que, fisicamente, não é nenhum Hugh Laurie. Mas é um verdadeiro gênio.

Enquanto falava, ela havia pegado seu BlackBerry e procurava nos contatos o número do médico.

– Estou passando para você – disse, entrando no carro.

Um funcionário fechou a porta e olhei o sedã se afastar em direção ao portão maciço que protegia a entrada do complexo. Cinquenta metros adiante, porém, o táxi se deteve no meio do caminho, e Aurore voltou correndo em minha direção para me roubar um beijo. Antes de partir, tirou do bolso seu iPod e o deixou comigo, após ter colocado os fones em meus ouvidos.

O gosto de sua língua permanecia em meus lábios, assim como em minha cabeça a melodia e a letra da canção que ela deixara programada:

a música mais linda de Elvis, que eu havia lhe mostrado quando estávamos suficientemente apaixonados para nos presentear com canções.

Maybe I didn't treat you
Quite as good as I should have
Maybe I didn't love you
Quite as often as I could have
...
You were always on my mind
You were always on my mind

* * *

Talvez não tenha te tratado
Tão bem quanto deveria
Talvez não tenha te amado
Tanto quanto poderia
(Mas) Você não me saía da cabeça
Não me saía da cabeça

28
Tribulações

O leitor, em pé de igualdade com o autor, pode ser considerado o personagem principal do romance – sem ele, nada é possível.

– Elsa Triolet

Como um hotel podia ter uma biblioteca tão suntuosa?

Visivelmente, a generosidade do rico emir não beneficiara apenas a clínica médica. O que mais impressionava era o lado anacrônico e "elitista" do lugar – acreditaríamos estar na sala de leitura de uma prestigiosa universidade anglo-saxã, e não na biblioteca de um clube de férias. Milhares de volumes elegantemente encapados repousavam em prateleiras sustentadas por colunas coríntias. Nesse ambiente quieto e intimista, as pesadas portas esculpidas, os bustos de mármore e as madeiras antigas nos remetiam a séculos de distância no passado. Uma única concessão à modernidade: computadores de última geração embutidos em móveis de nogueira.

Eu teria adorado poder trabalhar num ambiente daqueles quando mais jovem. Minha casa não tinha escritório. Eu fazia os deveres trancado no banheiro, usando uma prancheta nos joelhos como escrivaninha e um capacete de operário na cabeça para abafar os gritos dos vizinhos.

De óculos redondos, suéter angorá e saia escocesa, até a bibliotecária passava a impressão de ter sido teletransportada de outro universo. Enquanto eu lhe mostrava a lista dos livros que desejava consultar, ela me confessou que eu era o primeiro "leitor" do dia.

– Nas férias, os hóspedes geralmente preferem a praia à leitura de Georg Wilhelm Friedrich Hegel.

Esbocei um sorriso enquanto ela me passava uma pilha de livros e uma caneca de chocolate quente com especiarias mexicanas.

Para aproveitar a luz natural, instalei-me próximo a um dos janelões, ao lado de um globo celeste de Coronelli, e me pus imediatamente ao trabalho.

* * *

A atmosfera era propícia ao estudo. O silêncio só era perturbado pelo farfalhar das páginas viradas e pelo suave deslizar de minha caneta sobre o papel. Na mesa à minha frente, abrira diversas obras de referência que havia estudado na faculdade, entre elas *Que é a literatura?*, de Jean-Paul Sartre, *Lector in fabula*, de Umberto Eco, e o *Dicionário filosófico*, de Voltaire. Em duas horas, cobrira uma dúzia de páginas com anotações. Eu me encontrava em meu ambiente – rodeado de livros, num mundo de quietude e reflexão. Sentia-me novamente um professor de literatura.

– Uau! Parece que estamos na faculdade! – exclamou Milo, adentrando a augusta sala como um elefante em uma loja de porcelana.

Deixou a bolsa em uma das poltronas Charleston e se debruçou sobre meu ombro.

– Então, descobriu alguma coisa?

– Talvez eu tenha um plano de guerra, quer dizer, se você topar me ajudar.

– Claro que eu topo.

– A primeira coisa então é distribuir as tarefas – eu disse, tampando a caneta. – Você volta a Los Angeles para tentar encontrar o último exemplar com defeito. Eu sei que é missão impossível, mas, se ele for destruído, a Billie com certeza vai morrer.

– E você?

– Vou levá-la a Paris para uma consulta com o médico que a Aurore recomendou, para ao menos tentar deter a doença, mas principalmente...

Juntei minhas anotações para ser o mais claro possível.

– Principalmente...

– Preciso escrever o terceiro volume da minha trilogia para devolver a Billie ao mundo do imaginário.

Milo franziu as sobrancelhas.

– Não entendo muito bem como o fato de escrever um livro vai levá-la *concretamente* de volta para seu universo.

Agarrei meu bloquinho e, como fez o dr. Philipson, tentei reunir os pontos importantes de minha dedução.

– O mundo real é aquele em que você, a Carole e eu vivemos. É a vida real, o campo no qual podemos agir e que partilhamos com nossos semelhantes.

– Até aí, estamos de acordo.

– Por outro lado, o mundo imaginário é o da ficção e do devaneio. Ele reflete a subjetividade de cada leitor. Era nesse nível que a Billie evoluía – expliquei, emendando minhas afirmações com alguns breves apontamentos:

MUNDO REAL (a vida real)	MUNDO IMAGINÁRIO (a ficção)
TOM-MILO-CAROLE	BILLIE

– Continue – pediu Milo.

– Como você mesmo disse, a Billie pôde transpor a fronteira que separa os dois mundos devido a um acidente industrial: a impressão de cem mil exemplares do meu livro com defeito. Foi o que você chamou de "porta de entrada".

MUNDO REAL (a vida real)	MUNDO IMAGINÁRIO (a ficção)
TOM-MILO-CAROLE	BILLIE

LIVRO DEFEITUOSO
= PORTA DE ENTRADA PARA O MUNDO REAL

– Tá – ele aprovou.

– Bem, e o que temos agora é uma Billie em vias de definhar em um ambiente que lhe é estranho.

– E o único meio de salvá-la – ele completou – é encontrar o volume com defeito para evitar sua morte na vida real...

– E devolvê-la ao mundo da ficção escrevendo o terceiro volume da trilogia. É a sua "porta de saída" do mundo real.

Milo olhava interessado meu esquema, mas eu podia notar claramente que alguma coisa o incomodava.

– Ainda não entendeu como o novo livro vai possibilitar a partida dela, é isso?

– Não concretamente.

– Tudo bem. Preste atenção. Na sua opinião, quem cria o mundo imaginário?

– Você! Ou melhor, o escritor, no fim das contas.

– Sim, mas ele não está sozinho! Porque eu faço apenas metade do trabalho.

– E quem faz a outra metade?

– O leitor...

Ele me fitou ainda mais perplexo.

– Veja o que Voltaire escreveu em 1764 – eu disse, passando-lhe meus apontamentos.

Ele se debruçou sobre as folhas e leu em voz alta:

– "Os livros mais úteis são aqueles cuja metade é feita por seus leitores."

Levantei-me da cadeira e, inabalável, desenvolvi minha argumentação:

– No fundo, o que é um livro, Milo? Meras letras dispostas em certa ordem no papel. Não basta ter colocado o ponto-final em uma narrativa para fazê-la existir. Embora eu tenha em minhas gavetas alguns começos de originais não publicados, eu os considero histórias mortas, já que nunca ninguém pousou os olhos sobre elas. É o leitor que lhes dá vida, compondo imagens que criarão o mundo imaginário no qual se movem os personagens.

Nossa conversa foi interrompida pela bibliotecária, que ofereceu a Milo uma xícara de seu chocolate com especiarias. Meu amigo deu um gole na bebida antes de observar:

– Sempre que um dos seus livros é lançado nas livrarias e começa a ter vida própria, você diz que ele não lhe pertence mais...

– Exato! Pertence ao leitor, que assume as rédeas se apropriando dos personagens e os fazendo viver em sua mente. Às vezes, chega a interpretar determinadas passagens à sua maneira, atribuindo-lhes um sentido que não era o que eu tinha em mente no início, mas isso faz parte do jogo!

Milo me escutava com atenção enquanto rabiscava em meu bloco:

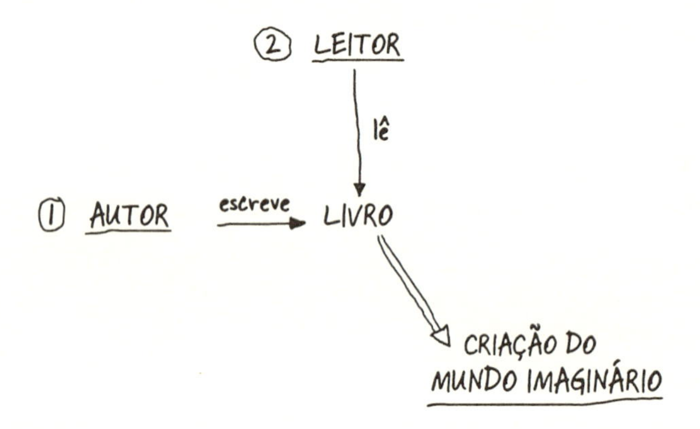

Eu acreditava piamente naquela teoria. Sempre achei que um livro só existe de fato por sua relação com o leitor. Eu mesmo, depois que comecei a ler, sempre tentei mergulhar o máximo possível no imaginário de meus romances preferidos, antecipando, criando mil hipóteses, procurando sempre estar um passo à frente do autor e até mesmo prolongando em minha mente a história dos personagens, muito depois de ter virado a última página. Para além das palavras impressas, é a imaginação do leitor que transcende o texto e permite à história existir plenamente.

– Então, se eu entendi bem, para você, escritor e leitor são parceiros na criação do mundo imaginário?

– Não sou eu quem diz isso, Milo, é Umberto Eco! É Jean-Paul Sartre! – argumentei, estendendo-lhe o livro aberto no qual eu sublinhara esta frase: "A leitura é um pacto de generosidade entre o autor e o leitor; um confia no outro, um conta com o outro".

– Mas e concretamente?

– Concretamente, vou começar a escrever meu novo romance, mas, apenas quando os primeiros leitores o descobrirem, o mundo imaginário tomará forma e a Billie desaparecerá do mundo real para retomar sua vida na ficção.

– Então não tenho um único segundo a perder – ele disse, instalando-se diante da tela de um computador. – Preciso encontrar de qualquer forma o último exemplar com defeito. É o único jeito de manter a Billie viva enquanto você escreve seu novo romance.

Ele se conectou ao *site* da Mexicana Airlines.

– Há um voo para Los Angeles em duas horas. Saindo agora, estarei em MacArthur Park à noite.

– O que você tem em mente?

– Se você pretende levar a Billie para Paris, ela vai precisar de um passaporte falso com urgência. Mantive alguns contatos que podem ser úteis...

– E o seu carro?

Ele abriu a bolsa e tirou de lá vários maços de cédulas, que dividiu em duas partes iguais.

– Um homem de confiança de Yochida Mitsuko veio apanhá-lo hoje de manhã. Foi tudo que consegui tirar dele, mas isso vai nos ajudar a sobreviver por algumas semanas.

– Depois disso, teremos esgotado todos os nossos recursos.

– É, e com o que devemos ao fisco estaremos endividados pelos próximos vinte anos...

– Isso você esqueceu de me contar, não?

– Achei que você tinha entendido.

Tentei não dar a devida importância à situação.

– Vamos tentar salvar uma vida, é a coisa mais nobre do mundo, não é?

– Tenho certeza disso – ele respondeu –, mas essa Billie vale nosso empenho?

– Acho que ela joga no nosso time – eu disse, procurando as palavras certas. – Acho que ela poderia pertencer à nossa "família", a que escolhemos, você, a Carole e eu. Porque no fundo sei que ela não é muito diferente de nós. Debaixo daquela carapaça existe uma pessoa sensível e generosa. Uma falastrona de coração puro, já calejada pela vida.

Demos um abraço para nos despedir. Ele já estava na porta quando se virou para mim.

– Você vai mesmo escrever esse último romance? Pensei que não fosse mais capaz de juntar três palavras numa linha.

Olhei para o céu através da janela. Grandes nuvens cinzentas vedavam o horizonte, dando ao lugar ares de campo inglês.

– Tenho outra escolha? – perguntei, fechando meu bloquinho de anotações.

29

Quando estamos juntos

À noite, senti frio, me levantei e
fui cobri-la com um segundo cobertor.
– Romain Gary

Aeroporto Charles de Gaulle
Domingo, 12 de setembro

O motorista de táxi pegou a mala de Billie e a colocou no porta-malas autoritariamente, esmagando assim a pasta que carregava meu computador. Na cabine do Prius *flex*, o rádio estava tão alto que tive de repetir três vezes meu destino ao motorista.

O carro deixou nosso ponto de partida e rapidamente se viu enredado nos engarrafamentos da marginal.

– Bem-vinda à França – eu disse, dando uma piscadela para Billie.

Ela deu de ombros.

– Não vai conseguir diminuir o que sinto por estar aqui. Visitar Paris era meu sonho!

Após alguns quilômetros de engarrafamento, o carro saiu pela Porte Maillot antes de entrar na avenida da Grande Armée e continuar até a rotatória da Champs-Élysées. Como uma criança, Billie continuava boquiaberta, descobrindo sucessivamente o Arco do Triunfo, "a mais bela avenida do mundo", bem como as vertigens da Place de la Concorde.

Mesmo tendo estado diversas vezes na cidade com Aurore, não se podia dizer que eu conhecesse bem Paris. Sempre entre dois concertos e dois aviões, Aurore era uma nômade que nunca tivera tempo de me mostrar sua cidade natal. De qualquer forma, minhas temporadas por ali nunca haviam excedido dois ou três dias seguidos, que geralmente passávamos trancados em seu belo apartamento da Rue Las Cases, perto da basílica de Santa Clotilde. Assim, da capital eu conhecia apenas alguma ruas do sexto e do sétimo *arrondissements*, e uma dezena de restaurantes e galerias da moda aonde ela me levara.

O táxi atravessou o Sena até a Rive Gauche e virou na altura do Quai d'Orsay. Ao avistar o campanário e os contrafortes da igreja de Saint-Germain-des-Prés, compreendi que já nos aproximávamos do apartamento mobiliado que lá do México eu alugara pela internet. Com efeito, após algumas manobras, o motorista nos deixou no número 5 da Rue Furstemberg, em frente a uma pracinha redonda cheia de lojinhas antigas, seguramente uma das mais encantadoras que já vi.

Na esplanada central, quatro altas paulównias protegiam um poste com cinco globos. O sol se refletia nos telhados azuis de ardósia. Perdido entre as ruas estreitas, longe da agitação do bulevar, o luar era uma ilhota atemporal e romântica saída diretamente de um desenho de Peynet.

* * *

No momento em que escrevo estas linhas, mais de um ano se passou desde aquela manhã, mas a lembrança de Billie saindo do carro e arregalando os olhos deslumbrados continua viva em minha mente. Na época, eu não sabia que as semanas que nos preparávamos para viver seriam ao mesmo tempo as mais dolorosas e as mais belas de nossa vida.

* * *

Dormitório feminino
***Campus* de Berkeley**
Califórnia

– Encomenda para você! – gritou Yu Chan, entrando no quarto que dividia com Bonnie Del Amico depois da volta às aulas na universidade.

Sentada diante da escrivaninha, Bonnie ergueu os olhos do computador e agradeceu sua *roommate* antes de voltar a mergulhar na partida de xadrez.

Era uma adolescente de cabelos castanhos curtos e rosto franco, que ainda conservava a forma arredondada da infância. Mas, pelo olhar sério e concentrado, era evidente que, apesar de jovem, a vida nem sempre tinha sido fácil para ela.

O sol de outono dardejava seus raios através da janela e iluminava as paredes do quartinho cobertas de pôsteres ecléticos, que traduziam as paixões das duas adolescentes: Robert Pattinson, Kristen Stewart, Albert Einstein, Obama e o Dalai-Lama.

– Não vai abrir? – perguntou a chinesa depois de alguns minutos.

– Hum... – murmurou Bonnie, com ar distraído. – Deixa eu só terminar de dar uma surra nesta máquina.

Ela tentou uma jogada ousada, avançando seu cavalo para D4, esperando assim traçar o bispo do adversário.

– Talvez seja um presente do Timothy – chutou Yu Chan, examinando o pacote. – Esse cara é completamente tarado por você.

– Hum... – repetiu Bonnie. – Não estou nem aí para o Timothy.

O computador barrou sua jogada traçando sua rainha.

– Bom, então eu abro! – decidiu a asiática.

Sem esperar a amiga assentir, rasgou o envelope e viu um livro grosso com capa de couro granulado: "Tom Boyd – Trilogia dos anjos – volume 2".

– É o romance de segunda mão que você comprou pela internet – ela disse, com uma pontinha de decepção na voz.

– Ãrrã – fez Bonnie.

Agora ela tinha de proteger seu cavalo, mas sem bater totalmente em retirada. Clicou para avançar um peão, mas, empolgada com a ideia, soltou a peça intempestivamente.

Tarde demais...

A palavra XEQUE-MATE! piscava na tela. Mais uma vez fora vencida por aquele monte de ferro-velho!

Não é um bom presságio para o meu campeonato, pensou, saindo do programa.

Na semana seguinte, defenderia as cores de sua escola no campeonato mundial para menores de dezoito anos. Uma competição organizada em Roma, que ao mesmo tempo a entusiasmava e a apavorava.

A adolescente olhou para o relógio de parede em forma de sol e correu para arrumar suas coisas. Pegou o romance que acabara de receber e o meteu na mochila. Mais tarde faria as malas para a viagem a Roma.

– *Addio, amica mia!* – saudou, cruzando a porta do quarto.

Desceu os degraus de três em três e dirigiu-se à estação a passadas largas para pegar o BART, o trem local que liga Berkeley a San Francisco atravessando a baía quarenta metros abaixo do nível do mar. Começou a ler os três primeiros capítulos de seu livro na ilha, antes de descer na estação Embarcadero e pegar um *cable car* na California Street. Lotado de turistas, o bonde atravessou Nob Hill e passou pela Grace Cathedral. A adolescente saltou do vagão de madeira dois quarteirões adiante e se dirigiu à ala de oncologia do Hospital Lenox, onde, duas vezes por semana, era voluntária de uma associação encarregada de entreter os doentes com atividades lúdicas ou artísticas. Sensibilizara-se com essa causa depois de acompanhar por dois anos a agonia da mãe, Mallory, que morrera de câncer alguns anos antes. Bonnie já estava na faculdade, mas tinha apenas dezesseis anos, idade precoce para esse tipo de voluntariado. Felizmente, Elliott Cooper, curador do hospital, era amigo de Garrett Goodrich, médico que acompanhara a mãe dela em seus últimos dias, e fazia vistas grossas para sua presença no hospital.

– Bom dia, sra. Kaufman! – cumprimentou com uma voz alegre, entrando em um dos quartos do terceiro andar.

A simples aparição de Bonnie iluminou o rosto de Ethel Kaufman. Contudo, até muito recentemente a velha sempre se recusara a participar das oficinas de desenho e pintura e dos jogos organizados pela associação, assim como não assistia aos espetáculos de palhaços ou marionetes, que julgava estúpidos e regressivos. Queria que a deixassem morrer em paz, era pedir muito? Mas Bonnie era diferente. A adolescente tinha caráter, além de um misto de candura e inteligência que não deixava Ethel indiferente. As duas passaram semanas se cativando, mas agora seus encontros haviam se tornado indispensáveis. Como sempre, começaram colocando a conversa em dia. Ethel questionou

Bonnie sobre as aulas na universidade e seu próximo torneio de xadrez. Então, a moça tirou o livro da bolsa:

– Surpresa! – disse, mostrando o belo exemplar.

Ethel tinha vista cansada e Bonnie gostava de ler para ela. Nas últimas semanas, ambas haviam se deixado enfeitiçar pelo enredo da *Trilogia dos anjos*.

– Não pude resistir e li os primeiros capítulos – confessou Bonnie. – Vou fazer um resumo rápido para você antes de continuar a leitura, ok?

* * *

THE COFFEE BEAN & TEA LEAF
UM PEQUENO CAFÉ DE SANTA MONICA
DEZ HORAS DA MANHÃ

– Acho que encontrei alguma coisa! – exclamou Carole.

Debruçada sobre seu *notebook*, a jovem policial havia se conectado à internet pela rede *wi-fi* do café.

Com uma caneca de *caramel latte* na mão, Milo se aproximou da tela.

De tanto digitar todo tipo de palavras-chave nos buscadores, Carole acabara se deparando com uma página do e-Bay que oferecia o exemplar único que procuravam.

- Essa é demais! – exclamou ele, derrubando metade da bebida na camisa.

– Acha que é o que procuramos?

– Sem dúvida – ele declarou, observando a fotografia. – Depois do processo de trituração, essa capa de couro só pode envolver um único exemplar.

– Infelizmente já foi vendido – resmungou Carole.

O livro fora ofertado no e-Bay dias antes e encontrara comprador na mesma hora pela soma irrisória de catorze dólares.

– De qualquer forma, a gente pode tentar entrar em contato com o vendedor para saber quem comprou.

Sem esperar resposta, Carole clicou no *link* que permitia visualizar o perfil do membro: *annaboro73*, inscrito há seis meses e avaliado positivamente.

Carole mandou um *e-mail* explicando que desejava entrar em contato com a pessoa que havia adquirido aquele item. Aguardaram então uns bons cinco minutos, com a esperança incrédula de que chegaria uma resposta instantânea, até que Milo perdeu a paciência e redigiu um *e-mail* mais explícito acompanhado da promessa de uma recompensa de mil dólares.

– Tenho que voltar para o trabalho – disse Carole, consultando o relógio.

– Onde está seu parceiro?

– Ele está doente – ela respondeu, deixando o café.

Milo decidiu acompanhá-la e se instalou ao lado dela na viatura policial.

– Você não pode entrar aqui! Estou trabalhando, e este é um carro de patrulha.

Ele fez como se não ouvisse e deu continuidade à conversa.

– Como é mesmo o pseudônimo dela?

– *annaboro73* – respondeu Carole, dando a partida.

– Bom, Anna é o primeiro nome, certo?

– Parece lógico.

– Boro é sobrenome. Ela não escreveu Borrow, que é mais comum, mas *boro*, o que nos faz pensar em um diminutivo de um nome alemão.

– Ou polonês, não? Tipo Borowski.

– É, é isso.

– E o número? Acha que corresponde à data de nascimento?

– Pode ser – respondeu Milo.

Pelo celular, ele já se conectara ao *site* da lista telefônica, mas, apenas na região de Los Angeles, havia umas dez Anna Borowski.

– Me passe o rádio – pediu Carole, fazendo uma curva.

Milo pegou o transmissor, sem perder a chance de uma pequena improvisação:

– Aqui é da Terra, capitão Kirk a bordo da nave *Enterprise*. Pedimos autorização para pousar na base.

Carole olhou para ele com pena.

– O que foi? Não é engraçado?

– É, Milo, quando temos oito anos é engraçado...

Tomou-lhe o rádio e com toda a autoridade despachou:

– Central, aqui é a sargento Alvarez, matrícula 364B1231. Poderia me arranjar o endereço de Anna Borowski, supostamente nascida em 1973?

– Ok, sargento.

* * *

Paris
Saint-Germain-des-Prés

Nosso quarto e sala mobiliado ficava no último andar do prediozinho branco que dava para a pracinha sombreada, e imediatamente nos sentimos "em casa".

– Qual é a programação?

Aparentemente, o ar de Paris lhe devolvera a saúde. Embora seus cabelos continuassem brancos e sua tez, pálida, ela parecia ter recuperado um pouco da forma.

– Acho que você esqueceu que tenho quinhentas páginas para escrever.

– Uma ninharia, convenhamos! – ela brincou, aproximando-se da janela para oferecer seu rosto aos raios de sol.

– Tudo bem, uma volta rápida então. Só para você conhecer o bairro.

Vesti o casaco enquanto ela retocava a maquiagem.

Saímos.

Como os dois turistas que éramos, flanamos primeiro pelas estreitas ruas de Saint-Germain, parando a cada vitrine de livraria ou antiquário, consultando os cardápios de cada café, bisbilhotando as caixas metálicas dos alfarrabistas à beira do Sena.

Apesar das lojas de luxo que pouco a pouco substituíam os estabelecimentos culturais, o espírito do bairro conservava algo de mágico. Naquele emaranhado de ruazinhas, a atmosfera era especial, e por toda parte se respirava amor aos livros, à poesia e à pintura. Todas as ruas, todos os prédios em nosso caminho atestavam um rico passado cultural. Voltaire trabalhara no Procope, Verlaine ia até ali beber seu absinto, Delacroix mantinha seu ateliê na Rue Furstemberg, Racine morara na Rue Visconti, na mesma rua Balzac abrira falência com uma gráfica, Oscar Wilde morrera na solidão e na miséria em um sórdido hotel da Rue Des Beaux-Arts, Picasso pintara *Guernica* na Rue Des Grands Augustins, Miles Davies tocara na Rue Saint-Benoît, Jim Morrison se hospedara na Rue de Seine...

Vertigem avassaladora.

Billie, por sua vez, estava radiante, pavoneando-se ao sol com um guia na mão, atenta para não perder nada do passeio.

Ao meio-dia, fizemos uma pausa na varanda de um café. Enquanto emendava um expresso italiano no outro, eu a observava se deliciar, toda sorrisos, com queijo branco com mel e torrada com geleia de framboesa. Alguma coisa mudara entre nós. Nossa agressividade mútua evaporara para dar lugar a uma nova cumplicidade. Agora éramos aliados, e tínhamos plena consciência de que nossos momentos juntos estavam contados, que eram frágeis e que tínhamos todo interesse em nos proteger reciprocamente.

– Ei, vamos por aqui, vamos visitar aquela igreja! – ela sugeriu, apontando para o campanário de Saint-Germain.

Enquanto eu pegava a carteira para pagar a conta, Billie deu o último gole em seu chocolate quente e se levantou da cadeira. Como uma criança travessa, correu para atravessar a rua justamente quando vinha um carro em sentido contrário.

O susto fez com que ela se estatelasse no meio da rua.

* * *

San Francisco
Hospital Lenox

Decepcionada, Bonnie deu uma folheada no romance e percebeu que as páginas finais estavam em branco.

– Acho que não vai dar para saber o fim da história hoje, sra. Kaufman.

Ethel franziu as sobrancelhas e examinou o livro mais atentamente. Ele se interrompia bruscamente na página 266, bem no meio de uma frase.

– Com certeza foi um erro de impressão. Você tem de levá-lo à livraria.

– Comprei pela internet.

– Então caiu no golpe como um patinho.

Envergonhada, Bonnie sentiu que enrubescia. Pena. O livro era arrebatador, e as ilustrações em aquarela muito benfeitas.

– Está na mesa! – gritou o atendente de plantão, empurrando a porta do quarto para servir as bandejas.

Como acontecia todas as vezes que ia até ali, Bonnie tinha direito a uma refeição. No cardápio, sopa de legumes, salada de couve-de--bruxelas e bacalhau ensopado.

Bonnie travou os dentes e se obrigou a comer um pouco. Por que o peixe boiava na água? Por que a sopa de ervilha tinha aquela cor amarronzada? E a salada sem sal... argh.

– Bem ruinzinho, não? – queixou-se a sra. Kaufman.

– Está entre o completamente nojento e o simplesmente imundo – admitiu Bonnie.

A velha esboçou um sorriso.

– Eu daria tudo por um bom suflê de chocolate. É meu pecado venial.

– Nunca provei! – disse Bonnie, lambendo os beiços.

– Vou escrever a receita para você – ofereceu-se Ethel. – Me passe uma caneta e esse livro! Que pelo menos ele sirva para alguma coisa.

Ethel abriu o romance e, na primeira das páginas brancas, escreveu com sua letra mais caprichada:

Suflê de chocolate

200 g de chocolate amargo
50 g de açúcar
5 ovos
30 g de farinha de trigo
500 ml de leite semidesnatado

1) Quebrar o chocolate em pedaços e derretê-lo em banho-maria...

* * *

Paris
Saint-Germain-des-Prés

– Abra os olhos!

O corpo de Billie jazia no meio da rua.

Por um triz o Clio evitara o choque com uma brusca freada. Na Rue Bonaparte, o trânsito fora interrompido, e uma aglomeração se formava em torno da garota.

Eu estava debruçado sobre ela, erguendo suas pernas para permitir que o sangue lhe voltasse ao cérebro. Virei sua cabeça de lado e afrouxei suas roupas, seguindo ao pé da letra as instruções que o dr. Philipson me passara. Billie acabou recuperando a consciência. Uma síncope comparável à que sofrera no México.

– Pode ir tirando o cavalinho da chuva, eu ainda não morri – ela zombou.

Apertei-lhe o pulso, que continuava fraco. Ela ofegava, e gotas de suor brotavam de sua testa.

No dia seguinte tínhamos uma consulta com o professor Clouseau, o médico recomendado por Aurore. Eu sinceramente esperava que sua competência estivesse à altura de sua reputação.

* * *

Los Angeles

– Polícia, abra!

Pelo olho mágico, Anna observava a oficial de polícia que batia à porta.

– Sei que está aí, sra. Borowski! – gritou Carole, mostrando seu distintivo.

Resignada, Anna puxou o trinco e passou o rosto preocupado pelo vão da porta.

– O que deseja?

– Apenas lhe fazer algumas perguntas sobre um livro que a senhora vendeu pela internet.

– Não roubei aquele livro! – defendeu-se Anna. – Eu o encontrei numa lata de lixo, só isso.

Carole olhou para Milo, que tomou a palavra.

– Precisa nos fornecer o endereço do comprador.

– É uma estudante, eu acho.

– Uma estudante?

– Pelo menos mora no *campus* de Berkeley.

* * *

SAN FRANCISCO
HOSPITAL LENOX
QUATRO HORAS DA TARDE

Ethel Kaufman não conseguia pregar o olho. Desde que Bonnie se fora, depois do almoço, ela se virava e revirava na cama. Alguma coisa não ia bem. Quer dizer, além do câncer que lhe corroía os pulmões...

Era aquele livro. Ou melhor, o que ela escrevera em suas páginas em branco. Apoiou-se no travesseiro e apanhou o romance na mesa de cabeceira, para abri-lo na página em que anotara a receita da sobremesa de sua infância. De onde vinha aquele acesso de nostalgia? Da iminência da morte, que diariamente ganhava terreno? Bem possível.

Nostalgia... Ela detestava isso. A estrada da vida era tão rápida que decidira nunca olhar para trás. Sempre vivera o instante, tentando abstrair do passado. Não guardava suvenires, não comemorava o aniversário, mudava-se a cada dois ou três anos para não se prender nem a coisas nem a pessoas. Para ela, esta sempre fora a condição da sobrevivência.

Porém, o passado batia à sua porta naquela tarde. Levantou-se com dificuldade e deu alguns passos até o arquivo de ferro onde ficavam seus pertences. Tirou dali a maleta de couro, presente de sua sobrinha Katia durante a última visita. Coisas que Katia encontrara ao esvaziar a casa dos pais antes de vendê-la.

A primeira fotografia datava de março de 1929, poucos meses após seu nascimento. Mostrava um casal apaixonado posando orgulhosamente com os três filhos. Ethel estava nos braços da mãe, enquanto seu irmão e sua irmã, um casal de gêmeos quatro anos mais velhos que ela, cercavam o pai. Belas roupas, sorrisos sinceros, cumplicidade: o amor familiar e a doçura transpiravam da foto. Ethel a separou na cama. Fazia décadas que não a via.

O documento seguinte era uma reportagem amarelecida de revista, ilustrada com várias fotos dos anos 40: uniformes nazistas, arames farpados, a barbárie... A revista remetia Ethel à sua própria história. Tinha apenas dez anos quando chegara aos Estados Unidos com o irmão. Tinham conseguido deixar Cracóvia pouco antes de os alemães transformarem parte da cidade em gueto. Sua irmã deveria encontrá-los mais tarde, mas não tivera a mesma sorte – morrera de tifo em Plaszow –, assim como seus pais, que não haviam sobrevivido ao campo de concentração de Belzec.

Ethel continuou sua viagem ao passado. O documento seguinte era um cartão-postal em preto e branco representando uma elegante bailarina fazendo ponta. Era ela em Nova York, onde passara toda a adolescência com a família paterna da mãe, que soubera reconhecer e estimular seu talento para a dança. Distinguira-se rapidamente e fora contratada pelo New York City Ballet, companhia recém-criada por George Balanchine.

O quebra-nozes, *O lago dos cisnes*, *Romeu e Julieta*: dançara os papéis-título dos maiores balés. Em seguida, fora obrigada a desistir da dança, aos vinte e oito anos, em decorrência de uma fratura mal curada que a deixara com um coxear nada gracioso.

Um sentimento confuso lhe deu um calafrio. No verso do cartão-postal, encontrou o programa de um espetáculo nova-iorquino. Depois do acidente, tornara-se professora na School of American Ballet, ao mesmo tempo em que participava da encenação de algumas comédias musicais na Broadway.

Outra fotografia também lhe era dolorosa, mesmo décadas mais tarde. Era a de um namorado tenebroso. Um homem dez anos mais moço pelo qual se apaixonara aos trinta e cinco anos, uma história passional que, em troca de algumas horas de euforia, lhe custara anos de sofrimento e desilusão.

E depois...

E depois, o pesadelo...

Um pesadelo que começava na luz da fotografia seguinte, um pouco esmaecida, que ela mesmo batera se olhando no espelho. A fotografia de seu barrigão.

Quando já não esperava mais que isso acontecesse, Ethel engravidara às vésperas de completar quarenta anos. Uma dádiva da vida, que recebera com infinita gratidão. Nunca fora mais feliz do que nos primeiros seis meses de gestação. Claro, sentia náuseas e estava esgotada, mas a criança que crescia em seu ventre a transformara.

Uma manhã, contudo, três meses antes do parto, perdera líquido sem razão aparente. Fora levada ao hospital e submetida aos exames indicados. Lembrava-se de tudo com grande sofrimento. O bebê continuava lá em sua barriga. Sentia seus pontapés, ouvia o batimento de seu coração. Mais tarde, o obstetra de plantão naquela noite lhe comunicara que a bolsa havia se rompido e que, sem o líquido amniótico, o bebê não sobreviveria. Como a bolsa membranosa estava seca, o parto teria de ser induzido. Houve então aquela noite de horror em que ela pusera seu bebê no mundo já sabendo que ele não sobreviveria. Ao fim de várias horas de trabalho de parto, ela não dera à luz vida, mas morte.

Pudera vê-lo, tocá-lo, beijá-lo. Era minúsculo e, ao mesmo tempo, tão belo... No momento do parto, ainda não havia escolhido o nome do filho. Na sua cabeça, era sempre *o bambino, meu bambino.*

O bambino vivera um minuto antes de o coração parar. Ethel jamais se esqueceria daqueles sessenta segundos durante os quais fora mãe. Sessenta segundos surreais. Depois disso, não vivera mais. Apenas fingira. Toda a sua luz, toda a sua alegria, toda a sua fé haviam sido consumidas durante aquele minuto. Tudo que restava de chama dentro dela havia se apagado junto com seu bambino.

As lágrimas que escorriam por sua face caíam em um envelopinho abaulado de papel vegetal. Tremendo, ela o abriu e retirou dele uma mecha de cabelo do bambino. Chorou copiosamente, mas isso a livrou de um peso que carregava havia anos.

Agora, sentia-se muito cansada. Subitamente inspirada, antes de se deitar novamente, colou as fotografias, a matéria da revista, o cartão-postal e a mecha de cabelo nas páginas brancas do livro. Um resumo dos momentos marcantes de sua vida, que subsistia em uma dezena de páginas.

Se fosse preciso recomeçar, teria mudado alguma coisa em sua vida? Varreu a pergunta da cabeça. Aquela indagação não fazia o menor sentido. A vida não era um *videogame* com múltiplas escolhas. O tempo passa e a gente passa com ele, em geral mais cedo do que desejamos. O destino faz o resto, e a sorte vem jogar sua pitada de sal em tudo. Ponto-final.

Guardou o livro num grande envelope pardo e chamou a enfermeira de plantão, para pedir que entregasse aquele embrulho a Bonnie Del Amico na próxima vez que ela viesse ao hospital.

* * *

Dormitório feminino
***Campus* de Berkeley**
Sete horas da noite

– Não coma muito *tiramisu* em Roma! – aconselhou hipocritamente Yu Chan. – Tem no mínimo um bilhão de calorias e você engordou um pouco nos últimos tempos, não?

– Não se preocupe comigo – replicou Bonnie, fechando a mala. – Isso não parece afastar os rapazes, pelo que pude perceber...

A garota olhou pela janela. Já era noite; ela notou a piscada do farol do táxi que chamara.

– Vou nessa.

– Boa sorte! Dê uma surra naqueles caipiras! – a chinesa a encorajou.

Bonnie desceu as escadas do dormitório e entregou as bagagens ao motorista do táxi, que as colocou dentro do carro.

– Para o aeroporto, senhorita?

– Sim, mas primeiro quero dar uma passada no Hospital Lenox.

Durante o trajeto, Bonnie se perdeu em seus pensamentos. Por que sentia necessidade de rever a sra. Kaufman? Ao se despedir dela, ao meio-dia, a notara cansada e um pouco triste. Além disso, a velha dama se despedira de maneira um tanto solene, insistindo para beijá-la, o que não era do seu feitio.

Como se estivessem se vendo pela última vez...

O táxi parou em fila dupla.

– Vou deixar a bolsa aqui, ok? Cinco minutos.

– Sem pressa. Vou parar no estacionamento.

* * *

Dormitório feminino
***Campus* de Berkeley**
19h30

– Polícia, abra!

Yu Chan se assustou. Aproveitara-se da ausência da colega para bisbilhotar seu computador e tentar ler seus *e-mails*. Por alguns segundos, foi tomada pelo pânico, imaginando que uma câmera de vigilância camuflada no quarto acabava de denunciá-la. Desligou o monitor às pressas antes de abrir a porta.

– Sou a oficial Carole Alvarez – apresentou-se Carole, ciente de que não tinha autorização para invadir um *campus* universitário.

– Gostaríamos de falar com Bonnie Del Amico – avisou Milo.

– Vocês a perderam por pouco – respondeu Yu Chan, aliviada. – Acabou de sair para o aeroporto. Foi participar de um torneio de xadrez em Roma.

Em Roma! Merda!

– Tem o telefone celular dela? – Carole perguntou, pegando o seu.

* * *

Estacionamento do Hospital Lenox
19h34

No banco de trás do táxi, o toque do celular de Bonnie soou no fundo de sua bolsa de *patchwork*. O aparelho insistiu, mas o motorista nem sequer escutou. À espera da passageira, aumentara o volume do rádio para acompanhar o jogo Mets *versus* Braves.

Dentro do prédio, Bonnie deixou o elevador e avançou silenciosamente pelo corredor.

– O horário de visita já terminou, senhorita! – uma enfermeira a deteve.

– Eu queria me despedir da sra. Kaufman, vou viajar para o exterior.

– Hum... Você é a voluntária, não é?

Bonnie assentiu com a cabeça.

– Ethel Kaufman está dormindo, mas deixou um envelope para você.

Um pouco decepcionada, Bonnie seguiu a mulher de branco até a recepção para receber o embrulho com o livro.

De volta ao táxi, a caminho do aeroporto, descobriu perplexa as fotografias e anotações acrescentadas pela velha dama. Emocionada, nem lhe passou pela cabeça dar uma checada no celular.

* * *

Aeroporto Internacional de San Francisco
Pista de decolagem nº 3
Voo 0966
21h27

"Boa noite, senhoras e senhores.

Aqui quem fala é seu comissário, e é um prazer recebê-los a bordo deste Boeing 767 com destino a Roma. Nosso tempo de voo estimado é de treze horas e cinquenta e cinco minutos. O embarque já foi encerrado. Em frente aos assentos, encontrarão um folheto de segurança com os procedimentos de emergência, que pedimos que leiam atentamente. A tripulação da cabine procederá às demonstrações de..."

* * *

Aeroporto Internacional de San Francisco
Saguão de embarque
21h28

– O voo para Roma? Ah, sinto muito, acabamos de encerrar o embarque – comunicou a recepcionista, consultando a tela.

– Não é possível! – irritou-se Carole. – Nunca botaremos a mão nesse livro diabólico. Tente ligar de novo para a garota.

– Já deixei duas mensagens – disse Milo. – Ela deve ter colocado o celular no silencioso.

– Tente outra vez, por favor.

* * *

Pista de decolagem nº 3
Voo 0966
21h29

"Decolaremos em instantes. Queiram apertar o cinto de segurança, colocar o assento na posição vertical e desligar o telefone celular. Lembramos ainda que não é permitido fumar, inclusive nos toaletes."

Bonnie prendeu o cinto e vasculhou a bolsa para pegar seu travesseiro de viagem, sua máscara de dormir e seu livro. Quando foi desligar o celular, percebeu que a luzinha vermelha piscava, indicando o recebimento de mensagens. Ficou tentada a consultá-las, mas o olhar reprovador da comissária a dissuadiu.

* * *

Paris
Meia-noite

A sala de nosso pequeno apartamento estava iluminada pela luz difusa espalhada por uma dezena de velas. Após uma noite tranquila, Billie dormira no sofá. Eu havia ligado o computador ansioso e abrira meu velho processador de texto. A terrível página branca apareceu na tela e, com ela, as náuseas, a angústia e o pânico, que infelizmente já me eram familiares.

Force a barra!

Force a barra!

Não.

Levantei-me da cadeira, fui até o sofá e peguei Billie nos braços para levá-la até o quarto. Num sono agitado, ela resmungou que estava muito pesada, mas se deixou levar. A noite estava fria, e a calefação do quarto expelia apenas um débil calor. No armário, encontrei um edredom extra e a aconcheguei como se fosse criança.

Estava prestes a fechar a porta quando a ouvi dizer:

– Obrigada.

Eu puxara as cortinas para proteger seu sono da luz da rua e estávamos no escuro.

– Obrigada por cuidar de mim. Nunca ninguém tinha feito isso antes.

* * *

Nunca ninguém tinha feito isso antes.

A frase ainda ressoava na minha cabeça quando voltei à mesa de trabalho. Na tela, observei o cursor piscando e zombando de mim.

De onde vem a inspiração? Era a pergunta tradicional, a mais presente entre leitores e jornalistas e, honestamente, eu nunca tinha sido capaz de responder seriamente a ela. A escrita supunha uma vida ascética: cobrir quatro páginas por dia me tomava cerca de quinze horas. Não havia mágica, segredo ou receita; eu só tinha de me isolar do mundo, sentar à mesa, colocar meus fones de ouvido com música clássica ou *jazz* e separar um estoque importante de cápsulas de café. Às vezes, nos dias bons, instalava-se um círculo virtuoso que me fazia escrever em um único rompante cerca de dez páginas. Nesses períodos abençoados, chegava a me persuadir de que as histórias preexistiam em algum lugar no céu e que a voz de um anjo acabara de me ditar o que eu devia escrever, mas eram momentos raros, e a simples perspectiva de alcançar quinhentas páginas em poucas semanas me parecia impossível.

Obrigada por cuidar de mim.

As náuseas haviam desaparecido. A angústia se evaporara. A tremedeira do ator antes de entrar em cena se fora.

Pousei os dedos sobre o teclado e eles se puseram em movimento quase à minha revelia. As primeiras linhas vieram como que por magia.

Capítulo 1

Na memória dos cidadãos de Boston, nunca houvera inverno tão gélido. Há mais de um mês, a cidade se afogava sob a neve e a geada. Nos cafés, cada vez mais as conversas giravam em torno do pretenso aquecimento climático com que a mídia enchia nossos ouvidos: "Você acredita mesmo?! Uma bela lorota, isso sim!"

Em seu pequeno apartamento de Southie, Billie Donelly dormia um sono leve. Até aquele momento, a vida não fora nada clemente com ela. Ela ainda não sabia, mas isso estava prestes a mudar.

Pronto, estava dada a largada.

Compreendi imediatamente que meus sentimentos por Billie haviam me libertado da maldição. Ao colocar novamente meus pés no chão, ela descobrira a chave do cadeado que trancava meu espírito.

A página em branco não me dava mais medo.

Comecei a digitar e varei a noite trabalhando.

* * *

Roma
Aeroporto Fiumicino
Dia seguinte

"Senhoras e senhores, aqui é o comissário. Acabamos de aterrissar no Aeroporto Fiumicino, em Roma. A temperatura externa é de dezesseis graus. Queiram nos desculpar pelo ligeiro atraso. Permaneçam sentados e não soltem o cinto de segurança até a parada completa da aeronave. Cuidado ao abrir o compartimento de bagagens de mão, elas podem ter se deslocado durante o voo, e certifiquem-se de que não esqueceram nada. Em nome de toda a equipe da United Airlines, desejamos a todos uma agradável estadia e esperamos revê-los em breve em nossos voos."

Bonnie Del Amico lutou para espantar a sonolência. Dormira durante o voo um sono intermitente e povoado de pesadelos, do qual não conseguia emergir.

Deixou o avião com o corpo ainda dormente, sem perceber que esquecera no compartimento da poltrona o livro que Ethel Kaufman havia lhe entregado.

30
O labirinto da vida

Nada é mais trágico do que conhecer um indivíduo atormentado, perdido no labirinto da vida.
– Martin Luther King

Segunda-feira, 13 de setembro
15º *arrondissement* de Paris
Nove horas da manhã

Saltamos na estação Balard, ponto final da linha 8 do metrô. Naquele início de outono parisiense, a temperatura estava amena e reinava uma atmosfera de volta às aulas.

O Hospital Marie Curie era um prédio imenso situado às margens do Sena, vizinho do Parque André Citroën. A fachada principal, toda revestida de vidro, abraçava a esquina da rua, espelhando as árvores ao redor.

Pelo que pude ler no folheto explicativo, o local reunia os serviços de antigos hospitais da capital e era reconhecido por apresentar um dos melhores desempenhos na Europa, em especial pela ala cardiovascular, onde trabalhava o professor Clouseau.

Depois de errarmos três vezes a entrada e termos nos perdido nos meandros de um grande pátio central, um funcionário nos guiou até uma série de elevadores que nos levou ao antepenúltimo andar.

Apesar da hora marcada, fomos obrigados a esperar o médico por quarenta e cinco minutos. Segundo sua secretária, Corinne, o professor Clouseau – que morava no prédio onde ficavam os doentes – estava chegando aquela manhã de Nova York, onde duas vezes por mês ministrava aulas na prestigiosa Harvard Medical School.

Sob a vigilância de Corinne, aguardamos em um consultório magnífico, decorado com uma mobília que alternava madeira e metal, que oferecia uma vista sublime do Sena e de alguns telhados de Paris. Através da parede de vidro, distinguíamos as balsas deslizando preguiçosamente no rio, a Ponte Mirabeau e a réplica da Estátua da Liberdade na ponta da ilha dos Cisnes.

O homem que surgiu no ambiente parecia mais o inspetor Colombo do que um eminente professor de medicina. Com os cabelos desgrenhados, o rosto seboso e a barba por fazer, trajava um agasalho impermeável amassado, lançado nos ombros como uma capa. Uma camisa escocesa saía do suéter esverdeado e caía sobre a calça de veludo cotelê com manchas mais que duvidosas. Se eu tivesse trombado com aquele sujeito na rua, talvez me ocorresse lhe dar uma esmola. Difícil acreditar que, além do seu trabalho no hospital, aquele homem dirigia uma equipe de médicos e engenheiros que, havia quinze anos, trabalhava no projeto de um coração artificial autônomo.

Ele resmungou uma fórmula vaga para se desculpar pelo atraso, trocou o *trench coach* por um jaleco amarelado e, provavelmente em virtude do fuso horário, caiu cansado na poltrona.

Eu havia lido em algum lugar que, no primeiro encontro com um novo rosto, nosso cérebro, em um décimo de segundo, decide se a pessoa é ou não confiável. Um processo tão rápido que nossa capacidade de raciocínio simplesmente não tem tempo de influir sobre essa primeira reação "instintiva".

E naquela manhã, apesar de seu aspecto negligente, foi de fato uma impressão de confiança que me passou a pessoa do professor Clouseau.

Billie tampouco se deixou impressionar pela aparência do homem e listou seus sintomas: desmaios, grande cansaço, palidez, falta de ar depois de qualquer esforço, náuseas, febre, perda de peso e queimação no estômago.

Enquanto ele tomava ciência daquelas informações murmurando "ãrrãs" quase inaudíveis, eu lhe estendi o dossiê médico que elaborara graças às análises de Mortimer Philipson. Ele colocou os óculos bifocais como víamos nos anos 70 e percorreu os documentos com uma expressão de dúvida, mas a chama de seu olhar que atravessava as lentes redondas denunciava uma inteligência aguda e atenta.

– A senhorita terá de refazer seus exames – ele decidiu, jogando autoritariamente a pasta de papelão no cesto de lixo. – Essas análises feitas no pronto-socorro de um hotel exótico e essa história de "garota de papel", de tinta e de celulose, nada disso se sustenta.

– E os meus desmaios? – irritou-se Billie. – E o meu cabe...

Ele a cortou sem cerimônia:

– Na minha opinião, suas repetidas síncopes estão ligadas a uma brusca redução do fluxo sanguíneo cerebral. Logo, têm origem necessariamente numa anomalia cardíaca ou vascular. Vocês estão no lugar certo: é justamente minha especialidade e a da equipe que dirijo.

Rabiscou numa folha de receita uma lista de exames que seriam feitos no mesmo dia e sugeriu que voltássemos naquela noite.

* * *

Roma
Aeroporto Fiumicino

O Boeing 767 que viera de San Francisco estava imóvel na área de estacionamento. Os passageiros haviam desembarcado havia mais de meia hora, e o pessoal da faxina limpava o interior do avião.

Mike Portoy, piloto comercial, botou o ponto-final em seu relatório de voo e fechou o *laptop*.

Um saco essa papelada toda!, pensou, bocejando.

Havia sido um pouco negligente com o relatório, mas aquele voo de quinze horas o deixara moído. Consultou o visor do celular. Sua mulher havia lhe deixado uma mensagem carinhosa e solícita. Para evitar a conversa com ela, enviou-lhe um dos textos prontos que guardava de reserva. Tinha programa muito melhor do que tagarelar com a patroa. Aquela noite não deixaria Francesca escapar. Sempre que passava por Roma, dava um jeito de tentar a sorte junto à bela mulher que trabalhava no setor de achados e perdidos. Vinte anos, simpática, *sexy*, atraente, com formas generosas, Francesca o enlouquecia. Até agora, recusara todas as suas investidas, mas aquilo ia mudar, ele sentia.

Mike saiu da cabine. Penteou-se e abotoou o paletó.

Nunca subestimar o poder do uniforme.

Mas, antes de deixar o avião, ele precisava encontrar um pretexto para abordar a jovem italiana.

Ele observou a equipe de limpeza que, rápida e eficiente, dividira as tarefas. No primeiro carrinho, em meio a revistas e lenços de papel usados, notou um belo livro encapado em couro azul-escuro. Aproximou-se, pegou o volume nas mãos e deu uma olhada na capa decorada com estrelas, na qual o nome do autor e o título do romance se destacavam em letras douradas: "Tom Boyd – Trilogia dos anjos – volume 2".

Nunca ouvi falar, mas vai servir. É a minha isca!

– Não pode levar este livro, senhor.

Ele se virou, pego no flagra. Quem ousava se dirigir a ele daquele jeito?

Era uma das faxineiras. Uma negra especialmente bonita. O crachá obrigatório no pescoço informava seu nome – Kaela –, e a bandana que prendia seus cabelos trazia a estrela branca em fundo azul da bandeira somali.

Ele a olhou de cima a baixo com desprezo.

– Eu me encarrego disso! – decidiu, apontando para o livro. – Tenho mesmo que passar pela seção de achados e perdidos.

– Serei obrigada a comunicar o fato ao meu chefe de equipe, senhor.

– Comunique a Deus Pai, se isso lhe agrada – ele zombou, dando de ombros.

Conservou o livro na mão e deixou a aeronave.

Naquela noite, Francesca dormiria em sua cama!

* * *

Via Mario de Bernardi

Foi no táxi que tomara para o hotel que ocorreu a Bonnie ligar o celular. Estava abarrotado de mensagens! Primeiro seu pai mostrando preocupação, depois um texto sem pé nem cabeça de Yu Chan, avisando-lhe que a polícia estava em seu encalço, e, principalmente, uma enxurrada de mensagens de um tal de Milo, querendo comprar o romance de Tom Boyd que ela arrematara pela internet.

Que história maluca!

Tomada por um mau pressentimento, vasculhou a bolsa e percebeu que o livro não estava mais ali.

Esqueci no avião!

O táxi estava prestes a pegar a rodovia quando Bonnie deu um grito, exclamando:

– Pare, por favor! Pode dar meia-volta?

* * *

HOSPITAL MARIE CURIE
QUAI DE SEINE, PARIS

– Fique tranquila, senhorita. O exame não dói nada.

Billie estava deitada, o torso nu, apoiada no lado esquerdo. À sua direita, o cardiologista prendeu três eletrodos em seu peito antes de besuntar-lhe o torso com uma grande quantidade de gel.

– Vamos fazer um ecocardiograma para encontrar um eventual tumor e detectar sua localização.

Passou imediatamente a aplicar a sonda em diversos lugares, entre as vértebras de Billie e na proximidade do esterno, registrando as imagens a cada vez. Na tela, eu podia distinguir nitidamente o batimento cardíaco de Billie, que estava morta de medo. Também via a expressão preocupada do médico, cujo cenho se fechava cada vez mais à medida que o exame avançava.

– É grave? – não pude deixar de perguntar.

– O professor Clouseau falará sobre o resultado – ele respondeu friamente.

Mas acrescentou, por iniciativa própria:

– Creio que complementaremos o ecocardiograma com uma ressonância magnética.

* * *

Roma
Aeroporto Fiumicino

– A Francesca não está por aqui? – perguntou Mike Portoy, empurrando a porta do setor de achados e perdidos.

O piloto mal conseguiu esconder a decepção. Atrás do balcão, a substituta ergueu os olhos da revista para lhe conceder um fio de esperança:

– Está aproveitando a pausa no Da Vinci's.

Mike foi embora sem dizer "obrigado" e sem se dar ao trabalho de entregar o livro que resgatara no avião.

Situado num recanto do terminal 1, o Da Vinci's era um pequeno oásis no coração do aeroporto. Com um cenário de colunas de mármore cor-de-rosa, o estabelecimento tinha a aparência de um café informal, cheio de pilares e abóbadas cobertos por trepadeiras. Ao longo de um imenso balcão em forma de U, os passageiros se espremiam para engolir expressos fortes enquanto degustavam os doces da casa.

– Ei! Francesca! – ele disse ao avistá-la.

Achava-a cada vez mais bonita. Ela estava conversando com um jovem funcionário, um maricas usando avental de torrefador, pago para preparar cafés sofisticados, desde o grão verde até o néctar servido na xícara.

Mike se aproximou, colocou o livro no balcão e tentou entrar na conversa, impondo seu idioma – o inglês americano – e seu assunto – ele mesmo. Mas a bela italiana babava diante do jovem colega, bebia suas palavras batendo as pálpebras – ele tinha um sorriso cativante, olhos risonhos e mechas castanhas. Inflado de testosterona, Mike encarou o anjo romano com ar de desafio, depois convidou Francesca para jantar com ele. Conhecia uma pequena *trattoria* perto do Campo de Fiori que preparava deliciosos *antipasti* e...

– Hoje à noite vou sair com o Gianluca – ela respondeu, balançando a cabeça.

– Hum... então quem sabe amanhã? Fico dois dias em Roma.

– Obrigada, mas... não! – recusou, antes de partir para uma gargalhada com seu cúmplice.

Mike empalideceu. Alguma coisa lhe escapava. Como aquela fulaninha podia preferir aquele medíocre a ele? Estudara oito anos para poder exercer uma profissão envolta em prestígio, que fascinava as pessoas. O outro tinha um trabalho de merda e fazia bicos por fora. Ele conquistava o céu, o outro recebia setecentos e noventa euros sem os descontos...

Para não perder completamente o rebolado, Mike se obrigou a pedir alguma coisa. Os dois pombinhos não haviam demorado para retomar a conversa em italiano. O cheiro hipnótico do café subiu-lhe à cabeça. Engoliu seu *lungo* de uma vez e queimou a língua.

Paciência, vou pagar uma puta da zona de San Lorenzo, pensou desiludido e perfeitamente ciente de que aquilo não apagaria a risada de Francesca.

Desceu do banquinho e deixou o café com o rabo entre as pernas, esquecendo no balcão o livro com encadernação de couro e capa gótica...

* * *

AEROPORTO FIUMICINO
SEÇÃO DE ACHADOS E PERDIDOS
CINCO MINUTOS MAIS TARDE

– Sinto muito, senhorita, ninguém nos trouxe seu livro – Francesca comunicou a Bonnie.

– Tem certeza? – perguntou a adolescente. – Era um livro muito importante para mim. Também continha algumas fotos e...

– Ouça, preencha uma ficha descrevendo da maneira mais precisa possível o objeto extraviado, além do número de seu voo, e, caso alguém apareça com ele, telefonaremos imediatamente.

– Pois não – respondeu Bonnie com tristeza.

Ela se dedicou a completar o formulário, mas em seu âmago uma vozinha lhe dizia que não voltaria a ver o estranho livro inacabado de Tom Boyd e jamais provaria o suflê de chocolate da sra. Kaufman...

* * *

Hospital Marie Curie
Quai de Seine, Paris
19h15

– Corinne, os resultados da srta. Donnely! – berrou Jean-Baptiste Clouseau, abrindo a porta do consultório.

Ele surpreendeu meu olhar perplexo voltado para o telefone em sua mesa.

– Nunca entendi como funciona essa geringonça. É muita tecla! – resmungou, coçando a cabeça.

Aparentemente acontecia o mesmo com seu BlackBerry, de última geração, que piscava e vibrava a cada dois minutos sem que ele desse a mínima.

Emendara uma cirurgia na outra o dia todo e parecia menos "animado" que de manhã. Seu rosto esgotado sustentava olheiras, e a barba vigorosa dava a impressão de ter crescido meio centímetro em poucas horas.

A noite caía sobre Paris, mergulhando a sala na penumbra. Mas Clouseau não se deu ao trabalho de acender a luz. Limitou-se a apertar o botão central de um controle remoto que acionou uma imensa tela plana pendurada na parede, na qual, como em um *slideshow*, desfilou o resultado dos exames de Billie.

O médico se aproximou do painel luminoso para comentar o primeiro documento:

– A análise sanguínea confirma a redução do número de plaquetas, o que justifica seu estado anêmico – explicou, mirando a moça através do prisma de seus estranhos óculos.

Apertou uma tecla para passar à imagem seguinte.

– Já o ecocardiograma evidenciou a presença de vários mixomas cardíacos.

– Mixomas? – preocupou-se Billie.

– São tumores localizados no coração – esclareceu abruptamente Clouseau.

Aproximou-se mais uma vez da tela e apontou com o controle remoto para um detalhe da imagem que representava uma massa escura em forma de esfera.

– O primeiro tumor está localizado na aurícula direita. Tem forma clássica, com um pedúnculo curto de consistência gelatinosa. À primeira vista, parece benigno.

Deixou passar alguns segundos antes de se dedicar à outra chapa.

– O segundo tumor é mais preocupante – admitiu. – Apresenta tamanho incomum, cerca de dez centímetros, e forma fibrosa, rígida e filamentosa. Está encravado no nível do orifício mitral, e sua posição atrapalha a entrada do sangue rico em oxigênio na área esquerda do coração. É o que explica a falta de ar, a palidez e as síncopes, uma vez que o organismo não se encontra suficientemente irrigado.

Aproximei-me da imagem. O tumor tinha a forma de um cacho de uvas preso na cavidade do coração por meio de filamentos. Não pude deixar de pensar nas raízes e fibras da madeira que transportam a seiva, como se uma árvore estivesse crescendo no coração de Billie.

– Eu vou... vou morrer, não é? – ela perguntou, com a voz trêmula.

– Considerando o volume do mixoma, se não o removermos o mais rápido possível, a senhorita corre efetivamente grande risco de embolia arterial e morte súbita – afirmou Clouseau.

Apagou a tela, acendeu as luzes e voltou à sua poltrona.

– Trata-se de um tratamento cirúrgico com o coração aberto. Há riscos, naturalmente, mas no atual estado das coisas o maior risco seria ficar de braços cruzados.

– Quando pode me operar? – ela perguntou.

Com sua voz de arauto, o médico chamou Corinne, a secretária, para que lhe trouxesse sua agenda, que já estava lotada, com cirurgias e intervenções programadas com um mês de antecedência. Eu temia que ele nos encaminhasse para um de seus colegas, mas, em nome da amizade com Aurore, aceitou adiar outro compromisso para operar Billie em quinze dias.

Decididamente, eu tinha simpatia pelo homem.

* * *

De: bonnie.delamico@berkeley.edu
Para: milo.lombardo@gmail.com
Data: 13 de setembro de 2009 22:57
Assunto: Trilogia dos anjos, volume 2

Prezado senhor,

Peguei diversas mensagens deixadas pelo senhor em meu celular, expressando sua vontade de comprar meu exemplar do livro de Tom Boyd, de quem afirma ser agente e amigo. Além de o livro não estar à venda, informo-lhe que infelizmente o perdi durante um voo entre San Francisco e Roma e que até o momento ele não foi entregue no setor de achados e perdidos do Aeroporto Fiumicino.

Esperando que receba este *e-mail*, peço-lhe que aceite meus sinceros cumprimentos.

Bonnie Del Amico

* * *

Roma
Aeroporto Fiumicino
Café Da Vinci's

Os primeiros passageiros do voo FlyItalia procedente de Berlim começavam a desembarcar. Entre eles, o famoso pintor e *designer* Luca Bartoletti, que voltava de uma temporada na capital alemã. Passara três dias dando entrevistas, por ocasião de uma retrospectiva de sua obra organizada pelo Hamburger Bahnhof, museu de arte contemporânea da cidade. Ver suas telas penduradas ao lado das de Andy Warhol e Richard Long era uma espécie de consagração. O reconhecimento do trabalho de uma vida inteira.

Luca não perdeu tempo esperando a mala diante da esteira rolante circular. Detestava andar carregado e sempre viajava sem bagagem. No avião, mal tocara na comida, uma salada borrachuda, uma omelete nojenta e uma torta de pêssego dura como pedra.

Antes de pegar o carro, parou para comer alguma coisa no Da Vinci's. O café estava prestes a fechar, mas o gerente aceitou um último pedido.

Luca optou por um *cappuccino* e um sanduíche quente de muçarela, tomate e presunto italiano. Instalou-se no balcão para terminar a leitura de um artigo do *La Repubblica* que começara no avião. Quando largou o jornal para tomar um gole do café, notou o livro de couro azul esquecido pouco antes pelo piloto. Luca era adepto do *bookcrossing.** Comprava muitos livros, mas não ficava com nenhum deles, preferindo abandoná-los em locais públicos para que outros usufruíssem da leitura. No início, achou que o romance tinha sido deixado ali voluntariamente, mas não havia nenhuma etiqueta na capa que indicasse isso.

Luca folheou o livro enquanto mastigava o sanduíche. Pouco afeito à literatura popular, nunca ouvira falar de Tom Boyd, mas ficou desconcertado ao descobrir que o romance estava incompleto e que um de seus leitores usara as páginas em branco como álbum de fotografias.

Terminou o lanche e saiu do café com seu achado debaixo do braço. No estacionamento no subsolo, dirigiu-se ao velho conversível DS bordô que arrematara em um leilão recente. Colocou o livro no banco do passageiro e rumou para a zona sudoeste da cidade.

Luca morava atrás da Piazza Santa Maria, no último andar de um edifício ocre, no pitoresco e colorido bairro do Trastevere. Um grande apartamento que transformara em *loft* e onde instalara seu ateliê. Assim que penetrou em seu covil, uma luz fria – a que ele necessitava para a elaboração de seus quadros – inundou o recinto. Luca diminuiu a luminosidade ajustando o interruptor. O local não dava a impressão de ser habitado de tanto que era despojado. Organizava-se em torno de uma imensa lareira central cercada de vidros abaulados. Havia estrados espalhados por toda parte, pincéis de tudo que é tamanho, rolos de pintor de parede, raspador de tanoeiro, facas de apicultor e dezenas de potes de tinta. Mas não havia nem berço, nem biblioteca, nem sofá, nem televisão.

Luca examinou suas últimas telas. Eram todas monocromáticas, variações em torno da cor branca com entalhes, sulcos, relevos e golpes

* O *bookcrossing* é um fenômeno que consiste em promover a circulação dos livros "soltando-os" em espaços públicos para que possam ser encontrados e lidos por outras pessoas, que por sua vez os liberarão em seguida.

de brocha que criavam efeitos de luz originais. Obras muito apreciadas que alcançavam cotações significativas junto aos colecionadores. Mas o pintor não era um alienado. Sabia que o sucesso e o reconhecimento crítico não refletiam necessariamente talento. A época era tão saturada de consumo, poluída pelo barulho, pela velocidade e pelos objetos, que as pessoas tinham a impressão de adquirir uma espécie de purificação quando compravam seus quadros.

O pintor tirou o paletó e começou a folhear com emoção as páginas ornamentadas com as fotografias da vida de Ethel Kaufman.

Já fazia tempo que toda fantasia desaparecera de sua vida. Aquela noite, contudo, ele sentia uma vontade irresistível de comer suflê de chocolate...

31
As ruas de Roma

Serás amado o dia em que conseguires mostrar
tuas fraquezas sem que o outro se sirva
delas para aumentar sua força.
– Cesare Pavese

Paris
14-24 de setembro

Apesar da doença de Billie, as duas semanas que antecederam a cirurgia foram um dos períodos mais harmoniosos de nossa vida "a dois".

Meu romance avançava consideravelmente. Eu redescobrira o prazer de escrever, e minhas noites de trabalho eram permeadas de um arroubo entusiasta e criativo. Eu tentava estabelecer as bases de uma existência serena e feliz para Billie. Diante do computador, eu criava para ela, ao longo das páginas, a vida com a qual ela sempre sonhara: mais serena, livre de seus demônios, desilusões e mágoas.

Eu costumava trabalhar madrugada adentro, depois saía de manhãzinha, na hora em que as máquinas varredoras aspergiam as calçadas de Saint-Germain. Tomava o primeiro café do dia no balcão de um bistrô da Rue de Buci e dava uma passada na padaria no Beco Dauphine, que preparava tortas de maçã douradas que derretiam na boca. Voltava para nosso ninho, na Place Furstemberg, e preparava dois cafés com leite ouvindo rádio. Billie vinha bocejando se juntar a mim, e tomávamos nosso café da manhã recostados no balcão da cozinha americana que dava para a pracinha. Ela cantarolava, tentando entender as letras dos sucessos populares franceses, enquanto eu limpava os farelos de massa folheada do canto de seus lábios e ela franzia os olhos para se proteger do sol que ofuscava sua visão.

Quando eu voltava ao trabalho, Billie passava a manhã lendo. Ela descobrira uma livraria inglesa perto de Notre-Dame e me pedira que lhe preparasse uma lista de romances essenciais. De Steinbeck a Salinger, passando por Dickens, ela devorou durante esses quinze dias vários romances que haviam marcado minha adolescência, fazendo anotações, me interrogando a respeito da vida de seus autores e copiando em um caderno as frases que a haviam impressionado.

À tarde, após uma breve sesta, fui várias vezes com ela ao pequeno cinema da Rue Christine, onde estavam em cartaz antigas obras-primas das quais nunca ouvira falar, mas que descobria fascinada: *O céu pode esperar, O pecado mora ao lado, A loja da esquina*... Depois da sessão, recapitulávamos o filme apreciando um chocolate vienense, e, sempre que eu mencionava uma referência que lhe era desconhecida, ela se detinha para anotá-la em seu caderno. Eu era Henry Higgins, ela, Eliza Doolittle.* Éramos felizes.

À noite, aceitávamos o desafio de preparar determinadas receitas de um velho livro de culinária desenterrado da pequena biblioteca do apartamento. Com maior ou menor sucesso, experimentamos pratos como *blanquette* de vitela, pato com pera, polenta com limão ou – nosso maior triunfo – paleta de cordeiro com mel e tomilho.

Assim, ao longo de duas semanas, descobri outra faceta de sua personalidade: uma jovem inteligente e sutil, determinada a ser culta. E o principal, desde que puséramos as armas de lado: eu me sentia desestabilizado pelos sentimentos que passei a nutrir por ela.

Depois do jantar, eu lhe passava as páginas que escrevera durante o dia para que ela lesse, o que servia de base para longas conversas. Havíamos surrupiado do barzinho da sala uma garrafa já pela metade de aguardente de pera williams. O rótulo artesanal estava meio apagado, mas garantia que a cachaça fora "destilada no respeito às tradições ancestrais" por um pequeno produtor do norte de Ardèche. Na primeira noite, o levanta defunto queimara nossa garganta e o achamos

* Os personagens principais da peça *Pigmalião*, de George Bernard Shaw.

intragável, o que não nos dissuadiu de tomar uma talagada no dia seguinte. Na terceira noite, passamos a julgá-lo "não tão ruim assim", e "absolutamente fantástico" na quarta. Agora a pinga fazia parte de nosso cerimonial e, sob o efeito desinibidor do álcool, nos abríamos mais um para o outro. Billie então me falou de sua infância, da monotonia de sua adolescência, da angústia em que a mergulhava aquele sentimento de solidão que sempre a lançava de cabeça em histórias de amor furadas. Contou-me a respeito do sofrimento de nunca ter conhecido um homem que a amasse e a respeitasse, bem como de suas esperanças para o futuro e da família que sonhava constituir. Geralmente, acabava por dormir no sofá ouvindo os velhos trinta e três rotações esquecidos pela proprietária e tentando traduzir a canção daquele poeta de cabelos encanecidos que prendia um cigarro à boca e declarava que "com o tempo, tudo passa", que "esquecemos as paixões e esquecemos as vozes que nos diziam baixinho palavras de alento: não volte muito tarde e cuidado com o frio".*

* * *

Depois de levá-la ao quarto, eu voltava para a sala para me instalar diante da tela. Começava então para mim uma noite de trabalho solitário, às vezes gratificante, mas quase sempre dolorosa, pois eu sabia que Billie viveria longe de mim os anos de felicidade que eu programara para ela, em um mundo criado por mim, mas no qual eu nem ao menos existia, ao lado de um homem que era meu pior inimigo.

De fato, antes que Billie surgisse em minha vida, eu criara o personagem de Jack como um desabafo. Ele encarnava tudo que eu detestava ou que me incomodava na masculinidade. Jack era meu oposto, o tipo de homem que me horrorizava, aquele que eu não queria ser.

Quarenta e poucos anos, bonitão, pai de dois filhos, era vice-diretor de uma grande companhia de seguros em Boston. Casado ainda bem jovem, enganava sem nenhum pudor a mulher, que acabara por se resignar. Presunçoso e bom de papo, conhecia bem a psicologia feminina e, logo no primeiro encontro, conquistava sutilmente a confiança de

---

* "Avec le temps", do poeta e compositor franco-monegasco Léo Ferré (1916-1993). (N. do T.)

sua interlocutora. Assumia sem escrúpulos em suas declarações e atitudes certa dose de machismo que o fazia viril e másculo. Mas, com aquela que seria a vítima de sua sedução, em geral era doce e carinhoso, e era por essa contradição que as mulheres se apaixonavam, sentindo a inebriante impressão de deter a exclusividade de um comportamento que ele recusava às outras.

Na verdade, tão logo alcançava seu objetivo, o caráter egocêntrico de Jack voltava a prevalecer. Manipulador, sempre assumia o papel de vítima para inverter as situações em benefício próprio. Sempre que desconfiava dela, desvalorizava a amante com palavras duríssimas, pois tinha a faculdade de detectar os defeitos das namoradas para jogá-los na cara delas.

Havia sido nas garras desse sedutor perverso e narcisista, que infligia mágoas incuráveis às suas conquistas, que cometi a tolice de lançar minha Billie. Havia sido por ele que ela se apaixonara e era a seu lado que me pedia para construir sua vida.

Obviamente eu caíra em minha própria armadilha, mas é impossível mudar radicalmente o caráter de um personagem de romance. De nada adiantava eu ser o autor do livro, eu não era Deus. A ficção possui suas próprias regras e, de um volume para o outro, aquele salafrário não podia subitamente se transformar no homem ideal.

Todas as noites, portanto, eu me fatigava remando contra a maré, fazendo Jack evoluir de degrau em degrau para humanizá-lo e torná-lo, ao longo das páginas, um pouco mais sociável.

Contudo, para mim, mesmo no resultado final daquela mutação um tanto artificial, Jack continuava Jack: o sujeito que eu mais detestava no mundo e a quem, por um estranho conluio de circunstâncias, eu era obrigado a entregar a mulher pela qual agora estava apaixonado...

* * *

Pacific Palisades, Califórnia
15 de setembro
9h01

– Polícia! Abra, sr. Lombardo!

Milo despertou com dificuldade. Esfregou os olhos e saiu da cama vacilante.

Ele e Carole tinham ido dormir tarde, depois de passar boa parte da noite diante do computador, filtrando, infelizmente sem sucesso, fóruns de discussão e *sites* de venda *online* à procura do exemplar perdido. Sempre que possível, haviam deixado advertências e mensagens de alerta. Era um trabalho fastidioso, que haviam estendido a todos os *sites* italianos que, de perto ou de longe, tivessem alguma relação com venda de livros ou literatura.

– Polícia! Abra, senão eu...

Milo entreabriu a porta. Uma auxiliar do xerife o encarava. Uma moreninha de olhos verdes e charme irlandês que se poderia tomar por Teresa Lisbon.

– Bom dia, senhor. Karen Kallen, unidade do xerife da Califórnia. Temos ordens para seu despejo.

Milo saiu na varanda enquanto um caminhão de mudança estacionava em frente à casa.

– Mas que porcaria é essa?

– Não complique nosso trabalho, por favor! – ameaçou a oficial. – Nestas últimas semanas, o senhor recebeu várias intimações de seu banco.

Dois carregadores já haviam se posicionado em frente à entrada, esperando apenas a ordem para esvaziar a residência.

– A propósito – continuou a policial, estendendo-lhe um envelope –, aqui está a intimação para comparecer ao tribunal por subtração de bens ameaçados de confisco.

– Está se referindo ao...

– ...ao Bugatti que o senhor penhorou, isso mesmo.

Com um sinal de cabeça, ela liberou os dois carregadores, que em menos de meia hora despojaram a casa de todo o seu mobiliário.

– E isso não é nada comparado ao que fará a receita federal! – disse Karen sadicamente, fechando a porta da viatura.

Milo se viu sozinho, na calçada, com uma mala na mão. Subitamente tomou consciência de que não tinha onde passar a noite. Como um pugilista grogue, deu alguns passos para a direita, depois para a esquerda, sem saber muito bem para onde ir. Três meses antes, dispensara as duas pessoas que trabalhavam com ele e vendera os escritórios do centro da cidade. Pronto. Não tinha mais trabalho, teto, carro, nada. Por muito tempo se recusara a encarar a realidade, achando que no fim daria um jeitinho, mas dessa vez a realidade lhe dera uma rasteira.

Os raios do sol da manhã incendiavam as tatuagens que enfeitavam o topo de seu braço. Estigmas do seu passado, lembravam as ruas, as brigas, uma violência e uma miséria às quais ele julgava ter escapado.

O uivo de uma sirene de polícia o arrancou de seu devaneio. Virou-se com vontade de fugir, mas não se tratava de uma presença hostil.

Era Carole.

Ela imediatamente compreendeu o que havia acontecido e não permitiu que o constrangimento se instalasse. Determinada, pegou a mala de Milo e a enfiou no banco traseiro da viatura.

– Tenho um sofá-cama bem confortável, mas acho que você não vai conseguir ficar em casa sem fazer nada. Tenho um papel de parede na sala que quero tirar há muito tempo, e depois será preciso pintar a cozinha com tinta epóxi e consertar o cano do chuveiro. Também há vazamento numa torneira do banheiro e manchas de umidade. Na verdade, seu despejo me veio bem a calhar...

Milo lhe agradeceu com um discreto sinal de cabeça.

Talvez ele não tivesse mais trabalho, nem casa, nem carro.

Mas ainda tinha Carole.

Perdera tudo.

Menos o essencial.

* * *

Roma
Bairro do Trastevere
23 de setembro

O pintor Luca Bartoletti entrou no pequeno restaurante familiar de uma rua fora do centro. Em um cenário de móveis antigos, o lugar sugeria comida romana sem frescura. Ali se comiam massas numa toalha xadrez e se bebia vinho da jarra.

– Giovanni! – chamou.

A sala estava vazia. Eram apenas dez da manhã, mas o aroma de pão quente já se espalhava pelo ar. O restaurante pertencia a seus pais havia mais de quarenta anos, embora hoje fosse seu irmão que tocasse o estabelecimento.

– Giovanni!

Uma silhueta apareceu no vão da porta. Mas não era a de seu irmão.

– Por que está gritando desse jeito?

– Bom dia, mãe.

– Bom dia.

Sem beijo. Sem abraço. Sem empatia.

– Estou procurando o Giovanni.

– Seu irmão saiu. Está no Marcello comprando a massa.

– Então vou esperar.

Como sempre que se viam sozinhos, um pesado silêncio se instalou sobre eles, pouco se falavam. Durante muito tempo, Luca morara em Nova York; depois, quando voltara para a Itália após o divórcio, primeiro se instalara em Milão, antes de comprar um apartamento em Roma.

Para desfazer o mal-estar, passou para trás do balcão e preparou um expresso. Luca não era muito "família". O trabalho frequentemente lhe servia de pretexto para faltar a batizados, casamentos, primeiras comunhões e almoços de domingo que se eternizavam. Paradoxalmente, à sua maneira, amava seus pais e sofria por não saber como se comunicar com eles. A mãe nunca entendera sua pintura, menos ainda seu sucesso. Não lhe entrava na cabeça como havia quem comprasse telas monocromáticas por dezenas de milhares de euros. Luca achava que ela o via como uma espécie de charlatão, um engodo talentoso que conseguia levar uma vida confortável sem "trabalhar" de verdade. Aquela incompreensão minara a relação deles.

– Tem notícias de sua filha? – ela perguntou.

– A Sandra acabou de voltar às aulas, em Nova York.

– Não a vê nunca?

– Não muito – ele admitiu. – Lembra que a guarda é da mãe?

– E quando você a encontra as coisas não vão bem, não é?

– Bom, não vim aqui para escutar tolices! – exclamou Luca, levantando-se para ir embora.

– Espere! – ela disse.

Ele se imobilizou diante da porta.

– Você parece preocupado.

– Assunto meu.

– O que queria perguntar ao seu irmão?

– Se ele tinha guardado umas fotografias.

– Fotografias? Você nunca tira foto! Repete o tempo todo que não gosta de acumular lembranças.

– Obrigado pela ajuda, mãe.

– Fotos de quem?

Luca encerrou o assunto.

– Volto mais tarde para falar com o Giovanni – disse, abrindo a porta.

A velha se aproximou e o segurou pela manga da camisa.

– Sua vida é como suas telas, Luca: monocromática, seca e vazia.

– Essa é a sua opinião.

– Você sabe muito bem que é verdade! – ela disse, triste.

– Até logo, mãe – ele fechou a porta atrás de si.

* * *

A mulher deu de ombros e voltou à cozinha. Sobre a velha bancada de madeira azulejada estava o artigo elogioso que o *La Repubblica* dedicara à obra de Luca. Terminou a leitura antes de recortá-lo e guardá-lo no grande arquivo onde, havia anos, depositava tudo que se escrevia sobre o filho.

* * *

Luca retornou a seu apartamento. Usou seus pincéis como gravetos para acender a grande lareira central em torno da qual se dispunha seu ateliê. Enquanto o fogo começava a crepitar, juntou todas as telas, suas últimas composições finalizadas, bem como seus trabalhos em curso, e os regou metodicamente com *white spirit* antes de atirá-los nas chamas.

Sua vida é como suas telas, Luca: monocromática, seca e vazia. Hipnotizado pela incandescência de suas pinturas, o artista contemplou como uma libertação o fato de seu trabalho se transformar em fumaça.

A campainha tocou. Luca se debruçou na janela e percebeu a silhueta arqueada da mãe. Desceu para falar com ela, mas, quando abriu a porta, ela havia desaparecido, contentando-se em deixar um grande envelope na caixa de correspondência.

Ele franziu as sobrancelhas e abriu o envelope sem demora. Continha exatamente as fotografias e os documentos que ele pretendia pedir ao irmão!

Como ela adivinhou?

Subiu de volta ao ateliê e esparramou sobre a bancada de trabalho as lembranças de uma época remota.

Verão de 1980: o ano de seus dezoito anos, o encontro com Stella, seu primeiro amor, filha de um pescador de Porto Venere. Seu passeio pelo porto em frente à confusão de casinhas estreitas e multicoloridas que davam para o mar; os banhos de mar vespertinos na pequena baía.

Natal do mesmo ano: Stella e ele passeando pelas ruas de Roma. Um flerte de férias que resistiu ao verão.

Primavera de 1982: a nota de um hotel de Siena, a primeira noite de amor do casal.

1982: todas as cartas que haviam escrito um para o outro aquele ano. Promessas, planos, entusiasmo, um turbilhão de vida.

1983: um presente de aniversário dado por Stella, uma bússola que ela comprara na Sardenha, gravada com a seguinte inscrição: "Para que a vida o traga sempre para mim".

1984: primeira viagem aos Estados Unidos. Stella de bicicleta na Golden Gate. A neblina no *ferry* para Alcatraz. Os hambúrgueres e *milk-shakes* do Lori's Diner.

1985: risadas, mãos se estendendo... um casal protegido por um escudo de diamantes... 1986: ano em que vendeu sua primeira tela... 1987: Vamos ter um filho ou esperamos um pouco mais...? As primeiras dúvidas... 1988: a bússola perdendo o norte...

Uma lágrima silenciosa escorreu pela face de Luca.

Porra, só falta se mijar todo.

Tinha vinte e oito anos quando rompera com Stella. Uma fase sórdida, em que tudo desandara em sua vida. Não sabia mais que sentido dar à sua pintura e fora seu lar que sofrera as consequências disso. Uma manhã, se levantara e ateara fogo em suas telas, como acabava de fazer naquele dia. Depois, fugira como um ladrão. Não explicara nada, agindo por impulso, só pensando nele e em sua pintura. Encontrara refúgio em Manhattan, onde mudara seu estilo, deixando de lado o figurativo para depurar seus quadros ao extremo até pintar apenas monocromáticos esbranquiçados. Casara-se então com uma esperta galerista, que soubera promover seu trabalho e lhe abrir as portas do sucesso. Tinham uma filha, mas haviam se divorciado poucos anos depois, porém sem desfazer a sociedade.

Nunca mais havia encontrado Stella. Soubera pelo irmão que ela havia voltado a Porto Venere. Ele a apagara de sua vida, a renegara.

Por que remoer agora uma história tão antiga?

Talvez porque ela não tivesse terminado.

* * *

Roma
Babington's Tea Room
Duas horas mais tarde

O salão de chá situava-se na Piazza di Spagna, bem ao pé da grande escadaria da Trindade dos Montes.

Luca se instalara numa mesinha ao fundo do salão. A mesma que costumava ocupar quando ia ali com Stella. O estabelecimento era o mais antigo do gênero em Roma. Fora aberto por duas inglesas, cento e vinte anos atrás, numa época em que chá era vendido apenas em farmácia.

A decoração não mudara nada desde o século XIX e fazia do lugar um enclave inglês em pleno coração de Roma, jogando com o contraste entre o lado mediterrânico da cidade e o charme *British* do café. As paredes eram revestidas por lambris e cobertas por estantes de madeira escura, que acolhiam dezenas de livros e uma coleção de antigos bules de chá.

Luca abrira o livro de Tom Boyd numa página em branco, logo depois da montagem da sra. Kaufman. Ficara tocado pela encenação daquelas recordações, por aqueles pedaços de vida que se sucediam. Como se fosse um livro mágico capaz de realizar desejos e ressuscitar o passado, Luca colou por sua vez as próprias fotos, ornamentando-as com desenhos e impressões digitais. A última foto exibia Stella e ele numa lambreta. Férias romanas, 1982. Tinham dezenove anos. Na época, ela lhe escrevera estas palavras: "Nunca deixe de me amar..."

Contemplou a foto por alguns minutos. Prestes a entrar na casa dos cinquenta, tivera uma vida relativamente boa, que lhe trouxera satisfações: viajara, vivera de sua arte, conhecera o sucesso. Contudo, pensando melhor, não conhecera nada mais intenso que aquela magia dos primórdios, quando a vida ainda era repleta de promessas e serenidade.

Luca fechou novamente o livro e colou na capa uma etiqueta vermelha, na qual escreveu algumas palavras. Pelo celular, conectou-se a um *site* de *bookcrossing* e postou uma curta nota. Em seguida, aproveitando-se de um instante em que ninguém olhava para ele, enfiou o livro numa das prateleiras entre um volume de Keats e outro de Shelley.

* * *

Luca se dirigiu até a praça para pegar sua motocicleta, estacionada perto da fila dos táxis. Com um extensor, prendeu a bolsa de viagem no porta-bagagem e montou na Ducati. Margeou o parque da Villa Borghese, contornou a Piazza del Popolo, atravessou o Tibre e acompanhou o rio até o Trastevere. Sem desligar o motor, parou em frente ao restaurante da família e levantou a viseira do capacete. Como se esperasse por ele, sua mãe saiu na calçada, olhando para o filho na esperança, quem sabe, de que as palavras de amor pudessem ser ditas com os olhos.

Então Luca arrancou em direção à estrada que saía da cidade. Apontou a moto para Porto Venere, ruminando que talvez não fosse tarde demais...

* * *

Los Angeles
Sexta-feira, 24 de setembro
Sete horas da manhã

De camiseta e macacão, Milo estava encarapitado num banquinho alto. Com um rolo na mão, passava tinta epóxi nas paredes da cozinha.

Carole abriu a porta do quarto para se juntar a ele.

– Já no batente? – perguntou, bocejando.

– É, não consegui mais dormir.

Ela examinou o aspecto da pintura.

– Não vá me fazer um trabalho porco, hein?

– Está brincando! Há três dias trabalho como um escravo!

– Tá certo. Até que você não está se saindo mal – ela admitiu. – Poderia, por favor, preparar um *cappuccino* para mim?

Milo obedeceu, enquanto Carole se instalava na mesinha redonda da sala. Ela preparou uma tigela de cereais, depois abriu o *laptop* para checar seus *e-mails*.

A caixa de correspondência estava lotada. Milo lhe passara a lista completa da "comunidade" dos leitores de Tom, que nos últimos anos, tinham enviado mensagens ao escritor pelo *site*. Graças a *e-mails* enviados para listas dos quatro cantos do mundo, ela conseguira alertar milhares de leitores. Jogara limpo, avisando-os de sua busca por um exemplar "com defeito" do segundo volume da *Trilogia dos anjos*. Desde então, encontrava todas as manhãs várias palavras de estímulo em sua caixa de mensagens. Mas o *e-mail* que tinha diante dos olhos naquele momento era mais interessante:

– Venha ver isso! – ela disse.

Milo lhe estendeu uma xícara de café fumegante e olhou por cima de seu ombro. Um internauta afirmava ter visto o maldito exemplar num site de *bookcrossing*. Carole clicou no *link* indicado e entrou efetivamente na página de uma associação italiana que, para promover a leitura, estimulava seus membros a abandonar livros em locais públicos, para fazê-los circular por entre outras pessoas. As regras do "livro viajante" eram simples: a pessoa que desejasse libertar um livro atribuía-lhe um código e o registrava no *site* antes de "soltá-lo".

Carole digitou "Tom Boyd" na área de busca para obter a lista dos livros de seu amigo que poderiam estar por aí.

– É esse! – gritou Milo, apontando para uma das fotos.

Grudou a cara na tela, mas Carole o empurrou:

– Me deixe ver!

Não havia dúvida: o livro tinha realmente a capa em couro azul-escuro, as estrelas douradas e as inscrições em letras góticas que formavam o título do romance.

Com um novo clique, Carole soube que o livro fora abandonado na véspera no café Babington's Tea Room, situado no número 23 da Piazza di Spagna, em Roma. Abrindo outra página, acessou todas as informações disponibilizadas por *luca66*, pseudônimo do homem que "soltara" o romance. O lugar exato onde o volume fora abandonado – uma prateleira no fundo do café –, bem como a hora da "libertação": 13h56, horário local.

– Temos que ir para Roma! – ela decidiu.

– Não se precipite! – refreou-a Milo.

– Como assim?! – ela se revoltou. – O Tom conta com a gente. Você falou com ele pelo celular ontem à noite. Ele voltou a escrever, mas a Billie ainda corre risco de morte.

Milo fez uma careta.

– Chegaremos tarde demais. Já se passaram várias horas desde que o livro foi abandonado.

– É, mas isso não é a mesma coisa que largá-lo em uma cadeira ou em um banco de praça! Ele deixou o exemplar em uma prateleira, no meio de outros livros. Podem se passar semanas antes que alguém note!

Ela olhou para Milo e compreendeu que, após tantas desilusões, ele acabara por perder a confiança.

– Faça o que você quiser, mas eu vou.

Ela se conectou ao *site* de uma companhia aérea. Havia um voo para Roma às 11h40. No meio do formulário havia uma pergunta questionando o número de passageiros.

– Dois – disse Milo, abaixando a cabeça.

* * *

Roma
Piazza di Spagna
Dia seguinte

No centro da praça, perto da monumental Fontana della Barcaccia, o grupo de turistas coreanos bebia as palavras do guia:

– Durante muito tempo, a Piazza di Spagna foi considerada território espanhol. É aqui também que fica a sede internacional da Ordem de Malta, que goza de um *status* blá-blá-blá...

Com os olhos grudados no fundo da fonte, Iseul Park, de dezessete anos, estava hipnotizada pelo azul-turquesa claríssimo da água em cujo fundo mofavam as moedas lançadas pelos turistas. Iseul detestava ser tachada como parte do clichê "turistas asiáticos em grupo", que às vezes era motivo de chacota. Ela não se sentia à vontade naquele cerimonial todo, naquela ultrapassada fórmula de viagem que consistia em visitar uma capital europeia por dia e esperar horas até que todos batessem a mesma fotografia no mesmo lugar.

Seus ouvidos zuniam, estava aturdida, tremia. Como se não bastasse, sentia falta de ar em meio à multidão. Frágil como uma pluma, esgueirou-se para escapar e se refugiar no primeiro café que encontrou pela frente. Era o Babington's Tea Room, no número 23 da Piazza di Spagna...

* * *

Roma
Aeroporto Fiumicino

– E então, eles vão abrir essa merda de porta ou não?! – exclamou Milo.

De pé no corredor central do avião, ele estava impaciente.

A viagem havia sido penosa. Depois de partir de Los Angeles, haviam feito escala em San Francisco e em Frankfurt antes de finalmente pousar em solo italiano. Consultou o relógio de pulso: 12h30.

– Tenho certeza que nunca encontraremos esse livro! – grunhiu. – Fizemos todo esse trajeto à toa e ainda por cima estou morrendo de fome. Você viu o que nos serviram para comer. Pelo preço da passagem, dá vontade de mandar...

– Quer para de reclamar?! – suplicou Carole. – Não aguento mais ouvir você se queixando por besteira! Você enche o saco!

Um murmúrio de aprovação percorreu a fila.

Finalmente a porta se abriu, permitindo que os passageiros desembarcassem. Com Milo em seu encalço, Carole desceu uma escada rolante na contramão e correu na direção do ponto de táxi. Para seu azar, a fila de espera era impressionante e a rotatividade dos veículos acontecia com infinita lentidão.

– Eu não disse?

Ela nem se deu ao trabalho de responder. Em vez disso, sacou o distintivo, ignorou a fila e apresentou com autoridade seu salvo-conduto ao funcionário encarregado de distribuir os passageiros nos carros.

– *American police. We need a car, right now! It's a matter of life or death!* – ela disse, à maneira do inspetor Harry.

Isso é ridículo. Não vai funcionar nunca, pensou Milo, balançando a cabeça.

Mas ele estava enganado. O sujeito sacudiu os ombros sem fazer nenhuma pergunta, e em menos de dez segundos estavam a bordo de um táxi.

– Piazza di Spagna – indicou Carole ao motorista. – Babington's Tea Room.

– E rapidinho! – acrescentou Milo.

* * *

Roma
Babington's Tea Room

Iseul Park instalara-se numa mesinha ao fundo do salão de chá. A jovem coreana tomara uma grande xícara da bebida e mordiscara um *muffin* com chantili. A cidade lhe agradava, mas teria preferido visitá-la com tempo para vagar pelas ruas, mergulhar em outra cultura, falar com as pessoas, sentar na varanda ensolarada de um café sem ter o olho grudado no relógio e não se achar obrigada, pela pressão do grupo, a tirar uma foto a cada dez segundos.

Enquanto aguardava, mantinha o olho grudado não no relógio, mas na tela do celular. Ainda nenhuma mensagem de Jimbo. Se era uma da tarde na Itália, deviam ser sete da manhã em Nova York. Talvez ele ainda não tivesse acordado. Sim, mas haviam se separado havia cinco dias, ele não ligara uma única vez nem respondera às suas dezenas de *e-mails* e mensagens. Como era possível? No entanto, tinham vivido um mês dos sonhos na NYU, onde Jimbo estudava cinema. Iseul dedicara o fim do verão a uma viagem de estudos promovida pela célebre universidade nova-iorquina. Um período mágico durante o qual descobrira o amor nos braços do namorado americano. Na última terça-feira, ele a levara ao aeroporto onde ela havia se reunido com seu grupo, e tinham prometido um ao outro telefonar diariamente, continuar fazendo o amor crescer apesar da distância e, talvez, se reverem no Natal. Depois dessa bela promessa, Jimbo não dera mais sinal de vida e alguma coisa se partira dentro dela.

Deixou dez euros na mesa para pagar a conta. Aquele lugar tinha mesmo muito charme, com aquelas madeiras e prateleiras de livros. Não faltava muito para que quem estivesse ali se sentisse em uma biblioteca. Levantou-se e não conseguiu deixar de percorrer as estantes. Na faculdade, estudava literatura inglesa, e alguns de seus autores favoritos estavam ali: Jane Austen, Shelley, John Keats e...

Franziu as sobrancelhas ao descobrir um livro que destoava no meio dos outros. Tom Boyd? Não era bem um poeta do século XIX! Tirou o livro da prateleira e notou uma etiqueta vermelha colada na capa. Levada pela curiosidade voltou discretamente à mesa para examinar o livro com mais atenção.

A etiqueta autocolante trazia uma estranha mensagem:

Olá! Eu não estou perdido! Sou de graça! Não sou um livro como os outros. Meu destino é viajar e percorrer o mundo. Leve-me com você, leia-me e depois me liberte num local público.

Hum... Iseul estava um pouco cética. Descolou a etiqueta e percorreu o romance para descobrir seu estranho conteúdo e suas páginas em branco, das quais outras pessoas haviam se apropriado para contar as próprias histórias. Alguma coisa a comoveu. Aquele livro parecia ter um poder magnético. A etiqueta afirmava que era de graça, mas ela ainda hesitava em enfiá-lo na bolsa...

* * *

Roma
Babington's Tea Room
Cinco minutos mais tarde

– É ali! – bradou Milo, apontando a estante ao fundo do salão de chá.

Clientes e garçonetes levaram um susto ao avistar aquele elefante perdido em loja de porcelana. Ele correu até o móvel e percorreu as prateleiras com tamanho arrebatamento que um bule centenário valsou nos ares até ser resgatado *in extremis* por Carole.

– Entre os livros de Keats e Shelley – ela precisou.

Pronto, chegavam ao fim! Jane Austen, Keats, Shelley, mas... nada do livro de Tom.

– Estou ficando de saco cheio! – ele gritou, socando com raiva o lambri de madeira.

Enquanto Carole procurava o romance em outra estante, o responsável pela loja ameaçou chamar a polícia. Milo botou panos quentes nos ânimos e se desculpou. Enquanto falava, notou uma mesa vazia, onde um resto de *muffin* num pires conversava com um pote de chantili. Tomado por um pressentimento, aproximou-se do banco e descobriu o *post-it* carmim colado na madeira envernizada. Percorreu o texto com os olhos e soltou um longo suspiro:

– Por cinco minutos... – disse a Carole, agitando o pequeno adesivo vermelho em sua direção.

32
O mal pelo mal

Eu queria que você entendesse o que é a verdadeira coragem, em vez de pensar que coragem é um homem com um fuzil na mão. A verdadeira coragem é saber que você começa vencido, mas mesmo assim agir até o fim.

– Harper Lee

Bretanha
Finistère Sul
Sábado, 25 de setembro

O terraço ensolarado do restaurante dominava a baía de Audierne. Apesar do frio, a costa bretã era tão bela quanto a mexicana.

– Brrr, que frio! – tiritou Billie, subindo o zíper do agasalho.

Como sua cirurgia estava marcada para a segunda-feira seguinte, havíamos decidido espairecer nos proporcionando um fim de semana de descanso longe de Paris. Sem pensar no futuro, eu gastara parte de nosso dinheiro no aluguel de um carro e de uma casinha perto de Plogoff, defronte à ilha de Sein.

Com cerimônia, o garçom pousou no centro da mesa a bandeja de frutos do mar que havíamos pedido.

– Você não vai comer nada? – ela se espantou.

Cético, eu olhava o sortimento de ostras, ouriços-do-mar, lagostins e vôngoles, sonhando com um hambúrguer com *bacon*.

Apesar de tudo, tentei destrinchar um lagostim.

– Parece criança – ela brincou.

Ela me passou uma ostra sobre a qual acabara de espremer uma fatia de limão.

– Prove, não existe nada melhor no mundo.

Observei aquela gosma com desconfiança.

– Pense naquela manga no México! – ela insistiu.

Saber descrever os sabores do mundo real...

Engoli de olhos fechados a carne rija do molusco. Tinha um gosto picante, salino e iodado. Um perfume de alga e avelã que se prolongava na boca.

Rindo, Billie me dirigiu uma piscadela.

O vento agitava seus cabelos brancos.

Atrás de nós, percebíamos o vaivém dos lagosteiros e dos botes multicoloridos que afundavam suas redes para apanhar conchas e crustáceos.

Não pensar no amanhã nem em quando ela não estiver mais aqui.

Viver o presente.

Uma caminhada pelas ruelas tortuosas do porto, depois ao longo da praia de Trescadec. Passeio de carro pela baía de Trépassés até a ponta do Raz, sempre com Billie insistindo em tomar a direção. Gargalhadas ao relembrar o episódio do xerife que nos parara por excesso de velocidade na Califórnia. Compreensão de que já compartilhávamos muitas lembranças. Desejo espontâneo, mas prontamente interrompido, de falar do futuro.

E depois a chuva, claro, que nos surpreendeu no meio de nosso passeio pelos rochedos.

– Aqui é como na Escócia, a garoa faz parte da paisagem – ela me disse, enquanto eu começava a arfar. – Ou você imagina visitar as Highlands e o Loch Lomond num dia de sol?

* * *

Roma
Piazza Navona
Sete horas da noite

– Prove, a boca até dói de tão bom! – disse Carole, estendendo a Milo uma colherada de sua sobremesa: *tartufo maison* com chantili.

Com um olhar malicioso, Milo degustou o sorvete de chocolate. Tinha consistência bastante densa e um sabor próximo da trufa, que combinava às mil maravilhas com o recheio de cereja.

Estavam numa mesa no terraço de um restaurante da Piazza Navona, local de passagem obrigatória para qualquer um que pusesse os pés na Cidade Eterna. Cercada de terraços e sorveterias, a famosa praça fazia a festa dos retratistas, mímicos e ambulantes.

Já anoitecia, e uma garçonete veio acender a vela no centro da mesa. A temperatura estava amena. Milo observava a amiga com ternura. Apesar da decepção de ter perdido o rastro do livro de Tom, ambos haviam passado uma tarde prazerosa, descobrindo a cidade. Por várias vezes, ele quase lhe confessara o amor que calava havia tanto tempo. Mas o medo de perder a amizade de Carole refreara seu ímpeto. Sentia-se vulnerável e temia ter o coração destroçado. Adoraria que ela o enxergasse por outro prisma. Adoraria lhe oferecer outra imagem de si mesmo. Desejava lhe mostrar o homem que ele era capaz de ser quando se sentisse amado.

Ao lado deles, um casal de australianos jantava com a filhinha de cinco anos, que começara a trocar risadinhas e piscadelas com Carole.

– A garotinha é mesmo um doce, não é?

– É, ela é uma coisa.

– E educada!

– Você pensa em ter filhos? – ele perguntou, de maneira um pouco abrupta.

Ela imediatamente se pôs na defensiva:

– Por que a pergunta?

– Hum... porque você seria uma ótima mãe.

– Como você sabe? – ela replicou com agressividade.

– Dá para sentir.

– Pare com essas tolices!

Ele se sentia ao mesmo tempo consternado e surpreso diante da violência da resposta.

– Por que você reagiu desse jeito?

– Conheço você e tenho certeza que isso faz parte do seu repertório para conquistar suas dondocas. Você acha que é o que elas querem ouvir.

– De maneira nenhuma! Você está sendo injusta comigo! O que foi que eu fiz para você me tratar com tanta rispidez? – ele se irritou, derrubando um copo.

– Você não me conhece, Milo! Não sabe nada da minha vida particular.

– Então me conte, caramba! Que segredo é esse que te perturba tanto?

Ela o fitou pensativa e quis acreditar na sinceridade dele. Talvez tivesse se exaltado à toa.

Milo levantou o copo que derrubara e secou a toalha com o guardanapo. Ele se arrependia de ter gritado, mas, ao mesmo tempo, não aguentava mais aquelas súbitas reviravoltas de humor de Carole quando estava com ele.

– Por que você ficou tão agressiva quando toquei nesse assunto? – ele perguntou, com uma voz mais calma.

– Porque eu já fiquei grávida – ela confessou, desviando o olhar.

A verdade saiu sozinha. Como uma abelha que escapou de uma redoma da qual fora prisioneira por anos.

Congelado em sua posição, Milo estava surpreso. Não via nada além dos olhos de Carole, que brilhavam na noite como estrelas tristes.

Ela pegou sua passagem de avião e colocou-a sobre a mesa.

– Quer saber? Muito bem. Vou arriscar e confiar em você. Vou lhe contar meu segredo, mas exijo que depois disso você não acrescente uma palavra que seja e não faça nenhum comentário. Vou contar o que ninguém sabe e, quando tiver terminado, vou me levantar daqui e pegar um táxi para o aeroporto. O último voo para Londres é às nove e meia da noite, e de lá pego outro às seis da manhã para Los Angeles.

– Tem certeza que...

– Sim. Conto e vou embora. E depois terá de esperar pelo menos uma semana antes de me ligar ou voltar a dormir na minha casa. É isso ou nada.

– Fechado – ele assentiu. – Como você quiser.

Carole olhou em volta. No centro da praça, agarradas ao obelisco, as imensas estátuas da Fonte dos Quatro Rios lhe dirigiam olhares severos e ameaçadores.

– A primeira vez que ele fez isso – começou – foi na noite do meu aniversário. Eu tinha onze anos.

* * *

Bretanha
Plogoff, ponta do Raz

– Não vai me dizer que sabe acender uma lareira? – divertiu-se Billie.

– Claro que sei! – respondi irritado.

– Então vá em frente, bonitão. Ficarei aqui admirando você com meus olhos de mulher submissa.

– Se você acha que me pressiona desse jeito...

Para grande felicidade de Billie, a tempestade desabava sobre o local, sacudindo as janelas e despejando uma chuva torrencial nas vidraças de nossa casa, na qual reinava um frio polar. Aparentemente, a expressão "charme rústico" que estava no anúncio era sinônimo de "sem calefação" e "isolamento com problema".

Acendi um fósforo e tentei atear fogo no monte de folhas secas que eu colocara sob as toras de lenha. O montinho rapidamente se inflamou... para morrer logo depois.

– Nada muito definitivo – julgou Billie, tentando disfarçar o sorriso.

Envolvida em seu penhoar, com uma tolha nos cabelos, ela se dirigiu saltitando até a lareira.

– Me passe um pouco de jornal, por favor.

Procurando na gaveta de um armário tipicamente bretão, encontrei um velho *L'Équipe,* datado de 13 de julho de 1998, dia seguinte à vitória da França na Copa do Mundo. A manchete da primeira página estampava PARA SEMPRE na diagonal e mostrava Zinedine Zidane abraçando Youri Djorkaeff.

Billie desdobrou as páginas uma a uma e as amassou para formar uma bola bem fofa.

– É fundamental que o papel respire – explicou. – Foi meu pai quem me ensinou.

Em seguida, sem economizar, fez uma triagem nos gravetos, conservando apenas os pedaços mais secos, e os colocou sobre o papel amassado. Dispôs então as toras mais grossas para formar uma espécie de fogueira indígena.

– Agora pode acender – disse orgulhosa.

De fato, dois minutos mais tarde uma bela labareda crepitava na lareira.

O ronco do vento fez as vidraças tremerem com tanta força que achei que se estilhaçariam. Em seguida, uma janela bateu e um apagão mergulhou a sala na penumbra.

Fui dar uma olhada na caixa de fusíveis, esperando que a luz voltasse.

– Não é nada – eu disse, assumindo um ar tranquilo. – Sem dúvida um disjuntor ou um fusível...

– Pode ser – ela respondeu, zombando –, mas isso aí é o hidrômetro. A caixa de fusíveis fica na entrada...

Bom jogador, respondi à sua observação com um sorriso. Enquanto eu atravessava a sala, ela agarrou minha mão e...

– Espere!

Tirou a toalha dos cabelos e soltou o cinto do penhoar, que caiu no chão.

Então eu a tomei nos braços, enquanto nossas sombras deformadas se enlaçavam nas paredes.

* * *

Roma
Piazza Navona
19h20

Com a voz frágil, Carole contou a Milo o martírio de sua infância destruída. Falou daqueles anos de pesadelo ao longo dos quais seu padrasto vinha se juntar a ela na cama. Daqueles anos em que perdera tudo: o sorriso, os sonhos, a inocência, a alegria de viver. Daquelas noites em que, no momento de deixá-la, a besta voraz finalmente saciada sempre repetia: "Não conte nada à sua mãe, hein? Não conte nada".

Como se a mãe dela não soubesse!

Falou da culpa, da lei do silêncio e da vontade de se atirar debaixo de um ônibus todas as tardes em que voltava da escola. Depois, do aborto que fizera secretamente aos catorze anos e que a deixara dilacerada, quase morta, com um sofrimento incurável no ventre vazio.

Falou principalmente de Tom, que a ajudara a se agarrar à vida, criando para ela, ao longo dos dias, o universo mágico da *Trilogia dos anjos*.

Por fim, tentou fazer com que ele compreendesse sua desconfiança em relação aos homens, sua descrença na vida e as crises de angústia que ainda hoje subitamente a desestabilizavam, mesmo quando se sentia melhor.

Carole parou de falar, porém não se levantou da cadeira.

Milo cumprira com a palavra e não abrira a boca. Uma pergunta, contudo, se impôs por si só.

– Mas quando isso terminou?

Ela hesitou em responder. Voltou a cabeça para constatar que a pequena australiana havia ido embora com os pais. Bebeu um gole d'água e vestiu o suéter que trazia nos ombros.

– Essa é a outra parte da verdade, Milo, mas não tenho certeza se isso me pertence.

– E a quem pertence, então?

– Ao Tom.

* * *

Bretanha
Plogoff, ponta do Raz

O fogo começava a arrefecer, espalhando uma luz vacilante pela sala. Nos braços um do outro, enroscados debaixo do mesmo cobertor, nos beijávamos com o ardor da idade dos primeiros amores.

Uma hora mais tarde, levantei-me para reavivar as brasas e colocar mais uma tora na lareira.

Estávamos mortos de fome, mas o armário e a geladeira estavam vazios. No armário do bar, consegui desencavar uma garrafa de sidra que curiosamente era *made in Quebec*. Tratava-se de sidra de gelo, vinho fabricado à base de maçãs colhidas em pleno inverno, quando ainda estão congeladas. Tirei a rolha da garrafa dando uma olhada através das vidraças – o temporal não dava trégua e não dava para enxergar a um palmo do nariz.

Envolta na colcha da cama, Billie se juntou a mim na janela com duas canecas de pedra-sabão.

– Eu gostaria que você me contasse uma coisa – ela começou, me beijando o pescoço.

Recolheu minha jaqueta deixada no encosto de uma cadeira para pegar minha carteira.

– Posso?

Aquiesci com a cabeça. Ela abriu o forro semidescosturado atrás da divisória de cédulas e o revirou, para tirar dali o cartucho de metal.

– Quem você matou? – ela perguntou, mostrando-me o pequeno projétil.

* * *

Los Angeles
MacArthur Park
29 de abril de 1992

Tenho dezessete anos. Estou na biblioteca do liceu, estudando para as provas, quando uma aluna entra gritando:

– Eles foram absolvidos!

Na sala, todo mundo compreende que ela se refere ao veredicto do caso Rodney King.

Um ano antes, esse jovem negro de vinte e seis anos foi detido pela polícia de Los Angeles por excesso de velocidade. Embriagado, se recusou a cooperar com os oficiais, que tentaram dominá-lo com cassetetes elétricos. Diante de sua resistência, os policiais o espancaram violentamente, sem desconfiar que a cena estava sendo filmada de uma sacada por um cinegrafista amador, que no dia seguinte enviou a fita para a televisão. Rapidamente, as imagens foram reproduzidas e exibidas diversas vezes nos canais de tevê mundo afora, causando raiva, vergonha e indignação.

– Foram absolvidos!

Imediatamente, as conversas se interrompem e palavrões chovem de todas as direções. Sinto que a indignação e o ódio começam a se alastrar. Os negros são maioria no bairro. Imediatamente compreendo que as coisas vão descambar e que é melhor eu ir para casa. Na rua, a notícia do veredicto se propaga como um vírus. O ar está carregado de agitação e indignação. Naturalmente, não é a primeira cagada policial nem o primeiro papelão do judiciário, mas dessa vez existem imagens, o que muda tudo. O planeta inteiro viu quatro policiais tresloucados moerem o infeliz de pancada – mais de cinquenta golpes de cassetete e uma dezena de pontapés desferidos contra um homem algemado. Essa absolvição incompreensível é a gota-d'água que fará o copo transbordar. Os anos Reagan e Bush causaram estragos terríveis entre os mais pobres. As pessoas estão cheias. Cheias do desemprego e da miséria. Cheias da devastação causada pelas drogas e de um sistema educacional que reproduz as desigualdades.

Ao chegar em casa, ligo a tevê enquanto preparo uma tigela de cereais. Motins irrompem em diferentes pontos da cidade, e vejo as primeiras imagens do que virá a ser a rotina dos próximos três dias: saques, incêndios e choques com a polícia. Os conjuntos habitacionais que ficam nas imediações do cruzamento da Florence com a Normandie estão tumultuados. Indivíduos fogem levando caixas de papelão cheias de comida, que acabam de roubar nas lojas. Outros puxam carrinhos ou plataformas com rodinhas para transportar móveis, sofás ou eletrodomésticos. As autoridades em vão pedem calma, e eu pressinto que a coisa não vai parar. E, para falar a verdade, isso me vem bem a calhar...

Junto todas as minhas economias, escondidas em um aparelho de rádio, e pego meu *skate* para voar até a casa de Marcus Blink.

Marcus é um pequeno delinquente do bairro, um dos "mansos", que não pertence a gangue nenhuma e se limita a vender uns comprimidos, passar um pouco de maconha e revender armas. Fizemos o primário juntos, e ele me trata bem porque duas ou três vezes ajudei a mãe dele a preencher os papéis da previdência social. O bairro está em ebulição. Todo mundo já percebeu que as gangues vão tirar partido do caos para acertar as contas com outras quadrilhas e com a polícia. Por cem dólares, Marcus me passa uma Glock 22, das dezenas que ele carrega por toda a periferia nessa época decadente em que inúmeros tiras corruptos vendem suas armas de serviço depois de as declararem perdidas. Por mais vinte dólares, compro também um carregador de quinze cartuchos. Armado, volto para casa, sentindo no bolso o metal frio e pesado da arma.

* * *

Não durmo direito essa noite. Penso em Carole. Agora tenho apenas uma preocupação: que os maus-tratos que ela sofre parem definitivamente. A ficção pode muito, mas não tudo. As histórias que conto a ela permitem incursões num mundo imaginário, no qual, por poucas horas, ela escapa da tortura física e mental infligida por seu carrasco. Viver na ficção não é uma solução duradoura, tampouco cair nas drogas ou se embriagar para esquecer a miséria.

É incontornável: cedo ou tarde, a vida real acaba sempre por prevalecer sobre o imaginário.

* * *

No dia seguinte, a violência recomeça ainda mais acirrada, em total impunidade. Os helicópteros dos canais de televisão sobrevoam a área constantemente, transmitindo ao vivo as imagens dessa cidade em estado de sítio que virou Los Angeles: saques, pancadaria, prédios em chamas, trocas de tiros entre as forças da ordem e os amotinados. Inúmeras reportagens revelam a desorganização e a apatia da polícia, incapaz de impedir os saques.

Sob pressão, em virtude do número de mortos, o prefeito faz uma declaração à imprensa decretando estado de emergência e manifestando a intenção de recorrer aos soldados da Guarda Nacional e instaurar o toque de recolher. Má ideia: nos conjuntos habitacionais, as pessoas pressentem que a festa está chegando ao fim, o que tem como consequência intensificar os saques.

Em nosso bairro, sobretudo os estabelecimentos dos asiáticos são pilhados. As tensões entre negros e coreanos estão no auge, e, nesse segundo dia de motins, a maioria das biroscas, quitandas e lojinhas de bebida pertencentes aos coreanos é destruída e saqueada sem que a polícia intervenha.

Daqui a pouco será meio-dia. Já faz uma hora que, equilibrado em meu *skate*, estou de tocaia em frente à mercearia do padrasto de Carole. Hoje de manhã, ignorando os riscos, ele abriu sua loja, sem dúvida supondo que os saques não o afetariam. Mas agora ele também se sente em perigo e pressinto que se prepara para abaixar sua cortina de ferro.

É a hora que escolho para sair do mato.

– Quer ajuda, sr. Alvarez?

Não desconfia de mim. Ele me conhece bem e minha cara inspira confiança.

– Ok, Tom. Me ajude a guardar os painéis de madeira.

Pego os dois e entro atrás dele na loja.

É uma mercearia vagabunda, como dezenas no bairro. O tipo de loja que oferece essencialmente produtos de primeira necessidade e que está fadada a fechar as portas da noite para o dia, devorada pelo Walmart da esquina.

Cruz Alvarez é um latino de estatura mediana, atarracado, de rosto largo e quadrado. Um ar de canastrão, cara de cafetão ou de gerente de boate.

– Cansei de falar que um dia esses vagabundos... – começa ele, antes de se voltar e perceber a Glock 22 apontada em sua direção.

A mercearia está vazia, não há câmeras. Só preciso apertar o gatilho. Não quero lhe dizer nada, nem mesmo "Morra, filho da puta". Não estou aqui para fazer justiça, para aplicar a lei. Tampouco para ouvir suas explicações. Não há em meu gesto nenhuma glória, nenhum heroísmo, nenhuma coragem. Só quero que o sofrimento de Carole chegue ao fim, e esse foi o único meio que me ocorreu. Meses atrás, sem dizer nada a ela, fiz uma denúncia anônima num centro social de planejamento familiar, que não deu em nada. Enviei uma carta à polícia, que foi ignorada. Não sei onde está o bem, não sei onde está o mal. Não acredito em Deus, também não acredito no destino. Acredito apenas que meu lugar é aqui, atrás dessa arma, e que é meu dever apertar o gatilho.

– Tom, o que é que te d...

Chego mais perto para atirar à queima-roupa. Não quero errar e quero usar uma única bala.

Disparo.

Sua cabeça explode, espirrando sangue em minha roupa.

Estou sozinho na loja. Estou sozinho no mundo. Não me aguento sobre minhas pernas. Meus braços tremem arriados junto ao corpo.

Fuja!

Recolho o cartucho e o guardo no bolso, bem como a Glock. Depois volto correndo para casa. Tomo uma ducha, queimo minhas roupas e, após me dar ao trabalho de limpá-la, livro-me da pistola, jogando-a num cesto de lixo. O cartucho, prefiro guardá-lo para me entregar no caso de algum inocente ser acusado em meu lugar, mas eu teria mesmo coragem de fazer isso?

Provavelmente, nunca virei a saber.

* * *

BRETANHA
PLOGOFF, PONTA DO RAZ

– Não contei a ninguém o que fiz aquela manhã. Simplesmente convivi com isso.

– E o que aconteceu depois? – perguntou Billie.

Estávamos deitados novamente no sofá. Aconchegada atrás de mim, ela passava a mão em meu peito enquanto eu agarrava seu quadril como se fosse uma jangada.

Falar me tirara um peso das costas. Eu sentia que ela me entendia sem me julgar, e era tudo que eu esperava.

– À noite, Bush pai fez um pronunciamento na tevê dizendo que a anarquia não seria tolerada. No dia seguinte, quatro mil homens da

Guarda Nacional patrulhavam a cidade, logo seguidos por vários contingentes de *marines*. A calma começou a voltar no quarto dia, e o prefeito suspendeu o toque de recolher.

– E o inquérito?

– Os motins resultaram em uns cinquenta mortos e milhares de feridos. Nas semanas seguintes, milhares de prisões foram feitas na cidade, mais ou menos legítimas, mais ou menos arbitrárias, mas ninguém nunca foi formalmente acusado do assassinato de Cruz Alvarez.

Billie passou a mão em minhas pálpebras e pousou um beijo em meu pescoço.

– Agora você precisa descansar.

* * *

Roma
Piazza Navona

– Até logo, Milo. Obrigada por ter me ouvido sem me interromper – disse Carole, se levantando.

Ainda em choque, ele a imitou, mas a segurou suavemente pela mão:

– Espere... Como tem certeza que Tom fez isso se ele nunca falou nada?

– Sou da polícia, Milo. Dois anos atrás, fui autorizada a consultar alguns arquivos e pedi para ter acesso ao dossiê do assassinato do meu padrasto. Não é muita coisa: dois ou três interrogatórios com vizinhos, algumas fotografias da cena do crime e um levantamento de impressões digitais completamente furado. Todo mundo estava se lixando para saber quem tinha assassinado um pequeno comerciante de MacArthur Park. Só que, numa das fotografias, era possível ver claramente um *skate* encostado na parede, com uma estrela cadente estilizada pintada na plataforma.

– E esse *skate*...

– Fui eu que dei para o Tom – ela disse, se virando.

33
Agarrar-se um ao outro

Podemos dar muitas coisas àqueles que amamos.
Palavras, tranquilidade, prazer. Você me deu
o bem mais precioso de todos: a saudade.
Para mim, era impossível viver sem você; mesmo
quando estávamos juntos, eu sentia saudade.
– Christian Bobin

Segunda-feira, 27 de setembro
Paris
Hospital Marie Curie

Completa, a equipe cirúrgica cercava o professor Jean-Baptiste Clouseau.

Com a ajuda de uma serra, o professor abriu o esterno de Billie no sentido do comprimento, desde a parte inferior até embaixo do queixo.

Então, teve acesso ao pericárdio, para examinar as artérias coronarianas e instalar uma circulação extracorpórea, injetando uma solução dosada de potássio com o intuito de provocar uma parada cardíaca. Uma válvula então substituiu o coração, e um oxigenador, o pulmão.

Sempre que realizava uma operação com o coração exposto, Jean-Baptiste Clouseau experimentava o mesmo fascínio diante desse órgão quase mágico que nos liga à vida: cem mil batimentos por dia, trinta e seis milhões por ano, mais de três bilhões numa única vida. Tudo isso a cargo de uma pequena válvula sanguinolenta aparentemente tão frágil...

Primeiro abriu a aurícula direita, depois a esquerda, e procedeu à retirada dos dois tumores, cortando as bases de implantação para impedir reincidências. O tumor fibroso tinha de fato tamanho pouco comum.

Ainda bem que o detectamos a tempo!

Por precaução, ele explorou as cavidades cardíacas e os ventrículos à procura de outros mixomas, mas não encontrou nenhum.

Finalizada a intervenção, reconectou o coração à aorta, ventilou os pulmões, instalou os drenos para evacuar o sangue e fechou novamente o esterno com a ajuda de um fio de aço.

Feito, e benfeito!, pensou, tirando as luvas e deixando a sala de cirurgia.

* * *

Coreia do Sul
Universidade Feminina de Ewha

O sol se punha em Seul. Como todos os fins de tarde na hora do *rush*, as ruas da capital coreana estavam paralisadas pelo tráfego.

Iseul Park deixou a estação do metrô, deu alguns passos na calçada e atravessou a rua na faixa de pedestres para se dirigir ao *campus*. Aninhada no coração do bairro estudantil, a Universidade de Ewha tinha mais de vinte mil alunas e era uma das melhores e mais elitistas do país.

Ela desceu a imensa escadaria em declive suave que dava para o que tudo mundo chamava de "fenda": um espaço todo de vidro composto de dois prédios que ficavam de frente um para o outro e que eram separados por um caminho de cimento. Penetrou na entrada principal daquele transatlântico cristalino, cujo térreo, com suas lojas e cafeterias, mais parecia um centro comercial ultramoderno. Pegou o elevador para se dirigir aos andares superiores, que abrigavam as salas de aula, um teatro, um cinema, um ginásio esportivo e, mais importante, uma grande biblioteca aberta vinte e quatro horas por dia. Parou na máquina para comprar chá-verde, depois procurou um lugar no fundo do recinto. Ali, era como se se estivesse de fato no século

XXI: todas as mesas de trabalho dispunham de um computador com acesso imediato às obras da biblioteca, todas digitalizadas.

Iseul esfregou as pálpebras. Mal se aguentava em pé. Chegara de sua viagem de estudos na antevéspera e já estava sobrecarregada de trabalho. Passou boa parte da noite fazendo fichamentos e revisando as aulas, de olho no visor do celular, estremecendo sempre que o aparelho vibrava para indicar o recebimento de um *e-mail* ou de um SMS que nunca era o que ela esperava.

Tremia, sentia frio, estava enlouquecendo. Por que Jimbo não lhe dava um único sinal de vida? Teria sido enganada? Justo ela, uma pessoa geralmente tão desconfiada e distante em relação aos outros?

Era quase meia-noite. A biblioteca pouco a pouco foi se esvaziando, mas algumas estudantes permaneceriam por ali até às três ou quatro horas da manhã. Era assim que funcionava...

Iseul pegou em sua bolsa o livro de Tom Boyd que encontrara na casa de chá na Itália. Virou as páginas até chegar à fotografia de Luca Bartoletti e de sua namorada, Stella, de lambreta pelas ruas de Roma quando tinham vinte anos.

"Nunca deixe de me amar", escrevera a jovem italiana. Era exatamente o que ela tinha vontade de dizer a Jimbo.

Pegou uma tesoura e um tubo de cola em seu estojo e, por sua vez, utilizou as páginas virgens para nelas colar as fotografias mais bonitas tiradas durante as quatro semanas de felicidade que vivera com ele. Um buquê de lembranças enfeitado com entradas de espetáculos e exposições às quais haviam ido juntos: a retrospectiva de Tim Burton no MoMa, o musical *Chicago* no Ambassador Theater, além de todos os filmes que ele lhe apresentara na cinemateca da NYU: *Donnie Darko, Réquiem para um sonho, Brazil...*

Trabalhou apaixonadamente a noite toda. De madrugada, com os olhos vermelhos e a cabeça em frangalhos, parou na agência de correio instalada no prédio administrativo para comprar um envelope bolha e ali enfiar o livro de couro azul-escuro, que remeteu aos Estados Unidos.

* * *

Paris
Hospital Marie Curie
Ala de recuperação cardíaca

Billie aos poucos recuperava os sentidos. Ainda com o respirador, não podia falar por causa da sonda de entubação que lhe obstruía a traqueia.

– Vamos tirar isso tudo nas próximas horas – garantiu Clouseau.

Checou os pequenos eletrodos que instalara no peito da garota para estimular o coração em caso de diminuição da frequência cardíaca.

– Nenhum problema desse lado – ele disse.

Sorri para Billie, que me respondeu com uma piscada.

Tudo corria bem.

* * *

Quarta-feira, 29 de setembro
Nova York
Greenwich Village

– Perdi a hora! – queixou-se a garota, enquanto se vestia. – Você disse que tinha programado o despertador!

Alisou a saia, calçou os escarpins e abotoou a blusa.

O rapaz na cama olhava para ela com um sorriso divertido.

– Se quiser me ligar, tem meu número... – ela disse, abrindo a porta do quarto.

– Ok, Christy.

– Meu nome é Carry, seu desgraçado!

James Limbo – vulgo Jimbo – sorriu com todos os dentes. Levantou-se e se alongou sem procurar se desculpar ou impedir a saída de sua companheira de uma noite. Deixou o quarto para preparar o café da manhã.

Merda, acabou o café!, resmungou, abrindo o armário da cozinha.

Olhou pela janela do apartamento de arenito e viu Carry sei-lá-o-quê na rua, a caminho da Houston Street.

Legalzinha. Digamos, nota... seis, numa escala de zero a dez, avaliou, fazendo uma careta. Nada que justificasse uma segunda dose.

A porta do apartamento se abriu e Jonathan, o colega que dividia o local com ele, entrou com dois copos de café comprados na cafeteria da esquina.

– Encontrei o mensageiro da UPS na portaria do prédio – ele disse, apontando com o queixo para o embrulho que trazia debaixo do braço.

– Valeu – disse Jimbo, agarrando o envelope e seu *caffe latte* duplo com caramelo.

– Você me deve 3,75 – reclamou Jonathan. – Além dos seiscentos e cinquenta do aluguel que adiantei para você há duas semanas.

– Tá bom, tá bom – respondeu evasivamente Jimbo, olhando o endereço no envelope.

– É da Iseul, não é?

– Perdi alguma coisa? – Jimbo perguntou, abrindo o pacote contendo o livro de Tom Boyd.

Troço esquisito, pensou, folheando o romance e vendo as fotografias coladas por seus diferentes donos.

– Sei muito bem que você está se lixando para a minha opinião – disse Jonathan –, mas vou dizer uma coisa: você não está agindo direito com a Iseul.

– Eu realmente estou me lixando para a sua opinião – confirmou Jimbo, tomando um gole de café.

– Ontem mesmo ela deixou duas mensagens na secretária. Está preocupada com você. Se quer terminar com ela, pelo menos se dê ao trabalho de dizer isso a ela da maneira apropriada. Por que você age assim com as mulheres? Qual é o seu problema?

– Meu problema é que a vida é curta e vamos todos morrer. Isso basta como explicação?

– Não, não vejo nenhuma relação.

– Quero fazer cinema, Jonathan. Minha vida são os filmes e nada mais. Sabe o que Truffaut dizia? Que o cinema é mais importante que a vida. Pois bem, eu penso a mesma coisa. Não quero vínculos, não quero mulherzinha, não quero casamento. Qualquer um pode ser um bom marido ou um bom pai de família, mas só existe um Quentin Tarantino e um Martin Scorsese.

– Hum... você anda meio perturbado, meu velho...

– Paciência se você não entende. Desisto! – respondeu Jimbo, batendo em retirada para o banheiro.

Tomou uma chuveirada e se vestiu às pressas.

– Bom, tô indo nessa – disse, pegando sua mochila. – Tenho aula ao meio-dia.

– Falou! E não se esqueça do alu...

Tarde demais, ele batera a porta.

Jimbo estava faminto. No Mamoun's, comprou *falafels* no pão sírio, que devorou durante o trajeto para a faculdade de cinema. Como estava um pouco adiantado, parou no café ao lado da faculdade para tomar uma Coca. No balcão, examinou mais uma vez o livro de capa gótica que Iseul lhe enviara. A jovem e bela coreana era *sexy* e inteligente. Haviam se divertido muito juntos, mas agora ela estava se tornando grudenta com suas fotografias melosas.

Contudo, o livro o intrigava. *Trilogia dos anjos*? Aquilo lhe dizia alguma coisa... Refletiu e se lembrou de ter lido na *Variety* que Hollywood comprara os direitos do romance e se preparava para fazer um filme. Mas por que aquele exemplar se encontrava naquele estado? Levantou-se do banquinho para se sentar diante de um dos computadores à disposição dos clientes. Digitou algumas palavras-chave sobre Tom Boyd e se deparou com milhares de referências, porém, restringindo a busca aos sete últimos dias, descobriu que alguém inundara os fóruns de discussão atrás de um exemplar especial que tinha metade das páginas em branco.

E aquele exemplar era precisamente o que ele tinha na mochila!

Saiu para a calçada ruminando sobre o que acabara de ler. E foi então que uma ideia lhe veio à cabeça.

* * *

Greenwich Village
No mesmo dia
Fim da tarde

A Kerouac & Co. Bookseller era uma pequena livraria da Greene Street, especializada na compra e venda de livros antigos ou esgotados.

De terno preto acinturado e gravata escura, Kenneth Andrews colocou na vitrine um livro que acabara de adquirir, depois de uma partilha tumultuada entre os herdeiros de uma velha colecionadora: um exemplar de *Desça, Moisés* autografado por William Faulkner. A obra ganhara um lugar entre uma edição original de Scott Fitzgerald, um autógrafo sob o vidro de sir Arthur Conan Doyle, o pôster de uma exposição assinado por Andy Warhol e o original de uma música de Bob Dylan escrita no verso de uma conta de restaurante.

Kenneth Andrews tocava sua loja havia cerca de cinquenta anos. Conhecera os tempos heroicos da boemia literária, quando, nos anos 50, o Village era o império da geração *beat*, dos poetas e cantores *folk*. Porém, com o aumento do valor dos aluguéis, os artistas de vanguarda tinham se exilado havia muito tempo em outros bairros, e hoje os moradores de Greenwich eram pessoas abastadas, que compravam suas relíquias a preço de ouro para descobrir um pouco do cheiro de um passado que não haviam conhecido.

O sininho da loja tilintou e um rapaz apareceu no vão da porta.

– Bom dia – disse Jimbo, avançando.

Já estivera algumas vezes na loja, que achava pitoresca. Com sua luz filtrada, seu cheiro de passado e suas gravuras de época, evocava-lhe os cenários de um velho filme, dando-lhe a impressão de estar em um mundo paralelo, isolado do tumulto da cidade.

– Bom dia – respondeu Andrews. – O que posso fazer pelo senhor?

Jimbo pousou o livro sobre o balcão para apresentá-lo ao livreiro.

– Isso te interessa?

O velho pôs os óculos e inspecionou o romance com uma cara desdenhosa: imitação de couro, literatura popular, defeito de fabricação, sem falar de todas aquelas fotos que estragavam o conjunto. Para ele, o livro era digno do cesto de lixo.

Era o que se preparava para responder a seu interlocutor quando se lembrou de uma nota que lera na revista *American Bookseller*, a respeito da edição especial daquele *best-seller* que havia sido integralmente triturada em virtude de problemas de impressão. Será que...

– Posso lhe oferecer noventa dólares por ele – propôs, seguindo sua intuição.

– Você deve estar de brincadeira – desiludiu-se Jimbo. – É um exemplar especial. Eu posso conseguir três vezes mais pela internet.

– Faça isso, então. Posso chegar a cento e cinquenta. É pegar ou largar.

– Negócio fechado – decidiu Jimbo, após um momento de reflexão.

* * *

Kenneth Andrews esperou o rapaz sair da loja para procurar o artigo de revista que falava do livro.

Mau negócio para a Doubleday: em virtude de uma tiragem com defeito, os cem mil exemplares da edição especial do segundo volume da *Trilogia dos anjos*, do autor de sucesso Tom Boyd, tiveram de ser destruídos.

Hum, interessante, pensou o velho livreiro. Com um pouco de sorte, talvez tivesse posto as mãos num exemplar único...

* * *

Roma
Bairro do Prati
30 de setembro

Vestindo um avental branco, Milo servia *arancini, pitone* e fatias de pizza em um restaurante siciliano da Via Degli Scipioni. Após a partida de Carole, decidira passar uns dias em Roma, e aquele emprego lhe permitia ao mesmo tempo pagar por seu minúsculo quarto de hotel e comer de graça. Trocava diariamente *e-mails* com Tom e, exultante porque o amigo voltara a escrever, restabelecera contato com a Doubleday e com diversas editoras estrangeiras para lhes informar que tinham enterrado seu amigo um tanto precocemente e que em breve haveria um novo Tom Boyd nas livrarias.

– Hoje é meu aniversário – disse-lhe uma cliente assídua, uma bela morena que trabalhava numa loja de sapatos de luxo da Via Condotti.

– Encantado em saber.

Ela mordeu o bolinho de arroz, deixando um pouco de batom na crosta.

– Vou dar uma festa para alguns amigos no meu apartamento. Se quiser dar uma passada por lá...

– É muito gentil de sua parte, mas não.

Uma semana antes, não se teria feito de rogado, mas, depois do que Carole lhe contara, não era mais o mesmo. Estava transtornado com o relato da amiga, que lhe fizera descobrir a face oculta das duas pessoas que mais amava no mundo. Tudo isso o mergulhara em sentimentos contraditórios: pena infinita de Carole, por quem sentia um amor ainda mais forte, e respeito e orgulho pela atitude de Tom. Mas também despeito por ter sido excluído por tanto tempo do círculo de confiança deles e, sobretudo, remorso por não ter ele mesmo executado o "trabalho sujo".

– Acho que não vou resistir à *cassata* – pediu a bela italiana, apontando para a torta coberta com frutas cristalizadas.

Milo se preparava para partir uma fatia quando seu celular vibrou no bolso da calça.

– Desculpe.

Era um *e-mail* de Carole, que se limitava a duas palavras: "Veja isto!", seguido de um *link*.

Com as mãos pegajosas, tateou como pôde na tela sensível ao toque e foi parar num *site* que permitia consultar *online* o catálogo de livreiros profissionais especializados em livros raros ou de ocasião.

Se as informações fossem exatas, uma livraria de Greenwich Village acabava de pôr à venda o livro que procuravam!

Logo em seguida, recebeu uma mensagem de Carole:

Nos vemos em
Manhattan?

E ele, rapidamente:

Estou chegando.

Desamarrou o avental, deixou-o em cima do balcão e zarpou do restaurante.

– E a minha sobremesa?! – revoltou-se a freguesa.

34
The book of life

O tempo de ler é sempre um tempo roubado.
Provavelmente foi por isso que o metrô se
transformou na maior biblioteca do mundo.
– Françoise Sagan

Paris
Hospital Marie Curie

Billie se recuperava numa velocidade impressionante. Haviam retirado o respirador artificial, os drenos e os diversos eletrodos antes de transferi-la para o quarto do hospital.

Clouseau passava diariamente para vê-la, procurando eventuais complicações infecciosas ou o vestígio de alguma infiltração de líquido no pericárdio, mas, segundo ele, estava tudo sob controle.

Quanto a mim, eu transformara o hospital em um anexo do meu escritório. Das sete e meia da manhã às sete da noite, com fones de ouvido nas orelhas, trabalhava em meu *laptop* na cafeteria do térreo. Ao meio-dia, fazia minha refeição no *self-service* dos funcionários usando o cartão com *chip* do próprio Clouseau – quando é que aquele cara dormia? Comia? Mistério... – e, como acompanhante, eu conseguira uma cama no quarto de Billie, o que nos permitia continuar a passar as noites juntos.

Eu nunca estivera tão apaixonado.

Nunca escrevera com tanta facilidade.

* * *

Greenwich Village
1º de outubro
Fim da tarde

Carole foi a primeira a chegar diante da pequena livraria de Greene Street.

Kerouac & Co. Bookseller

Olhou através do vidro e não acreditou no que via.

O livro estava ali!

Aberto sobre um mostruário que ostentava a etiqueta "exemplar único", coabitava com uma antologia poética de Emily Dickinson e um cartaz do filme *Os desajustados* autografado por Marilyn Monroe.

Sentiu a presença de Milo atrás de si.

– Parabéns pela perseverança – disse ele, aproximando-se da vitrine. – Porque eu mesmo já tinha desistido.

– Tem certeza que é o que nos interessa?

– É o que veremos agora – ele disse, entrando na loja.

A loja estava para fechar. De pé, em frente às suas estantes, Kenneth Andrews recolocava no lugar os livros que acabava de espanar. Interrompeu a arrumação para receber os novos fregueses.

– Posso ajudar os senhores?

– Queremos examinar um de seus livros – disse Carole, apontando para o romance de Tom.

– Ah! Uma peça excepcional! – exclamou o livreiro, pegando o volume na vitrine e manipulando-o com a mesma precaução de quem tem um incunábulo nas mãos.

Milo examinou o romance por todos os ângulos, perplexo com o uso que lhe haviam feito os diferentes leitores.

– E então? – perguntou ansiosamente Carole.

– É este mesmo.

– Vamos comprar! – ela disse, cheia de entusiasmo.

Estava comovida e orgulhosa. Graças a ela, Billie agora estava fora de perigo!

– Excelente escolha, senhora. Vou embrulhar. Qual será a forma de pagamento?

– Hum... quanto custa?

Livreiro experiente, Kenneth Andrews farejara o entusiasmo dos clientes e não titubeou ao anunciar uma cifra delirante:

– Seis mil dólares, senhora.

– O quê? É uma piada? – engasgou Milo.

– É um exemplar único – justificou-se o livreiro.

– Não, isso é roubo!

O velho apontou-lhe a porta:

– Nesse caso, a saída é por aqui.

– Perfeito! E você vá pra p... – vociferou Milo.

– Já estou indo, senhor, e lhe desejo da mesma forma uma excelente noite – retorquiu Andrews, descansando o romance no mostruário.

– Espere! – pediu Carole, tentando acalmar a situação. – Vou pagar o que pede.

Sacou a carteira e estendeu seu cartão de crédito ao livreiro.

– A senhora é muito amável – disse ele, pegando o pequeno retângulo de plástico.

* * *

PARIS
HOSPITAL MARIE CURIE
NO MESMO DIA

– Já posso voltar para casa? Estou cheia de ficar deitada! – resmungou Billie.

O professor Clouseau dirigiu-lhe um olhar severo.

– Dói quando aperto aqui? – perguntou, apalpando o esterno.

– Um pouquinho.

O médico estava preocupado. Billie estava com febre. Sua cicatriz estava vermelha e infeccionada, com as bordas ligeiramente reviradas. Talvez fosse apenas uma infecção superficial, mas, em todo caso, ele pediu alguns exames.

* * *

Nova York

– Como assim "recusado"? - explodiu Milo.

– Sinto muito - desculpou-se Kenneth Andrews –, mas o cartão de crédito da sua esposa parece estar com um ligeiro problema.

– Não sou esposa dele – corrigiu Carole, voltando-se para Milo. – Devo ter estourado o limite com as passagens de avião, mas ainda tenho dinheiro na poupança.

– Isso é loucura – raciocinou Milo –, você não vai gastar...

Carole não quis saber.

– Tenho que fazer um resgate para a minha conta-corrente, mas hoje é sexta e isso pode levar algum tempo – explicou ao livreiro.

– Sem problema.

– Este romance é muito importante para nós – insistiu.

– Posso guardá-lo até a noite de segunda – prometeu Andrews, retirando o livro da vitrine para colocá-lo no balcão.

– Posso confiar no senhor?

– Tem minha palavra, senhora.

* * *

Paris
Hospital Marie Curie
Segunda-feira, 4 de outubro

– Ai! – gritou Billie, enquanto a enfermeira aplicava uma compressa de água quente em seu esterno.

Dessa vez, a dor foi mais aguda. A febre não dera trégua durante todo o fim de semana, e o professor Clouseau a transferira do quarto para a unidade de cardiologia.

À sua cabeceira, o médico examinava a cicatriz: estava inflamada e a ferida continuava a vazar. Clouseau temia uma inflamação do osso e da medula óssea – uma mediastinite, complicação rara e temível da cirurgia cardíaca, talvez causada por um estafilococo-dourado.

Pedira diversos exames, mas nenhum deles havia sido conclusivo. A radiografia do tórax mostrava o rompimento de dois fios de aço, mas continuava sendo difícil de interpretar em razão dos hematomas benignos decorrentes da cirurgia.

Talvez estivesse se preocupando por nada...

Hesitou, depois preferiu realizar pessoalmente um último exame. Introduziu a fina agulha na cavidade situada entre os dois pulmões de Billie para, com uma punção, drenar um pouco de líquido mediastinal. A olho nu, o material colhido parecia pus.

Prescreveu uma antibioterapia por via venosa e enviou o material coletado para o laboratório, pedindo urgência.

* * *

Greenwich Village
Segunda-feira, 4 de outubro
9h30

Como todas as manhãs quando estava em Nova York, o bilionário Oleg Mordhorov parou em um pequeno café da Broome Street e pediu um *cappuccino*. Com o copinho de papelão na mão, foi para a calçada e caminhou pela Greene Street.

O sol de outono iluminava suavemente os prédios de Manhattan. Oleg gostava de flanar pelas ruas. Não era tempo perdido, muito pelo contrário. Eram momentos de reflexão durante os quais tomara as decisões mais importantes de sua vida. Tinha uma reunião às onze para concluir uma importante operação imobiliária. O grupo que dirigia planejava comprar prédios e armazéns em Williamsburg, Greenpoint e Coney Island e transformá-los em residências de luxo. Projeto que ainda não recebera a anuência dos moradores da região, mas isso não era problema dele.

Oleg tinha quarenta e quatro anos, mas seu rosto arredondado lhe conferia um aspecto mais jovem. De *jeans*, paletó de veludo e suéter com capuz, não parecia ser o que era: um dos maiores milionários da Rússia. Não exibia sinais exteriores de riqueza, não se deslocava em limusine de oligarca, e o guarda-costas que o acompanhava sabia manter distância e parecer invisível. Aos vinte e seis anos, quando lecionava filosofia na península de Avacha, o convidaram para integrar a equipe da prefeitura de Petropavlovsk-Kamchatsky, cidade portuária no leste da Rússia. Envolvera-se de corpo e alma na vida local, depois, a favor da Perestroika e das reformas de Iéltsin, lançara-se no *business*, associando-se a homens de negócios nem sempre recomendáveis, mas que haviam lhe aberto as portas da política de privatização de empresas públicas. A princípio, não tinha o "perfil" do empreendedor, e seus adversários sempre se deixavam iludir por seu ar sonhador e inofensivo, que, no fundo, dissimulava uma vontade fria e implacável. Hoje, trilhara seu caminho e se livrara das amizades inconvenientes. Tinha propriedades em Londres, Nova York e Dubai, um iate, um avião particular, um time profissional de basquete e uma escuderia de Fórmula 1.

Oleg parou diante da vitrine da pequena livraria Kerouac & Co. Seu olhar foi atraído pelo cartaz do filme *Os desajustados* autografado por Marilyn Monroe.

Um presente para Marieke? Por que não...

Ele estava saindo com Marieke Van Eden, uma *top model* holandesa de vinte e quatro anos que, nos últimos dois anos, estampava a capa de todas as revistas de moda.

– Bom dia – disse, entrando na loja.

– Em que posso ajudar, cavalheiro? – recebeu-o Kenneth Andrews.

– É autêntico o autógrafo da Marilyn?

– Naturalmente, senhor. Acompanha um certificado de autenticidade. É uma bela peça...

– ...que custa?

– Três mil e quinhentos dólares.

– Vou levar – aceitou Oleg, sem barganhar. – Pode embrulhar para presente?

– Agora mesmo.

Enquanto o livreiro enrolava o cartaz com todo o cuidado, Oleg pegou seu cartão Platinum e o colocou sobre o balcão, bem ao lado de um livro encadernado em couro azul.

Tom Boyd, Trilogia dos anjos.

É o autor preferido de Marieke...

Não fez cerimônia e abriu o romance para folhear.

– Quanto custa este livro?

– Ah, sinto muito, não está à venda.

Oleg sorriu. Em negócios, ele só se interessava de fato pelas coisas que supostamente não estavam à venda.

– Quanto? – repetiu.

Seu rosto redondo perdera a cordialidade. Agora seus olhos refletiam uma chama irrequieta.

– Já está vendido, cavalheiro – Andrews explicou calmamente.

– Se já está vendido, o que faz aqui?

– O cliente virá pegá-lo.

– Então ainda não pagou.

– Não, mas eu lhe dei minha palavra.

– E quanto custa sua palavra?

– Minha palavra não está à venda – respondeu com firmeza o livreiro.

Andrews subitamente se sentiu incomodado. Aquele sujeito tinha algo de ameaçador e violento. Pegou o cartão de crédito e estendeu ao russo o embrulho e o recibo, louco para concluir a venda.

Mas Oleg não via as coisas da mesma forma. Em vez de ir embora, instalou-se na poltrona de couro marrom em frente ao balcão.

– Tudo tem seu preço, certo?

– Não penso assim, senhor.

– O que dizia o Shakespeare de vocês? – perguntou, tentando se lembrar de uma citação. – "O dinheiro transforma o feio em belo, o velho em moço, o injusto em justo, o infame em nobre..."

– É uma visão muito cínica do homem, o senhor há de convir...

– O que é que não podemos comprar? – provocou Oleg.

– Sabe muito bem: amizade, amor, dignidade...

Oleg varreu o argumento:

– O ser humano é fraco e corruptível.

– O senhor há de concordar que existem valores morais e espirituais que escapam à lógica do lucro.

– Todo homem tem seu preço.

Dessa vez, Andrews lhe mostrou a porta.

– Desejo-lhe um excelente dia.

Mas Oleg não se moveu nem um único centímetro.

– Todo homem tem um preço – repetiu. – Qual é o seu?

* * *

Greenwich Village
Duas horas mais tarde

– Que palhaçada é essa? – revoltou-se Milo ao chegar em frente à loja.

Carole não acreditava no que via. Não apenas a porta de ferro estava abaixada, como um cartaz rabiscado às pressas avisava aos eventuais clientes:

FECHADO EM VIRTUDE DE
MUDANÇA DE PROPRIETÁRIO

Ela estava quase chorando. Arrasada, sentou-se no meio-fio e mergulhou a cabeça nas mãos. Acabava justamente de retirar os seis mil dólares. Quinze minutos antes, fizera questão de dar a boa notícia a Tom e eis que agora o livro lhe escapava por entre os dedos.

Furioso, Milo sacudia a porta de ferro, mas Carole se levantou para acalmá-lo:

– Pode quebrar o que quiser, isso não muda nada.

Pegou os seis mil dólares em dinheiro vivo e lhe entregou a maior parte.

– Preste atenção, minha licença está chegando ao fim, mas você tem que ir a Paris dar uma força ao Tom. É o que de mais útil podemos fazer agora.

Assim foi decidido. Ainda abatidos, dividiram um táxi até o Aeroporto JFK e cada um tomou seu caminho: Carole foi para Los Angeles, e Milo, para Paris.

* * *

Newark
Fim da tarde

A poucas dezenas de quilômetros dali, num outro aeroporto nova--iorquino, o jatinho particular do bilionário Oleg Mordhorov decolava para a Europa. Um bate e volta para fazer uma surpresa para Marieke. Naquela primeira semana de outubro, a jovem modelo desfilava na Fashion Week da capital francesa. Todas as grifes, que apresentavam suas últimas coleções, disputavam-na a tapa. Misto de beleza clássica e mulher sofisticada, a jovem holandesa cintilava no céu da moda. Como se, do alto de seu Olimpo, os deuses houvessem deixado escapar para a Terra uma fagulha de sua eternidade.

Confortavelmente instalado em seu casulo, Oleg folheou distraidamente o livro de Tom Boyd antes de enfiá-lo em um envelope acolchoado, adornado com uma fita.

Um presente original, pensou. Espero que ela goste.

Passou o restante da viagem organizando os negócios antes de se conceder duas horas de sono.

* * *

Paris, Hospital Marie Curie
5 de outubro
5h30

– Merda de infecção hospitalar – deixou escapar grosseiramente Clouseau, ao entrar no quarto.

Prostrada pela febre e pelo cansaço, Billie não despertara desde a véspera.

– Má notícia? – pressenti.

– Péssima. O exame do líquido revelou a presença de germes. Ela está desenvolvendo uma mediastinite, uma infecção grave que exige uma intervenção urgente.

– Vai operá-la de novo?

– Sim, vamos levá-la para o centro cirúrgico imediatamente.

* * *

O jato de Oleg Mordhorov pousou em Orly Sul às seis da manhã. Um automóvel discreto o aguardava no aeroporto para levá-lo a Île Saint-Louis, no coração de Paris.

O carro parou no Quai de Bourbon, em frente a um belo palacete do século XVII. Com a mala de viagem na mão e o envelope com o livro debaixo do braço, Oleg entrou no elevador e saiu no quinto andar. O duplex ocupava os dois últimos andares, oferecendo uma bela vista para o Sena e para a Ponte Marie, uma loucura que ele dera de presente para Marieke no início do namoro.

Usando sua chave, entrou no apartamento. Estava tudo em silêncio, mergulhado na luz pálida da madrugada. Jogado no sofá de couro branco, reconheceu o casaco acinturado cinza-pérola de Marieke, mas, ao lado, havia um jaqueta de couro masculina que não era dela...

Compreendeu imediatamente o que acontecia e não se deu ao trabalho de ir até o quarto.

Já na rua, tentou esconder a vergonha aos olhos do motorista, mas, tomado pela raiva, arremessou o livro no rio.

* * *

Hospital Marie Curie
7h30

Guiado por Clouseau, o médico assistente instalou os *patches* de desfibrilação no corpo de Billie, mergulhado nos limbos da anestesia. Em seguida, o cirurgião entrou em cena, retirando com cuidado todas as linhas que ainda suturavam o tórax antes de limpar os rebordos esternais, removendo tecidos necrosados ou infeccionados.

Um líquido purulento vazava da ferida. Clouseau se decidiu por uma cirurgia com o tórax fechado. Para aspirar as serosidades da ferida, dispôs seis pequenos drenos ligados a frascos dentro dos quais havia um forte vácuo. Em seguida, concluiu a intervenção estabilizando solidamente o esterno com novos fios de aço, para evitar que a cicatrização fosse perturbada pelos movimentos respiratórios.

Até que enfim, a cirurgia foi um suce...

– Doutor, uma hemorragia! – berrou o assistente.

* * *

Protegido apenas pelo envelope, o romance de couro azul-escuro boiou por um momento no Sena, antes que a água começasse a se infiltrar na embalagem. O livro rodara o mundo nas últimas semanas, indo de Malibu a San Francisco, atravessando o Atlântico até Roma, esticando até a Ásia antes de voltar a Manhattan, para dali partir para uma última viagem à França.

À sua maneira, transformara a vida de todos que o haviam tido nas mãos.

Aquele romance não era como os outros. A história que contava germinara na cabeça de um adolescente traumatizado pelo drama vivenciado pela amiga de infância.

Anos mais tarde, quando o autor pelejava com seus próprios demônios, o livro lançara um de seus personagens no mundo real para ajudá-lo.

Naquela manhã, porém, enquanto a água do rio começava a desbotar as páginas da obra, a realidade aparentemente decidira voltar a prevalecer, determinada a erradicar Billie da superfície da Terra.

35
A prova do coração

Depois de procurar sem encontrar, às vezes encontramos sem procurar.
– Jerome K. Jerome

Hospital Marie Curie
8h10

– Vamos abri-la mais uma vez – ordenou Clouseau.

Era o que ele temia: o ventrículo direito acabara de romper, provocando um copioso afluxo de sangue.

O sangue esguichava de todos os lados e inundava a zona de trabalho. O assistente e a enfermeira tinham tamanha dificuldade em aspirá-lo que Clouseau se viu obrigado a comprimir o coração com as próprias mãos para tentar estancar a hemorragia.

Dessa vez, a vida de Billie estava por um fio.

* * *

Quai Saint-Bernard
8h45

– Ei, pessoal, a hora do café já acabou, é hora de trabalhar! – vociferou a capitã Karine Agneli, entrando na sala de descanso do quartel-general da Brigada Fluvial.

Com um *croissant* numa mão e uma xícara de café com leite na outra, os tenentes Diaz e Capella percorriam as manchetes do *Parisien*, ouvindo no rádio o quadro de imitações do programa matinal.

Com cabelos curtos espetados e sardas graciosas, Karine era tão feminina quanto autoritária. Irritada com a indiferença, desligou o rádio e sacudiu seus homens:

– A intendência acaba de fazer contato: temos uma emergência! Um sujeito bêbado pulou da Ponte Marie. Portanto, parem de coçar o...

– Estamos indo, chefe! – Diaz a interrompeu. – Não precisa ser rude.

Em poucos segundos, os três tomaram lugar a bordo da *Cormoran*, uma das lanchas de ronda utilizadas para patrulhar o rio parisiense. A embarcação rasgou as águas, acompanhando o Cais Henrique IV e passando sob a Ponte de Sully.

– Tem que estar muito louco para querer morrer afogado com esse frio – observou Diaz.

– É mesmo... Aliás, vocês dois também não me parecem muito bem – julgou Karine.

– Meu caçula acordou a noite inteira – justificou-se Capella.

– E você, Diaz?

– Eu estou assim por causa da minha mãe.

– Sua mãe?

– É complicado – ele respondeu evasivamente.

Ela não procurou saber mais. A lancha continuou avançando ao longo do Georges Pompidou, até que...

– Avistei! – gritou Capella, atrás do binóculo.

A embarcação reduziu a velocidade ao passar sob a Ponte Marie. Quase sem ar, com os movimentos entravados pela jaqueta, um sujeito se debatia na água, lutando para alcançar a margem.

– Ele está se afogando – constatou Karine. – Quem vai até lá?

– É a vez do Diaz! – asseverou Capella.

– É uma piada? Ontem à noite fui eu que...

– Ok, já entendi – cortou a mulher. – No fim das contas, sou a única aqui que tem colhões!

Ela fechou o uniforme e se jogou na água sob o olhar embaraçado dos dois tenentes.

Nadou até o homem, o tranquilizou e o arrastou até o *Cormoran*, onde Diaz o recolheu e o agasalhou com um cobertor antes de lhe prestar os primeiros socorros.

Ainda na água, Karine notou um objeto boiando na superfície do rio. Apalpou-o. Era um envelope volumoso, acolchoado, revestido de plástico. Não exatamente o tipo de produto biodegradável. Como a luta contra a poluição também fazia parte das atribuições da Fluvial, ela recolheu o embrulho antes que Capella a puxasse de volta para a lancha.

* * *

Hospital Marie Curie

A equipe cirúrgica trabalhou a manhã toda procurando salvar Billie.

Na tentativa de reparar a laceração ventricular, Clouseau utilizou uma parte da parede do peritônio para fechar novamente a incisão.

Essa era sua última chance.

O prognóstico era sombrio.

* * *

Quai Saint-Bernard
9h15

De volta ao quartel-general da Brigada Fluvial, o tenente Capella tratou de esvaziar a lancha antes de levá-la para a lavagem de alta pressão.

Examinou o envelope, encharcado como uma esponja. Ali havia um livro em inglês, aparentemente bastante danificado. Ia lançá-lo direto na caçamba de lixo, mas decidiu finalmente deixá-lo no cais.

* * *

Os dias então se passam...

Milo me encontrou em Paris e me ajudou a atravessar aquele momento difícil.

Entre a vida e a morte, Billie passou mais de uma semana na UTI, sob a vigilância atenta de Clouseau, que a cada três horas avaliava o estado de saúde da paciente.

Compreensivo, permitiu que eu circulasse livremente pelo setor. Passei então boa parte de meus dias sentado numa cadeira com o *laptop* no colo, digitando febrilmente na cadência do monitor cardíaco e do respirador artificial.

Entupida de analgésicos, Billie estava entubada, mergulhada em eletrodos, drenos torácicos e cateteres que partiam de seus braços e de seu peito. Raramente abria os olhos, e, quando o fazia, eu percebia sofrimento e aflição em seu olhar. Gostaria de confortá-la e secar suas lágrimas, mas tudo que eu podia fazer era continuar escrevendo.

* * *

Em meados de outubro, sentado no terraço de um café, Milo terminou uma longa carta a Carole. Colocou as folhas em um envelope, pagou sua Perrier sabor menta e atravessou a rua em direção à margem do Sena, na altura do Quai Malaquais. A caminho do Instituto de França – onde vira uma caixa do correio para deixar a carta –, resolveu dar uma olhada nas barracas dos alfarrabistas. Livros antigos de qualidade conviviam ali, lado a lado, com cartões-postais de Doisneau, pôsteres *vintage* do Chat Noir, vinis dos anos 60 e chaveiros horrendos da Torre Eiffel. Milo se deteve diante de um livreiro especializado em quadrinhos. De Hulk a Homem-Aranha, seus sonhos de criança haviam sido povoados pelos heróis dos *comics* da Marvel, e naquela tarde descobriu com interesse alguns quadrinhos de Asterix e Lucky Luke.

A última barraca reunia as publicações "tudo a um euro". Milo xeretou por curiosidade: velhas edições de bolso amarelecidas, revistas rasgadas e, naquele caos, um romance danificado, encadernado em couro azul-escuro...

Impossível!

Examinou o livro: o miolo estava todo sanfonado, as páginas grudadas e estorricadas como pedra.

– *Where... where did you get this book?* – perguntou, incapaz de pronunciar qualquer palavra em francês.

O livreiro, que arranhava alguma coisa em inglês, explicou que o encontrara à margem do Sena, mas Milo ficou sem saber que milagre fizera com que o livro, cuja pista ele perdera em Nova York, viesse parar em Paris dez dias depois.

Ainda desorientado, virou e revirou o livro nas mãos.

Não restava dúvida: o romance era de fato aquele, mas em um estado...

O livreiro compreendeu sua consternação.

– Se quiser restaurá-lo, posso recomendar um profissional – sugeriu, estendendo-lhe um cartão de visita.

* * *

Anexo da Abadia Saint-Benoît
Em algum lugar em Paris

No seio do monástico ateliê de encadernação artesanal, a irmã Marie-Claude examinou o livro que lhe havia sido entregue. O "miolo" estava amarrotado e machucado, e a capa, imitando couro, bastante danificada. A restauração que haviam lhe pedido parecia difícil, mas a religiosa se empenhou na tarefa com determinação.

Começou por descosturar conscienciosamente o livro. Em seguida, com a ajuda de um umidificador um pouco mais grosso que uma caneta, lançou sobre o romance um vapor finíssimo, cuja temperatura apareceu num mostrador digital. A nuvem úmida impregnou o papel de gotículas e separou as páginas coladas.

Como haviam sido molhadas, as páginas estavam frágeis e parcialmente apagadas. Com precaução, a irmã Marie-Claude colocou papel absorvente entre cada página antes de abrir o livro, apoiando-o em sua lombada inferior, e com infinita paciência usou um secador de cabelos para "ressuscitá-lo".

Algumas horas mais tarde, era possível virar as páginas novamente com certa fluidez. A religiosa as passou minuciosamente uma a uma, certificando-se de que o trabalho fora benfeito. Colou novamente as fotografias que haviam se soltado, bem como a pequena mecha de cabelos, tão finos que se diria ser de um anjo. Finalmente, para recuperar a forma original do exemplar, deixou-o por uma noite entre as duas chapas de uma prensa.

No dia seguinte, a irmã Marie-Claude deu início à restauração da capa. No recolhimento de seu ateliê, cercada de silêncio e paz, trabalhou o dia todo com precisão cirúrgica para realizar uma encadernação em velino tingido, que ornamentou com uma etiqueta em pergaminho com o título gravado e folheado a ouro.

Às dezenove horas, o rapaz americano de nome estranho bateu à porta da comunidade monástica. A irmã Marie-Claude entregou o livro a Milo, que lhe fez tantos elogios a respeito de seu trabalho que ela não teve como não ruborizar...

* * *

– Acorde! – ordenou Milo, me sacudindo.

Minha nossa!

Eu dormira mais uma vez diante da tela do *laptop*, no quarto de hospital ocupado por Billie antes da nova cirurgia. Passava todas as noites ali, com a concordância tácita dos funcionários.

As persianas estavam arriadas, e o recinto, iluminado por uma luz lânguida.

– Que horas são? – perguntei, esfregando os olhos.

– Onze da noite.

– Que dia é hoje?

– Quarta-feira.

Com um ar zombeteiro, ele não pôde deixar de acrescentar.

– Antes que me pergunte, estamos mesmo em 2010 e o Obama continua presidente.

– Hum...

Quando eu mergulhava numa história, minhas referências temporais tendiam a se embaralhar.

– Quantas páginas você escreveu? – ele perguntou, tentando ler por cima do meu ombro.

– Duzentas e cinquenta – eu disse, abaixando a tela. – Estou na metade.

– Como a Billie está?

– Ainda sob cuidados, se recuperando.

Com solenidade, ele tirou de uma sacola de papelão um livro luxuosamente encadernado.

– Tenho um presente para você – disse misteriosamente.

Precisei de um longo momento para compreender que se tratava de meu próprio livro, que ele caçara pelos quatro cantos do mundo com Carole.

O livro estava solidamente restaurado, e sua capa de couro, quente e lisa ao toque

– A Billie não tem mais nada a temer – disse Milo. – Agora, só lhe resta terminar a história para devolvê-la ao mundo dela.

* * *

Semanas e meses se passam
Outubro, novembro, dezembro...

O vento carregou as folhas amarelas caídas nas calçadas, e o rigor do inverno sucedeu à suavidade do sol de outono.

Os cafés recolheram as cadeiras das varandas ou acenderam seus aquecedores. Os vendedores de castanhas apareceram nas saídas do metrô, onde, num mesmo movimento, transeuntes metiam o gorro e apertavam o cachecol.

Depois de pegar o ritmo, eu escrevia cada vez mais rápido, martelando o teclado quase ininterruptamente, possuído por uma história da qual eu passara a ser mais joguete que criador e hipnotizado pelos números das páginas que desfilavam em meu processador de texto: 350, 400, 450...

Billie resistira ao choque e passara com sucesso pela "prova do coração". Primeiro, retiraram o tubo que lhe obstruía a laringe e o substituíram por uma máscara de oxigênio. Clouseau diminuiu progressivamente as doses de analgésicos e retirou os drenos e cateteres, aliviado ao ver que os exames bacteriológicos não davam novos indícios de infecção.

Em seguida, retiraram os curativos e cobriram com um filme transparente as feridas suturadas. Com o passar das semanas, a cicatriz foi ficando mais discreta.

Billie voltou a ingerir líquido e a comer sozinha. Eu a vi dar seus primeiros passos, depois subir uma escada, orientada por um fisioterapeuta.

As raízes de seus cabelos haviam recuperado a cor original, e ela, o sorriso e a vitalidade.

Em 17 de dezembro, Paris acordou sob os primeiros flocos de neve, que caíram durante toda a manhã.

E, em 23 de dezembro, coloquei o ponto-final em meu romance.

36
A última vez que vi Billie

Um amor imenso são dois sonhos que se encontram e que, cúmplices, escapam da realidade até o fim.

– Romain Gary

Paris
23 de dezembro
Oito horas da noite

Na antevéspera do Natal, a cidade fervilhava. Agarrada a meu braço, Billie se deixava guiar por entre as barraquinhas brancas instaladas entre a Place de la Concorde e a rotatória da Champs-Élysées. A roda-gigante, as iluminações, as esculturas de gelo, os eflúvios de vinho quente e pão de mel conferiam um pouco de mágica e poesia à avenida.

– Você resolveu me dar um par de sapatos de presente! – ela exclamou, enquanto passávamos em frente às butiques de luxo da Avenue Montaigne.

– Não, vamos ao teatro.

– Assistir a um espetáculo?

– Não, jantar.

Ao chegarmos diante da fachada de mármore branco do teatro da Champs-Élysées, pegamos o elevador que levava ao restaurante instalado na cobertura.

Num cenário despojado, onde madeira se misturava a vidro e granito, a sala exibia tons pastel que contrastavam com as colunas ameixa.

– Desejam beber alguma coisa? – perguntou o *maître*, depois de nos instalarmos numa das pequenas alcovas drapejadas de seda, propícias à intimidade.

Pedi duas taças de champanhe e tirei do bolso um minúsculo estojo prateado.

– Promessa cumprida – eu disse, estendendo o objeto à minha parceira.

– É uma joia?

– Não, não se empolgue...

– Ah, é um *pen drive*! – ela descobriu, tirando a tampa do pequeno conector. – Você terminou o romance!

Assenti com a cabeça enquanto traziam nosso aperitivo.

– Eu também tenho uma coisa para você! – disse ela em tom misterioso, tirando um celular da bolsa. – Antes de brindarmos, eu queria lhe devolver isto.

– Mas é meu!

– Pois é, roubei hoje de manhã – ela confessou, sem pudor. – Você sabe que adoro bisbilhotar...

Resmungando, peguei meu aparelho de volta, enquanto ela estampava um sorriso satisfeito.

– A propósito, tomei a liberdade de ler algumas mensagens. Vi que está se entendendo com a Aurore!

Embora ela não estivesse totalmente equivocada, balancei a cabeça negativamente. Naquelas últimas semanas, as mensagens de Aurore haviam se tornado mais numerosas e afetuosas. Ela escrevia que sentia saudades de mim e se desculpava por alguns erros, evocando nas entrelinhas uma eventual "segunda chance" para o nosso amor.

– Ela está se apaixonando de novo! Eu disse que cumpriria minha parte do contrato! – exclamou Billie, tirando do bolso o pedaço amassado de toalha de papel do posto de gasolina.

– Bons tempos – eu disse, pensando com nostalgia no dia em que assináramos aquele contrato.

– É mesmo. Você levou uma bela bofetada, caso não se lembre!

– Quer dizer que o fim da aventura é hoje à noite?

Ela me olhou com um semblante que se pretendia ameno.

– Exatamente! Missão cumprida para ambos: você terminou o livro e eu lhe trouxe de volta a mulher que você ama.

– Você é a mulher que eu amo.

– Não complique as coisas, por favor – ela pediu, enquanto o garçom avançava para anotar nosso pedido.

Virei a cabeça para disfarçar a tristeza, e meu olhar atravessou a vertiginosa vidraça que dominava a cidade e oferecia uma vista deslumbrante dos telhados de Paris. Deixei o garçom se afastar e perguntei:

– E, na prática, como as coisas vão correr agora?

– Já falamos disso várias vezes, Tom. Você vai enviar o original a seu editor e, assim que ele ler o texto, o mundo imaginário que você descreve na história tomará forma no espírito dele. E é nesse mundo imaginário que é o meu lugar.

– Seu lugar é aqui comigo!

– Não, isso é impossível! Não posso existir na realidade e na ficção ao mesmo tempo. Não posso viver aqui! Eu escapei da morte por um triz, e é um milagre eu continuar viva.

– Mas você melhorou.

– Estou em condicional, e você sabe muito bem disso. Se ficar, terei uma recaída, e aí não vai ter volta.

Eu estava decepcionado com a resignação dela.

– Parece até que... que está gostando de me deixar!

– Não, não estou gostando, mas desde o início sabíamos que nossa paixão seria efêmera. Sabíamos que não tínhamos futuro e que não poderíamos construir nada juntos.

– Mas aconteceram coisas entre nós!

– Claro. Nestas últimas semanas vivemos uma espécie de digressão encantada, mas nossas realidades são irreconciliáveis. Você vive no mundo real, eu não passo de uma *criatura imaginária*.

– Muito bem – eu disse, levantando-me da mesa –, mas você poderia ao menos demonstrar um pouco de tristeza.

Joguei o guardanapo no prato e o que tinha de dinheiro na mesa e deixei o restaurante.

* * *

O frio penetrante que cortava a cidade congelou meus ossos. Levantei a gola do casaco e percorri a avenida até o Plaza, onde três táxis aguardavam passageiro.

Billie correu atrás de mim e me puxou violentamente pelo braço:

– Você não tem o direito de me largar assim! Não tem o direito de estragar tudo que vivemos!

Ela tiritava, arrepiada. Lágrimas corriam por sua face, e vapor saía de sua boca.

– O que é que você acha? – ela gritou. – Que não estou apavorada com a ideia de perdê-lo? Se soubesse como te amo...

Ela se insurgira contra mim, fula da vida com minhas recriminações.

– Você quer que eu diga: nunca me senti tão bem com um homem em toda a minha vida! Eu não sabia que era possível ter esse tipo de sentimento por alguém! Eu não sabia que a paixão era compatível com a admiração, com o humor e com a ternura! Você foi o único que me incentivou a ler. O único que me escuta de verdade quando falo e que não me acha muito burra. O único a julgar minhas respostas tão *sexy* quanto minhas pernas. O único a ver em mim algo além de uma garota fácil... Mas você é burro demais para enxergar isso.

Tomei-a nos braços. Eu também estava com raiva, do meu egoísmo e daquela barreira implacável que, separando a realidade da ficção, nos impedia de viver a história de amor que merecíamos.

* * *

Pela última vez voltamos "para casa", nosso pequeno apartamento da Place Furstemberg, que abrigara o início de nosso amor.

Acendi o fogo na lareira pela última vez, mostrando-lhe que aprendera definitivamente sua lição: primeiro papel amassado, depois gravetos e finalmente a lenha disposta como numa fogueira indígena.

Pela última vez, tomamos uma talagada da infame e deliciosa aguardente de pera.

Pela última vez, Léo Ferré cantou para nós que "com o tempo, tudo se vai".

* * *

O fogo começou a se alastrar, projetando sombras dançantes nas paredes. Estávamos deitados no sofá. Billie descansava a cabeça em minha barriga enquanto eu lhe acariciava os cabelos.

– Tem que me prometer uma coisa – ela começou, voltando-se para mim.

– O que quiser.

– Prometa não cair novamente no buraco negro e nunca mais se anestesiar com remédios.

Eu estava comovido com suas súplicas fervorosas, mas nada seguro quanto à minha capacidade de estar à altura delas quando me visse sozinho.

– Você deu a volta por cima, Tom. Voltou a escrever e a amar. Tem amigos. Seja feliz com a Aurore, tenha filhos. Não se deixe...

– Estou me lixando para a Aurore! – eu disse, interrompendo-a.

Ela se pôs de pé e continuou:

– Mesmo que eu tivesse sete vidas, jamais teria tempo para lhe agradecer tudo que fez por mim. Não sei o que vai acontecer comigo nem onde vou aterrissar, mas tenha certeza que, onde quer que eu esteja, vou continuar a te amar.

Ela avançou até a escrivaninha e procurou na gaveta o livro restaurado que Milo me trouxera.

– O que está fazendo?

Enquanto eu tentava me levantar para me juntar a ela, fui tomado por uma tontura tão repentina quanto intensa. Minha cabeça estava pesada, e um sono irreprimível tomou conta de mim.

– O que está acontecendo comigo?

Dei alguns passos hesitantes. Billie abrira o romance e eu desconfiava que ela relia aquela maldita página 266, que se detinha abruptamente em: "ela berrou, caindo".

Meus olhos foram se fechando, minhas forças me abandonando, e subitamente compreendi:

A aguardente! Billie apenas molhou os lábios, enquanto eu...

– Você... você pôs alguma coisa na garrafa?

Sem tentar negar, ela tirou do bolso o tubo de soníferos que certamente roubara do hospital.

– Mas por quê?

– Para que me deixe partir.

Os músculos de meu pescoço estavam paralisados, e eu sentia uma terrível vontade de vomitar. Lutei contra o torpor tentando não desabar, mas comecei a ver tudo duplicado à minha volta.

Minha última imagem realmente nítida foi a de Billie remexendo nas brasas com o atiçador antes de atirar o romance nas chamas. Por intermédio do livro ela chegara, era por intermédio dele que deveria partir.

Incapaz de impedi-la, caí de joelhos, e minha vista ficou ainda mais turva. Billie abrira a tela do meu *laptop,* e mais adivinhei do que vi que ela conectaria o *pen drive* prateado no...

Enquanto tudo vacilava à minha volta, ouvi o ruído típico de um *e-mail* vindo de meu computador. Em seguida, enquanto eu perdia os sentidos tombando no assoalho, um tênue fio de voz murmurou um frágil "Eu te amo", que se dissolveu nos limbos do sono em que eu mergulhava.

* * *

MANHATTAN
MADISON AVENUE

No mesmo instante, em Nova York, já passavam das quatro da tarde quando Rebecca Tyler, diretora editorial da Doubleday, atendeu o celular para responder a uma chamada de sua assistente.

– Acabamos de receber os originais do último Tom Boyd! – avisou-a Janice.

– Já não era sem tempo! – exclamou Rebecca. – Faz meses que estamos esperando.

– Quer que eu imprima?

– Sim, o mais rápido possível.

Rebecca também pediu que a assistente desmarcasse os dois compromissos que ela tinha logo em seguida. O terceiro volume da *Trilogia dos anjos* era prioridade para a editora, e ela tinha pressa em avaliar o texto.

Começou a leitura pouco antes das cinco da tarde e continuou até tarde da noite.

Sem dizer uma única palavra à chefe, Janice também imprimira uma cópia do romance para uso pessoal. Quando saiu do escritório às dezoito horas para pegar o metrô até seu pequeno apartamento em Williamsburg, ruminou ser completamente louca de correr aquele risco. O tipo de conduta profissional passível de demissão. Mas estava tão ansiosa para ler o fim da trilogia que não tinha sido capaz de resistir.

Foi, portanto, na mente dessas duas primeiras leitoras que o mundo imaginário descrito por Tom começou a ganhar forma.

O mundo no qual Billie agora se movia.

* * *

Paris
24 de dezembro
Nove horas da manhã

Quando abri os olhos no dia seguinte, sentia náuseas e um gosto de terra na boca. O apartamento estava frio e vazio. Na lareira, não restava nada além de cinzas.

Do lado de fora, o céu estava escuro e a chuva fustigava os vidros.

Billie saíra de minha vida tão de repente quanto entrara, como uma bala que tivesse atravessado meu coração, deixando-me novamente sozinho e desamparado.

37

O casamento dos meus melhores amigos

Os únicos amigos dignos de interesse
são aqueles para quem podemos
ligar às quatro da manhã.
– Marlene Dietrich

Oito meses mais tarde
Primeira semana de setembro
Malibu, Califórnia

A propriedade – réplica de um castelo francês construída nos anos 60 por um bilionário excêntrico – estendia-se pelas colinas de Zuma Beach. Seis hectares de mata, parques e vinhedos que davam a impressão de se estar em plena Borgonha, e não à beira do oceano, na cidade dos surfistas e das praias de areia branca.

Foi esse ambiente protegido que Milo e Carole escolheram para celebrar sua união. Desde o fim de nossas peripécias, meus dois amigos viviam o amor perfeito, e eu era o primeiro a me alegrar com aquela felicidade, adiada por tanto tempo.

A vida retomara seu curso. Eu pagara minhas dívidas e resolvera minhas pendências jurídicas. Publicado seis meses antes, o terceiro volume de minha trilogia reencontrara seus leitores. Quanto ao primeiro filme adaptado a partir de meus romances, ele encabeçara durante mais de três semanas a lista das maiores bilheterias do verão. A roda gira rápido em Hollywood: de *looser* à deriva, eu voltara a ser o autor consagrado bem-sucedido em tudo. *Sic transit gloria mundi.*

Milo reabrira nosso escritório e agora administrava meus negócios com uma prudência de *sioux*. Recuperara seu Bugatti, mas, informado da gravidez da futura esposa, acabara de trocá-lo por uma minivan Volvo.

Ou seja, Milo não era mais o mesmo...

Embora aparentemente a vida me voltasse a sorrir, eu vivia numa espécie de luto depois do desaparecimento de Billie. Sua partida deixara no fundo do meu coração uma reserva de amor inesgotável, com a qual eu não sabia o que fazer. Para permanecer fiel à minha promessa, não voltara a mergulhar na nebulosa "antidepressivos, ansiolíticos e metanfetamina" e estava totalmente careta. Para não ficar ocioso, fiz uma grande turnê de autógrafos, que, em poucos meses, me fizera visitar os quatro cantos do país. O simples fato de voltar a ver gente teve efeito terapêutico sobre mim, mas, assim que me via sozinho, a última recordação de Billie me vinha à tona, lembrando-me cruelmente da magia de nosso encontro, das faíscas de nossos duelos verbais, do embrião de nossos rituais e do calor de nossa intimidade.

Eu passara uma borracha em minha vida amorosa e rompera todo contato com Aurore. Nossa paixão não era daquelas que merecessem uma segunda chance. Sem planos para o futuro, eu simplesmente ia, na medida do possível, tocando a vida.

Mas eu não podia me permitir uma nova ida ao inferno. Se eu desmoronasse de novo, não me levantaria mais, e não tinha o direito de decepcionar Carole e Milo, que faziam de tudo o tempo todo para me devolver o gosto pela vida. Para não entristecê-los, eu camuflava minha mágoa e minhas feridas comparecendo de boa vontade aos jantares "casamenteiros" que organizavam nas noites de sexta para me fazer encontrar minha alma gêmea. Haviam jurado desencavar uma "pérola rara", e para isso mobilizavam todos os seus conhecidos. Em poucos meses, portanto, graças a seus esforços, conheci um amplo leque de solteiras californianas passadas na peneira – professora de faculdade, cenarista, professora primária, psicóloga... –, mas aquele jogo não me seduzia, e nossas conversas nunca se estendiam para além do jantar.

* * *

– Um discurso do padrinho! – exigiu um dos presentes.

Estávamos sob a grande tenda branca erguida para acolher os convidados. Eram basicamente policiais, bombeiros e socorristas, com os quais Carole convivia no trabalho e que tinham vindo com a família. Além da mãe dele, eu era praticamente o único a representar Milo. O ambiente era simpático e informal. O vento estalava as cortinas de lona e trazia o cheiro de capim novo e de maresia.

– Discurso do padrinho! – repetiram em coro os convidados.

Puseram-se todos a tilintar as facas nas taças, o que me obrigou a levantar e improvisar um brinde que eu teria dispensado de bom grado. A afeição que eu dedicava a meus amigos não era do tipo que alardeamos diante de quarenta pessoas.

De qualquer forma, curvei-me às circunstâncias. Pus-me de pé e todos silenciaram.

– Boa tarde a todos. É uma honra ter sido convidado para ser padrinho deste casamento, que, por coincidência, é o casamento dos meus dois melhores amigos e, para ser franco, dos meus dois *únicos* amigos de verdade.

Voltei-me primeiro para Carole. Ela resplandecia em seu vestido espartilhado, semeado de pequenos cristais.

– Carole, a gente se conhece desde a infância, melhor dizendo, desde sempre. Sua história e a minha estão inextricavelmente ligadas, e eu jamais poderia me sentir feliz se soubesse que você não está feliz.

Dirigi-lhe um sorriso, e ela me devolveu uma piscadela. Então, dirigi-me a Milo.

– Milo, meu irmão, juntos nós conhecemos tudo e compartilhamos tudo: de nossa difícil juventude até a frivolidade do sucesso social. Juntos, cometemos erros e os reparamos. Juntos, perdemos tudo e recuperamos tudo. E torço para que continuemos juntos nosso caminho.

Milo me fez um pequeno aceno com a cabeça. Eu via que seus olhos brilhavam e que estava emocionado.

– Normalmente, as palavras são meu ofício, mas são impotentes para exprimir minha alegria ao vê-los unidos no dia de hoje. Já faz um ano que vocês me provaram a que ponto eu podia contar com vocês, inclusive nas circunstâncias mais dramáticas. Vocês me provaram que o ditado que diz que a amizade duplica as alegrias e reduz à metade os sofrimentos não é uma mera fórmula. Agradeço a vocês do fundo do coração e prometo que estarei sempre presente quando precisarem de mim para ajudá-los a preservar sua felicidade.

Então, ergui minha taça aos convidados:

– Desejo a todos um dia excelente e os convido a fazer um brinde aos recém-casados.

– Aos recém-casados! – gritaram em coro os convidados.

Vi que Carole enxugava uma lágrima, enquanto Milo vinha em minha direção para um abraço.

– Precisamos conversar – sussurrou ao meu ouvido.

* * *

Havíamos encontrado refúgio num recanto sossegado da propriedade, o hangar de barcos edificado à beira de um lago, sobre o qual uma esquadra de cisnes deslizava. Encimada por um frontão, a pequena construção abrigava uma coleção de barcos de madeira envernizada e mostrava um lado atemporal típico da Nova Inglaterra.

– O que foi, Milo?

Meu amigo afrouxou a gravata. Esforçava-se para parecer sereno, mas os traços de seu rosto exprimiam constrangimento e preocupação.

– Não quero mais viver na mentira, Tom. Sei que devia ter dito antes, mas...

Deteve-se para esfregar as pálpebras.

– O que está acontecendo? – perguntei intrigado. – Não me diga que perdeu mais dinheiro na Bolsa?

– Não, é a Billie...

– O que é que tem ela?

– Ela... ela existe. Quer dizer, não de verdade, mas...

O que ele estaria tentando me dizer?

– Eu, hein! Parece que está bêbado!

Ele respirou profundamente para recobrar a calma e se sentou numa mesa de carpinteiro.

– Vamos recolocar as coisas no contexto. Você se lembra de seu estado há um ano? Você estava completamente pirado. Emendava uma tolice na outra: excesso de velocidade, drogas, problemas com a Justiça. Tinha parado de escrever, estava mergulhado numa depressão suicida da qual nada conseguia tirá-lo, nem a terapia, nem os remédios, nem nosso apoio.

Sentei-me a seu lado, subitamente inquieto.

– Uma manhã – ele continuou –, recebi um telefonema do nosso editor, avisando sobre um erro de impressão na nova tiragem do segundo volume da trilogia. Ele me enviou um exemplar pelo *office boy* e descobri que o livro acabava no meio, com as palavras: "ela berrou, caindo". Essa frase não me saiu da cabeça o dia inteiro, e eu ainda pensava nisso durante a reunião que tive nos estúdios da Columbia. Os produtores estavam fechando o elenco para a adaptação do seu romance, e naquele dia a equipe do filme estava fazendo os testes para os papéis secundários. Circulei por um momento no *set* onde estavam sendo realizadas as audições para selecionar a atriz que interpretaria Billie. Foi então que conheci aquela garota...

– Que garota?

– O nome dela era Lilly. Era uma moça meio sem rumo que arrastava seu *book* de teste em teste. Era pálida, tinha os olhos pretos de maquiagem e o aspecto cansado das heroínas de Cassavetes. Adorei o teste dela, mas o assistente do diretor não lhe deu esperanças. O cara tinha que ser realmente cego para não ver que aquela garota *era* a sua Billie. Então, eu a convidei para tomar alguma coisa e ela me contou toda a sua vida.

Milo fez uma pausa insuportável, espreitando minhas reações, empregando cada palavra com precaução, mas eu estava cheio de seus rodeios.

– Continue, caramba!

– Entre vários bicos como garçonete, Lilly também fazia bicos como modelo, ao mesmo tempo em que tentava ser atriz. Tinha feito algumas fotos para revistas, anúncios vagabundos, bem como aparições em curtas-metragens, mas não era nenhuma Kate Moss. Embora ainda jovem, passava a impressão de estar em fim de carreira. Achei-a vulnerável e um pouco perdida no mundo da moda, onde uma garota engole a outra, e aquelas que não fazem sucesso aos vinte e cinco anos não têm mais futuro...

Um calafrio glacial partiu de minha espinha e subiu até minha nuca. Eu sentia o sangue pulsando em minhas têmporas. Eu não queria aquela verdade que ele estava prestes a revelar.

– O que está tentando dizer, Milo? O que ofereceu a essa garota?

– Quinze mil dólares – ele terminou por admitir. – Quinze mil dólares para representar o papel de Billie. Não num filme, mas na vida de Tom Boyd.

38
Lilly

É o destino que dá as cartas, mas
somos nós que jogamos.
– Randy Pausch

– Quinze mil dólares para representar o papel de Billie. Não num filme, mas na vida de Tom Boyd.

A revelação de Milo teve em mim o efeito de um *uppercut*. Eu me sentia grogue, um pugilista zonzo estatelado no meio do ringue. Ele se aproveitou de minha confusão mental para se justificar.

– Sei que parece maluco, mas funcionou, Tom! Eu não podia ficar de braços cruzados. Precisava aplicar em você um choque poderoso o suficiente para que você reagisse. Era a minha última cartada para tentar te tirar do buraco.

Desestabilizado, eu o escutava sem compreender.

Billie, uma simples atriz? Toda aquela aventura, uma simples manipulação? Eu não podia ter sido enganado daquele jeito...

– Não, não acredito em você – eu disse. – Isso não se sustenta. Além da semelhança física, havia muitas provas para dar crédito à existência da Billie.

– Quais?

– A tatuagem, por exemplo.

– Era falsa. Um decalque temporário feito pelo maquiador do filme.

– Ela conhecia *tudo* da vida da Billie.

– Obriguei Lilly a ler todos os seus romances e ela os destrinchou. Não lhe dei a senha de seu computador, mas ela teve acesso às fichas biográficas de seus personagens.

– E como *você* teve acesso a elas?

– Paguei um técnico para invadir sua máquina.

– Você é um calhorda!

– Não, sou seu amigo.

Não adiantava ele argumentar, eu não conseguia me deixar convencer.

– Mas você mesmo me levou à psiquiatra para que eu fosse internado!

– Porque eu sabia que, se meu plano funcionasse, você reagiria e tentaria fugir.

As imagens de tudo que eu vivera com "Billie" desfilavam com nitidez pela minha cabeça. Eu as passava na peneira, tentando mostrar a Milo suas contradições:

– Espere! Ela soube consertar o carro quando o Bugatti enguiçou! Onde ela aprendeu mecânica, se os irmãos dela não são mecânicos?

Ele respondeu sem titubear:

– Era um simples cabo desconectado. Uma manobra planejada para dissipar definitivamente suas dúvidas. Apenas um detalhe a poderia ter traído, mas você felizmente não notou.

– O que era?

– Billie era canhota, já Lilly é destra. Trivial, hein?

Nesse ponto, minha memória falhava. Impossível saber se ele dizia a verdade.

– Suas explicações são convincentes, mas você esbarra no seguinte: a doença de Billie.

– Verdade que, chegando ao México, as coisas se precipitaram – admitiu Milo. – Embora você ainda não estivesse em condições de escrever, era óbvio que tinha melhorado e, principalmente, que estava rolando alguma coisa entre você e a garota. Sem admitirem, vocês estavam se apaixonando um pelo outro. Naquele momento, pensei em lhe contar toda a verdade, mas Lilly fez questão de continuar. Foi *ela* quem teve a ideia da encenação em torno da doença.

Eu me sentia no meio de um nevoeiro.

– Mas pra quê?

– Porque ela te amava, seu idiota! Porque queria a sua felicidade, que você voltasse a escrever e pudesse reconquistar a Aurore. E foi o que ela conseguiu!

– Então, os cabelos brancos eram...

– ...tintura.

– A tinta na boca?

– Apenas o conteúdo de uma carga de caneta despejado debaixo da língua.

– E o resultado dos exames no México? A celulose encontrada no corpo?

– Armamos tudo, Tom. O dr. Philipson estava a três meses da aposentadoria. Contei a ele que você era meu amigo e que pretendíamos lhe passar um trote. Ele estava entediado naquele lugar e topou entrar na brincadeira. Mas, como em todos os planos, houve aquele grãozinho de areia que estragou tudo quando a Aurore recomendou que você levasse a Billie ao professor Clouseau...

– Mas o Clouseau nunca se prestaria a uma trapaça. Quando estávamos em Paris, os sintomas da Billie não eram simulados. Ela quase morreu, tenho certeza.

– Tem razão, mas foi então que aconteceu uma coisa extraordinária, Tom! Sem saber, a Billie estava mesmo doente. Foi graças ao Clouseau que conseguimos diagnosticar o mixoma cardíaco. De certa maneira, salvei vocês dois.

– E esse livro que você procurou durante semanas ao redor do mundo?

– Aí os acontecimentos saíram do meu controle – ele admitiu. – A Carole não estava a par de nada e acreditava piamente nessa história. Era ela quem tomava a iniciativa. Eu me limitei a jogar o jo...

Milo não teve tempo de terminar a frase, pois um violento soco desferido por mim o levou à lona.

– Você não tinha o direito de fazer isso!

– De salvá-lo? – perguntou, levantando-se. – Não, não era um direito, era um dever.

– Não a esse preço!

– Sim, a qualquer preço.

Ele limpou o filete de sangue que escorria de sua boca antes de martelar:

– Você teria feito a mesma coisa. Para proteger a Carole, você não hesitou em cometer um assassinato, então não me venha com lições! É a história da nossa vida, Tom! Quando um vacila, os outros dois lhe dão apoio. É por isso que continuamos de pé. Você me tirou da rua. Sem você, eu ainda estaria na prisão, e não me casando com a mulher que amo. Sem você, a Carole talvez tivesse se enforcado na ponta de uma corda e não estaria se preparando para gerar uma vida. E você? Onde estaria se permitíssemos que se destruísse? Internado numa clínica? Morto, talvez?

Uma luz clara atravessava os vidros foscos. Deixei a pergunta sem resposta. Agora eu estava preocupado com outra coisa.

– E onde está a garota?

– A Lilly? Não faço ideia. Entreguei-lhe o dinheiro e ela sumiu da minha vida. Acho que saiu de Los Angeles. Antigamente ela trabalhava nos fins de semana numa boate no Sunset Trip. Estive lá, mas ninguém nunca mais a viu.

– Qual é o sobrenome dela?

– Não sei! Nem tenho certeza se Lilly é seu nome verdadeiro.

– Não tem nenhuma outra pista?

– Preste atenção. Eu entendo que queira reencontrá-la, mas a mulher que você procura é uma atriz de terceira categoria, garçonete de um clube de *striptease*, não a Billie que você amou.

– Guarde seus conselhos para você. Então, não tem nenhuma informação?

– Não, sinto muito. Mas saiba que, se fosse para fazer de novo, eu faria dez vezes.

Saí do hangar arrasado com a confissão de Milo e dei alguns passos no pierzinho de madeira que avançava no lago. Indiferentes aos tormentos dos humanos, os cisnes brancos nadavam em meio aos lírios silvestres.

* * *

Peguei meu carro no estacionamento e segui pela costa até Santa Monica antes de entrar na cidade. O caos reinava em minha mente, e eu tinha a impressão de avançar às cegas, atravessando Inglewood, continuando pela Van Ness e a Vermont Avenue, antes de me dar conta de que uma força invisível me trouxera até o bairro de minha infância.

Estacionei o conversível perto dos canteiros de flores que, já na minha época, não continham nada além de guimbas e latas de cerveja vazias.

Ao pé das torres, tudo e nada havia mudado. Sempre os mesmos caras puxando engradados pelo asfalto, enquanto outros, recostados nos muros, esperavam alguma coisa acontecer. Por um momento cheguei a pensar que um deles me zoaria:

– *Hey, Mr. Freak!*

Mas eu havia me tornado um estranho, e ninguém riu da minha cara.

Contornei a quadra de basquete gradeada até o estacionamento. "Minha" árvore continuava ali. Ainda mais raquítica, ainda menos frondosa, mas ainda de pé. Como antes, sentei-me no capim seco, recostado no tronco.

Nesse instante, um Mini Cooper surgiu e estacionou por ali, ocupando duas vagas. Ainda com o vestido de noiva, Carole saiu do carro e avançou em minha direção, tendo na mão direita uma grande sacola esportiva e, na esquerda, sua bela cauda branca, que tentava não sujar.

– Nããão! Um casamento no estacionamento! – gritou um dos espertões da quadra de basquete.

Seus "colegas" vieram espiar a cena por um instante antes de voltar às suas ocupações.

Carole me encontrou debaixo da árvore.

– Olá, Tom.

– Olá, mas acho que se enganou de dia. Não é meu aniversário.

Ela esboçou um sorriso, logo seguido de uma lágrima discreta, que escorreu por sua face.

– O Milo me contou tudo há uma semana. Antes disso, juro que não sabia de nada – ela explicou, sentando-se na mureta do estacionamento.

– Desculpe por ter estragado seu casamento.

– Não se preocupe. Como você se sente?

– Como alguém que percebe que foi vítima de manipulação.

Ela puxou um maço de cigarros, mas interrompi seu gesto.

– Enlouqueceu, por acaso?! Você está grávida.

– Então pare de falar besteira! Não deve ver as coisas por esse ponto de vista.

– Como quer que eu veja? Fui enganado e ponto-final, e ainda por cima pelo meu melhor amigo!

– Escute, vi como aquela garota se comportava com você, Tom. Vi como ela olhava para você, e tenho certeza que os sentimentos dela não são falsos.

– Não, são apenas *remunerados*. Quinze mil dólares, certo?

– Ah, não exagere também. O Milo nunca pediu que ela transasse com você!

– Em todo caso, ela não esperou para zarpar assim que cumpriu o combinado!

– Ponha-se no lugar dela. Acha que foi fácil para ela assumir essa identidade confusa? Na cabeça dela, você se apaixonou por uma personagem, alguém que era ela sem ser.

Não deixava de ser verdade. Por quem eu me apaixonara de fato? Por uma personagem que eu criara e que Milo manipulara como marionete? Por uma atriz frustrada que encontrara o papel de sua vida? Na verdade, por nenhuma das duas. Eu havia me apaixonado por uma garota que, em pleno deserto mexicano, me fizera tomar consciência de que, em sua companhia, tudo tinha mais sutileza, sabor e cor.

– Você tem que encontrá-la, Tom, ou vai se arrepender pelo resto da vida.

Balancei a cabeça.

– Impossível. Perdemos seu rastro, e nem o nome dela eu sei.

– Pıecisa arranjar uma desculpa melhor

– O que quer dizer com isso?

– Eu também, preste atenção, eu também nunca seria feliz se soubesse que você não é.

Pela intensidade de sua voz, eu percebia como o que ela dizia era sincero.

– Então, eu trouxe isto para você.

Debruçou-se sobre a bolsa e me estendeu uma camisa manchada de sangue.

– É um presente simpático, mas eu preferia o computador – eu disse, para amenizar o clima.

Ela não pôde deixar de sorrir antes de me explicar:

– Você se lembra da manhã em que apareci na sua casa com o Milo e você nos falou da Billie pela primeira vez? Sua casa estava um caos, o terraço todo revirado. Tinha sangue no vidro, nas roupas...

– Claro, foi o dia em que a "Billie" cortou a palma da mão.

– Na época, fiquei muito preocupada ao ver aquele sangue. Tudo me passou pela cabeça: que talvez você tivesse matado ou ferido alguém. No dia seguinte, então, voltei à sua casa e lavei todas as manchas. No banheiro, encontrei a camisa ensanguentada, que levei comigo para esconder de uma possível investigação. Nunca me separei dela e, quando o Milo me contou a verdade, levei-a ao laboratório para uma pesquisa de DNA. Cruzei os resultados com o arquivo do CODIS e...

Ela rematou o efeito surpresa tirando uma pasta de cartolina da bolsa.

– ...comunico que sua namorada é uma pequena delinquente.

Abri a pasta e me deparei com a fotocópia de um dossiê com a sigla do FBI, comentado por Carole:

– O nome dela é Lilly Austin, nascida em 1984, em Oakland. Foi presa duas vezes nos últimos cinco anos. Nada muito grave: uma vez por desacato à autoridade, em 2006, durante uma manifestação pró-aborto, e a outra em 2009, por fumar maconha num parque.

– Isso é suficiente para ser fichada?

– Pelo visto, você não assiste muito *CSI*... A polícia californiana recolhe sistematicamente uma amostra de DNA das pessoas presas ou suspeitas de ter cometido determinadas infrações. Se isso te tranquiliza, você também faz parte do clube.

– Sabe o novo endereço dela?

– Não, mas joguei o nome dela no nosso banco de dados e encontrei isto aqui.

Estendeu-me uma folha de papel. Era uma matrícula na Universidade Brown para o ano escolar em curso.

– Lilly voltou a estudar literatura e dramaturgia – explicou Carole.

– Como ela conseguiu ser admitida na Brown? É uma das melhores do país...

– Liguei para a universidade. Suponho que tenha passado os últimos meses estudando, pois obteve excelentes resultados durante os exames preparatórios.

Olhei os dois documentos, subjugado por aquela desconhecida Lilly Austin, cuja existência se materializava pouco a pouco diante de meus olhos.

– Acho que vou voltar para junto dos meus convidados – disse Carole, consultando o relógio. – E você deveria ir atrás de alguém.

* * *

Na segunda-feira seguinte, peguei o primeiro voo para Boston. Cheguei às quatro da tarde na capital de Massachusetts, aluguei um carro no aeroporto e rumei para Providence.

O *campus* da Universidade Brown se organizava em torno de imponentes prédios de tijolo vermelho em meio a gramados verdejantes. Para muitos estudantes, era o fim do dia. Antes de viajar, eu havia procurado na internet o horário do curso que Lilly fazia e a esperei com o coração a mil em frente às portas do anfiteatro, onde a aula acabara de terminar.

Suficientemente retraído para que ela não me percebesse, eu a observei sair da sala com os outros alunos. Precisei de um instante para reconhecê-la. Ela havia cortado os cabelos, que estavam mais escuros. Usava uma boina de *tweed* e um conjunto sóbrio – saia cinza curta sobre meia-calça preta, jaqueta acinturada, blusa de gola alta –, que lhe conferiam um aspecto *London girl*. Claro que eu estava louco para abordá-la, mas preferi esperar até que ficasse sozinha. Segui o grupo – dois caras e outra garota – até um café próximo à faculdade. Bebendo chá,

Lilly se lançara numa conversa animada com um dos estudantes. Um sujeito bastante sofisticado, de beleza *caliente*. Quanto mais olhava para ela, mais a achava desabrochada e serena. Retomando os estudos longe de Los Angeles, parecia ter encontrado o equilíbrio. Algumas pessoas são capazes disto: recomeçar a vida. Eu so sabia continuar a minha.

Saí do café sem me revelar e peguei o carro. Aquele mergulho no mundo estudantil havia me deixado deprimido. Claro que eu estava satisfeito por vê-la de bem com a vida, mas a jovem mulher que eu avistara hoje não era mais a "minha" Billie. Visivelmente ela virara a página, e vê-la conversar com aquele garoto de vinte anos me dera uma sensação de velhice. No fim das contas, nossos dez anos de diferença talvez não fossem uma barreira desprezível.

Enquanto me dirigia ao aeroporto, ruminava que fizera a viagem à toa. Pior: como o fotógrafo que fracassa ao captar uma imagem evanescente que nunca mais aparecerá, eu deixara passar o instante decisivo, aquele que poderia ter desviado o curso de minha vida para o lado do riso e da luz...

* * *

No avião que me levava de volta a Los Angeles, liguei meu *laptop*.

Talvez eu estivesse apenas na metade da vida, mas já sabia que nunca mais encontraria uma garota como Billie, que, no espaço de poucas semanas, me fizera acreditar no inacreditável e me permitira abandonar aquele país perigoso onde os rios nascem na aflição e terminam por se lançar nos abismos do sofrimento.

Minha aventura com Billie havia terminado, mas eu não queria esquecer nenhum de seus episódios. Precisava contar nossa história. Uma história para aqueles que, nem que fosse uma vez na vida, tivessem tido a sorte de conhecer o amor e ainda o viviam hoje, ou esperavam se deparar com ele amanhã.

Abri então um novo documento em meu processador de texto e o nomeei com o título de meu próximo romance: *A garota de papel*.

Durante as cinco horas do voo, escrevi de uma tacada o primeiro capítulo. Começava assim:

Capítulo 1

A casa sobre o oceano

– Abra a porta, Tom!

O grito se perdeu no vento e ficou sem resposta.

– Tom! Sou eu, Milo. Eu sei que você está em casa! Saia da toca, coragem!

Malibu
Condado de Los Angeles, Califórnia
Uma casa na praia

Fazia mais de cinco minutos que Milo Lombardo batia insistentemente nas venezianas de madeira que davam para a varanda da casa de seu melhor amigo.

– Tom! Abra ou vou arrombar a porta! Você sabe que sou capaz!

39
Nove meses depois...

O romancista bota abaixo a casa de sua vida
para, com os tijolos, construir outra
casa: a de seu romance.
– Milan Kundera

Um vento primaveril soprava sobre a velha Boston.

Lilly Austin percorria as ruas estreitas e as ladeiras de Beacon Hill. Com suas árvores floridas, luminárias a gás e casas de tijolos com pesadas portas de madeira, o bairro tinha um encanto arrebatador.

No cruzamento da River com a Byron Street, deu uma parada em frente à vitrine de um antiquário antes de entrar numa livraria. O espaço era pequeno, e os romances se misturavam aos ensaios. Uma pilha de livros chamou sua atenção: Tom escrevera um novo romance...

Há exatamente um ano e meio, adquirira o hábito de evitar conscienciosamente a seção de ficção para não topar com ele. Pois sempre que por acaso se deparava com ele, no metrô, no ônibus, num cartaz publicitário ou na varanda de um café, ficava triste e com vontade de chorar. Quando suas colegas de faculdade falavam dele (enfim, de seus livros), ela se segurava para não responder: "Dirigi um Bugatti ao lado dele, atravessei o deserto mexicano com ele, morei em Paris com ele, fiz amor com ele..." Às vezes, vendo leitores mergulhados no terceiro volume da trilogia, chegava até a sentir uma ponta de orgulho, e, de vez em quando, era ela que tinha vontade de interpelá-los: "É graças a mim que vocês podem ler esse livro! Ele escreveu para mim!"

Leu o título do novo livro: *A garota de papel*.

Intrigada, folheou as primeiras páginas. Era a sua história! Era a história deles! Com o coração disparado, correu até o caixa, pagou o exemplar e prosseguiu a leitura num banco do Public Garden, o grande parque da cidade.

* * *

Com nervosismo, Lilly virava as páginas de uma narrativa cujo fim ela desconhecia. Revivia a aventura deles por meio do olhar de Tom, descobrindo com curiosidade a evolução de seus sentimentos. A história tal como ela vivera parava no capítulo 36, e foi apreensiva que começou a leitura dos últimos dois capítulos.

Com aquele romance, Tom reconhecia que ela lhe salvara a vida, mas confessava principalmente que lhe perdoara a trapaça e que seu amor não partira com ela.

Foi quase à beira das lágrimas que soube que ele fora até a Brown no outono anterior e que partira sem falar com ela. Ela vivera a mesma decepção um ano antes! Certa manhã, não suportando mais, pegara um voo para Los Angeles com a firme intenção de revelar a verdade a ele e esperando secretamente que seu amor não tivesse acabado.

Chegara a Malibu no início da noite, mas a casa da praia estava vazia. Pegara então um táxi para tentar a sorte na mansão de Milo, em Pacific Palisades.

Como havia luz, ela se aproximara e percebera através do vidro dois casais jantando: Milo e Carole, que pareciam apaixonadíssimos, e Tom e uma jovem mulher que ela não conhecia. Na hora, sentira-se arrasada e quase envergonhada de ter imaginado que Tom não a substituíra. Agora compreendia que se tratava de um daqueles jantares "casamenteiros" de sexta-feira, que os dois amigos organizavam com o objetivo de encontrar a alma gêmea dele!

Quando fechou o livro, seu coração trepidava. Dessa vez, não era uma esperança, era uma certeza: sua história de amor estava longe de ter terminado. Talvez tivessem vivido apenas o primeiro capítulo, e ela tinha a firme intenção de escrever o segundo com ele!

Anoitecera em Beacon Hill. Atravessando a rua para se dirigir à estação do metrô, Billie cruzou com uma velha bostoniana, toda aprumada, atravessando na faixa com seu yorkshire debaixo do braço.

– A garota de papel sou eu! – gritou, mostrando-lhe a capa.

* * *

A Livraria dos Fantasmas e dos Anjos tem o prazer de convidá-lo para um encontro com o escritor Tom Boyd, terça-feira, 12 de junho, das 15 às 18 horas. Tom estará autografando seu novo romance: A garota de papel.

* * *

Los Angeles

Eram quase sete da noite. A fila dos meus leitores diminuía, e a sessão de autógrafos chegava ao fim.

Milo passara a tarde toda comigo, conversando com clientes e intercalando suas intervenções com piadas. Sua simpatia e seu bom humor tornavam a espera das pessoas menos cansativa.

– Perdi a hora! – exclamou, consultando o relógio. – Bom, vou deixar você terminar sozinho, meu velho. Tenho mamadeira para dar!

Sua filha nascera três meses antes, e, confirmando as expectativas, ele se revelara um tremendo pai coruja.

– Faz mais de uma hora que eu disse para você ir embora! – repliquei.

Ele vestiu o paletó, despediu-se dos funcionários da loja e correu para se juntar à sua família.

– Ah! Pedi um táxi para você – ele me avisou, já na porta. – Está à sua espera no cruzamento, do outro lado da rua.

– Tudo bem. Dê um beijo na Carole por mim.

Fiquei ainda mais dez minutos para dar os últimos autógrafos e trocar algumas palavras com a gerente da loja. Com sua luz quente e moderada, o assoalho que estalava e as estantes enceradas, a Livraria dos Fantasmas e dos Anjos era uma livraria como não existia mais. Bem antes de a imprensa falar de meu livro, a livraria dera apoio a meu primeiro romance. Daí em diante, por uma questão de fidelidade, era naquele local fetiche que começavam todas as minhas turnês de autógrafos.

– Pode sair pelos fundos – ela me disse.

Ela começara a descer a porta de ferro quando bateram no vidro. Uma leitora atrasada agitou seu exemplar, juntando as mãos para implorar que a deixassem entrar.

Após pedir minha aprovação com o olhar, a livreira concordou em abrir. Destampei minha caneta e voltei à mesa.

– Meu nome é Sarah! – disse a jovem, apresentando seu exemplar.

Enquanto eu autografava seu livro, outra leitora aproveitou a porta aberta para entrar na livraria.

Devolvi o exemplar a Sarah e, sem erguer os olhos, peguei o livro seguinte.

– É para quem? – perguntei.

– Para Lilly – respondeu uma voz doce e calma.

Eu já ia escrever seu nome na primeira página quando ela acrescentou:

– Mas se preferir Billie...

Levantei a cabeça e compreendi então que a vida acabava de me oferecer uma segunda chance.

* * *

Quinze minutos depois, estávamos ambos na calçada, e daquela vez eu estava determinado a não deixá-la partir.

– Quer uma carona? – sugeri. – Tem um táxi me esperando.

– Não, meu carro está logo ali – ela disse, apontando para um veículo estacionado atrás de mim.

Voltei-me e não acreditei no que meus olhos viam. Era o velho Fiat 500 rosa que nos transportara pelo deserto mexicano!

– Imagine você que me apeguei a esse carro – ela se justificou

– Como o encontrou?

– Se você soubesse! É uma história e tanto...

– Ora essa, conte!

– É uma longa história.

– Tenho todo o tempo do mundo.

– Então talvez pudéssemos jantar em algum lugar.

– É claro!

– Mas eu dirijo – ela disse, assumindo o comando de seu "bólido".

Dispensei o motorista do táxi após ter pagado a corrida e sentei-me ao lado de Lilly.

– Aonde vamos? – ela perguntou, enfiando a chave na ignição.

– Aonde quiser.

Ela pisou no acelerador e o "pote de iogurte" tremeu, rudimentar e desconfortável como sempre. Entretanto, eu estava nas nuvens, com a impressão inebriante de jamais tê-la deixado.

– Vou te levar para comer lagosta e frutos do mar! – ela sugeriu. – Conheço um restaurante excelente na Melrose Avenue. Quer dizer, se você me convidar, porque neste momento não se pode dizer que eu esteja montada na grana. E, dessa vez, não me venha com frescuras: "E eu não como isso e não como aquilo e as ostras parecem grudentas..." Você gosta de lagosta, né? Pois eu adoro, ainda mais grelhada e flambada no conhaque. Uma verdadeira iguaria! E caranguejo! Anos atrás, quando eu era garçonete num restaurante de Long Beach, serviam "caranguejo voador"... Ele pode chegar a pesar quinze quilos, dá para imaginar? É capaz de subir em árvores para derrubar cocos e, uma vez no solo, usa as pinças para quebrá-los e comer a polpa! Incrível, não? Eles podem ser encontrados nas Maldivas e nas Seychelles. Você conhece as Seychelles? Meu sonho é ir até lá. As lagunas, a água turquesa, as praias de areia branca... isso sem falar nas tartarugas gigantes na ilha de Silhouette. As tartarugas gigantes me fascinam! Sabia que elas podem chegar a pesar duzentos quilos e viver mais de cento e vinte anos? É muito louco, não é? E a Índia? Já esteve lá? Uma colega me falou de uma pousada maravilhosa em Puducherry que...

Impresso no Brasil pelo
Sistema Cameron da Divisão Gráfica da
DISTRIBUIDORA RECORD DE SERVIÇOS DE IMPRENSA S.A.
Rua Argentina 171 – Rio de Janeiro, RJ – 20921-380 – Tel.: 2585-2000